중국현대문학의 작가와 작품

이태준

중국현대문학의 작가와 작품

이태준

어문학사

머리말

중국현대문학에 첫발을 들여놓은 이들을 위해 중국현대문학 대표 작가의 생애와 그들의 작품 한두 편을 책 한 권에 담아내는 것이 바람직하지 않을까 싶어 펜을 들었다. 100여 년의 역사를 지닌 중국현대문학의 정원에는 수없이 많은 작품들이 각양각색의 자태를 뽐내는 꽃으로 피어 있다. 그 꽃들은 저마다 그들의 부모인 작가들의 정성 어린 노력으로 탄생하였다. 작가들은 글의 씨앗을 한 자 한 자 심어서 땀 흘려 가꾸어 꽃망울을 틔우게 하고 오색 꽃잎을 만개하도록 하였다. 누가 보아도 화려하고 탐스러워 찬탄하지 않는 이가 없는 꽃들이 있는 반면, 틈새에 숨어 오랜 세월 눈에 띄지 않아 아직 참다운 매력이 드러나지 않은 꽃들도 있다. 하지만 이들은 한데 어우러져 있기에 아름답고 다채로운 중국현대문학의 꽃동산을 이루어 낼 수 있었다.

본서에서는 중국현대문학 작가 가운데 열두 명의 작가와 그들의 작품들을 가려 뽑아 독자들에게 소개하고자 한다. 백화문 운동의 선구자 호적(후스 胡適), 폐부를 찌르는 풍자와 비유로 가득한 수많은 소설과 잡문(雜文)을 창작한 노신(루쉰 魯迅), 거침없이 혁명을 노래한 낭만주의 작가 곽말약(궈모뤄 郭沫若), 중국공산당의 충실한 추종자 모순(마오뚠 茅盾), 봉건제도에 결연히 저항한 무정부주의자 파금(바진 巴金), 소녀처럼 여린 서정적 문체로 모성애를 찬양한 빙심(빙신 冰心), 우수(憂愁)에 넘치고 광기에 휩싸인 문인 욱달부(郁達夫), "인민의 예술가"로 추앙받다가 불행히 삶을 마감한 노사(라오서 老舍), 오로지 사랑에 살고 사랑에 죽은 시인 서지마(쉬즈모 徐志摩), 해학과 유머가 넘치는 여유로운 성품의 신사 양실추(량스치우 梁實秋), 많은 희곡 작품을 창작하여 "중국의 셰익스피어"로 불리는 조우(차오위 曹禺), 전원의 아름다움과 순수한 인성을 노래한 심종문(션충원 沈從文) 등이 그들이다.

본서에서는 독자들이 그 이름을 익히 들어보았을 열두 명 작가들의 문학 세계를 조명하는 한편, 그들의 삶 속에 녹아있는 투쟁과 열정, 사랑과 기쁨, 고통과 좌절에 대하여 전반적으로 이야기해보려 하였다. 그들이 단순히 제국주의와 봉건주의에 대항하여 싸우는 혁명가, 혹은 기존의 질서에 영합하는 반동파로서의 면모만을 지니고 있는 것이 아니라, 일반인들과 다름없이 희로애락을 느끼고 시행착오를 범하며 살아갔던 존재임을 알리고 싶어서이다.

또한, 본서에서는 이들 작가의 작품을 부분적으로나마 한두 편씩 실어놓았다. 중국어 원문으로 쓰인 작품 하단에 단어를 풀이하여 정리해 놓고 우리말 번역문을 덧붙였다. 중국어를 이해하는 독자들에게는 원문 그대로의 맛을 음미할 수 있도록 배려하는 한편, 아직 중국어를 익히지 않은 독자들에게도 작품 감상의 기회를 제공하려 한 것이다.

아무쪼록 독자 여러분들이 본서를 통하여 중국현대문학과 친숙해지기를 바라는 마음이다. 본서가 나오기까지 애써 주셨던 어문학사의 사장님 이하 직원 여러분들의 노고에 감사드린다.

2020년 12월

이태준

목 차

문학혁명의 선구자

호적(후스 胡適)

호적(후스 胡適, 1891~1962)은 문학가이자 철학자이며 원명은 사미(嗣糜), 자(字)는 적지(適之)이다. 북경대학(北京大学) 교수 및 총장, 대만 최고학술기관인 중앙연구원(中央研究院) 원장, 중화민국 주미(駐美)대사 등을 역임하였다.

호적은 어린 시절 조상 대대로 살아 온 안휘성(安徽省) 적계(績溪)의 사숙(私塾)에서 전통 교육을 받은 후 상해(上海)의 매계학당(梅溪學堂), 징충학당(澄衷學堂)을 거쳐 1906년 중국공학(中國公學)[1]에 들어갔다. 20세 때인 1910년 중국공학(中國公學)을 졸업한 후, 경자배관(庚子賠款) 장학생[2]으로 선발되었다. 그는 그 후 미국으로 유학을 떠나 코넬대학 농과대학에 입학하였고, 1912년에는 문과(文科)로 전과하였다. 1915년에는 컬럼비아대학 철학과에 입학하여 실용주의 철학(Pragmatism)의 대가 존 듀이(John Dewey, 1859~1952)의 제자가 되었다. 1917년 박사학위를 취득하고 귀국한 후 26세의 젊은 나이에 북경대학(北京大學) 교수로 부임하였다.

---

1 중국공학(中國公學)은 1906년 상해(上海)에 설립된 학교로서 대학반과 중학반, 사범(師範)속성반 등이 함께 있었다. 1916년에는 양계초(梁啓超)가 이사장으로 부임하여 학교 발전에 공헌하였고, 호적(胡適)은 1928년부터 1930년까지 이 학교의 교장으로 근무하였다. 중일전쟁 등으로 인한 중국 내 정세의 불안으로 1932년과 1937년 학교 운영이 중단되었다가, 1949년 중경(重慶)에서 새로이 운영을 재개하였다. 중국공학은 중경(重慶)시에 현존하는 서남재경대학(西南財經大學)의 전신이다.

2 1900년 청나라에서 "총칼을 맞아도 다치지 않는다"는 신념을 지닌 이른바, 의화권(義和拳)을 익힌 사람들의 조직인 '의화단의 난'이 발생하여, 의환단 인원들의 외국인 살해와 교회 등 시설물 파괴 행위가 확산되었다. 이에 영국, 미국, 프랑스, 러시아, 독일, 일본, 오스트리아, 이탈리아 등 8개국 연합군은 북경을 침공하여 이들을 진압하였다. 다음해인 1901년 청나라는 서구 열강들과 신축(辛丑)조약을 맺어, 향후 약 40년에 걸쳐 경자배관(庚子賠款)이라고 일컬어지는 막대한 배상금을 지불하기로 하였다. 그런데 미국에서는 배상금을 온전히 받는 것보다는 중국인들을 미국식으로 교육시키는 것이 장기적인 관점에서 유리할 것이라 판단한 후, 청나라에 경자배관의 일부를 돌려주고 학교를 세우도록 하였다. 이 과정을 통하여 세워진 학교가 바로 청화학교(清華學校)이다. 그러므로 당초 청화학교의 주된 교육 목적은 어린 학동을 선발하여 일정기간 훈련시켜 미국으로 유학 보내는 것이었다. 호적은 비록 청화학교 출신은 아니었지만, 미국 파견 국비유학생 선발시험에 합격하여 코넬대학으로 유학 갈 수 있게 되었다.

호적은 존 듀이의 실용주의를 실험주의(Experimentalism)라고 칭하였다. 즉, 그는 모든 관념은 실험 속에서 단련되고 증명되어야 하며, 실천을 통해 현실적인 문제를 해결할 수 있어야 한다고 판단하였다. 실증될 수 있는 관념만이 가치가 있으며, 그것이 곧 듀이 사상의 핵심이라고 여겼던 것이다. 그러므로 호적은, 세상에 절대불변의 영원한 진리는 존재하지 않는다고 생각하였다. 그는 실험만이 진리를 판정하는 표준이기에 모든 문제에 대하여 회의하는 태도를 지녀야 하고 부단히 새로운 방법과 지식을 도입하여 문제를 해결하도록 노력해야 한다고 주장하였다. 이처럼 존 듀이의 실용주의(혹은, 실험주의)는 호적으로 하여금 절대적인 권위를 인정하지 않는 자유주의적 사상 체계를 형성하도록 하는 한편, 진지하고 엄밀한 학문적 태도를 지니도록 하였다.

호적은 철저한 탐구 정신을 바탕으로 철학 및 문학, 역사학, 교육학, 윤리학, 홍학(紅學, 『홍루몽(紅樓夢)』을 연구하는 학문) 등 여러 학문 분야에서 탁월한 연구 성과를 거두었다. 특히, 호적이 자신의 박사학위 논문인 『중국고대철학 방법의 진화사(中國古代哲學方法之進化史)』를 바탕으로 선진(先秦)시대 철학의 역사를 기술한 저서 『중국철학사대강(中國哲學史大綱)』은 면밀한 고증과 연구를 바탕으로 한 명저로 손꼽히고 있다. 삼황오제(三皇五帝)의 전설을 철학사에 포함시킨 기존의 허황된 중국고대철학 저작들과 큰 차이를 보여주었기 때문이다. 호적의 『홍루몽(紅樓夢)』에 대한 연구 역시, 『홍루몽』에 대하여 정치적 의미를 부여하는 등, 비과학적인 해석을 펼친 기존의 연구를 뛰어넘는 것이다. 그의 『홍루몽 고증(紅樓夢考證)』, 『조설근 집안의 본적(曹雪芹家的籍貫)』, 『홍루몽 작가의 배경을 이야기하다(談紅樓夢作家的背景)』 등의 논문은 『홍루몽』이 조설근(曹雪芹)의 자전적 소설임을 입증해내었다.

호적의 자유주의적 정신은 유교적 봉건예교의 전통이 개인의 자유와 개성을 속박하고 있었던 중국 사회 현실에 대한 개혁 의지로 이어졌고, 그는 자연스레 1910년대 중반부터 중국을 휩쓸기 시작한 신문화운동(新文化運動)의 지도자 중 일원이 되었다. 신해혁명(辛亥革命)의 결과 청조(淸朝)가 무너지고 중화민국(中華民國)이 건립되었으나, 손문(孫文)으로부터 대총통(大總統)직을 이어받은 원세개(袁世凱)가 스스로 황제가 되고자 농간을 부리는 등, 다시금 중국 사회에 복고(復古)의 어두운 그림자가 짙게 드리우게 되자, 뜻있는 지식인들은 혁명의 기운이 쇠퇴하는 근본적인 원인은 바로 국민들의 낙후된 의식에 있다고 파악하였다. 그리하여 1915년 진독수(陳獨秀)가 창간한『신청년(新青年)』등을 주요 매체로 삼아 서구식 과학과 민주주의를 선양하고 국민의 사상을 계몽하는 신문화운동(新文化運動)이 벌어졌던 것이다.

이 당시 호적은 여성 문제에 대하여 특히 관심을 두었다. 그는『미국의 부인(美國的婦人)』,『정조문제(貞操問題)』,『정조 문제를 논하다(論貞操問題)』등의 문장을 통하여, 중국의 전통적 유교 사회에서 여성의 권익이 심각하게 침해당하고 있음에 대해 안타까움을 표시하는 동시에, 여성들도 스스로 주체성을 지닌 한 인간으로서 적극적인 인생관을 지닐 수 있도록 노력해야 함을 주장하였다.

호적은『정조문제(貞操問題)』에서, 과부의 재가를 허용하지 않고, 남편을 따라 죽음을 선택하는 "열녀(烈女)"를 찬양하는 풍습 등을 유지하며, 여성이 정조를 지키는 것을 당연시하는 의식이 상존하는 것은 "오늘날 도덕과 사상이 파산을 선고했다는 증거"[3]

---

3 "今日道德思想宣告破産的證據", 胡適,「貞操問題」,『新青年』第五卷·第1號, 上海群益書社, 1918. 上海書店 影印, 1988, p.13.

라고 개탄하였다. 호적은 이 문장에서 정조에 대해서는 "외부의 간섭이 있어서도 안 되고 법률적 제창이 필요하지도 않음"[4]을 역설하였다. 그는 『미국의 부인(美國的婦人)』에서는, 미국의 여성들의 "현모양처의 인생관을 뛰어넘는" 자립적 인생관을 소개하면서, "이러한 관념이 중국 부녀자들에게 가장 부족한 관념"이라고 지적하였다. 그는 "사람마다 모두 자신이 당당한 인간이며, 마땅히 완수해야 할 의무가 있고 할 수 있는 일이 있음"을 깨달아야 한다고 강조하였다.[5]

문학혁명, 또는 신문학운동은 신문화운동의 매우 중요한 구성 요소였다. 당시 중국 내에 봉건체제의 부패한 전통과 정치적 악폐를 개혁하여 진정한 공화(共和)체제를 이루기 위해서는 봉건적 문학부터 개혁하여 일반 민중들을 각성시켜야 한다는 인식이 확산되었기 때문이다. 호적(胡適)은 미국 유학시절부터 매광적(梅光迪), 임숙영(任叔永) 등 동료 유학생들과 격론을 벌이며, 살아있는 문자(活文字)인 백화(白話)로 죽은 문자 문언(文言)을 대체해야 한다고 주장하였으며, 진부한 고어투의 언어를 폐기하고, "시 역시 문장처럼 써야 한다.(要須作詩如作文)"는 신념을 굽히지 않았다. 호적이 1917년 『신청년(新青年)』지에 발표한 「문학개량추의(文學改良芻議)」[6]는 주로 문학의 도구인 문자 개혁에 대한 주장을 다음과 같이 정리한 것이다.

---

4 "不容有外部的干涉, 不須有法律的提倡", 胡適, 「貞操問題」, 『新青年』第五卷·第1號, 上海群益書社, 1918. 上海書店 影印, 1988, p.14.

5 "超於良妻賢母人生觀。這種觀念是我們中國婦女所最缺乏的觀念", "人人都覺得自己是堂堂之一個人, 有該盡的義務, 有可做的事業。", 「美國的婦人」, 『新青年』第五卷·第3號, 上海群益書社, 1918. 上海書店 影印, 1988, p.223.

6 『新青年』第2卷 第5號에 게재

1. 말에는 내용이 있어야 한다.(言之有物)
2. 옛사람을 모방하지 않아야 한다.(不摹仿古人)
3. 반드시 문법에 맞추어야 한다.(須講求文法)
4. 병이 없으면서 신음하지 말아야 한다.(不做無病之呻吟)[7]
5. 진부한 상투어는 버리도록 힘써야 한다.(務去爛調套語)
6. 전고(典故)를 쓰지 않아야 한다.(不用典)[8]
7. 대구를 지으려고 강구하지 않아야 한다.(不講對仗)
8. 속자 속어를 피하지 않아야 한다.(不避俗字俗語)

호적은 1918년에는 『건설적 문학혁명론(建設的文學革命論)』을 발표하여 "국어의 문학과 문학의 국어(國語的文學, 文學的國語)"를 제창하였다. 호적이 말하는 국어란 "살아있는 문자(活文字)"인 백화를 의미하는 것이다. 그는 『수호전(水滸傳)』, 『서유기(西遊記)』, 『유림외사(儒林外史)』, 『홍루몽(紅樓夢)』이 사람들로부터 사랑받고 있는 반면, 한유(韓愈)의 『남산(南山)』이 외면당하는 이유에 대해, 전자가 살아있는 문자인 백화로 창작되었고 후자는 죽은 문자인 문언으로 쓰였기 때문이라고 분석하였다. "죽은 문언으로는 절대 살아있는 문학을 만들어낼 수 없으며, 중국이 살아있는 문학을 갖고자 한다면 반드시 백화를 사용해야 하고 국어를 사용해야 한다."[9]는 것이 『건설적 문학혁명론(建設的文學革命論)』의 일관된 주장이다.

7 감상에 젖은 나약한 작품을 써서는 안 된다는 의미.

8 옛 사람의 말을 먼저 내세울 것이 아니라, 자신의 참신한 의견을 펼쳐야 한다는 의미.

9 "死文言決不能産出活文學。中國若想有活文學, 必須用白話, 必須用國語", 胡適, 「建設的文學革命論」, 『新青年』第五卷·第3號, 上海群益書社, 1918. 上海書店 影印, 1988, p.223.

호적이 1920년에 발표한 『상시집(嘗試集)』은 난삽한 문언을 버리고 누구나 이해하기 쉬운 "살아있는" 백화문학을 창작해야 한다는 그의 주장이 구체적으로 반영된 중국 최초의 백화시집이다. 『상시집(嘗試集)』은 총 3편(編)으로 구성되어 있으며, 80여 수의 시가 실려 있다. 아래의 시는 『상시집』에 포함되어 있는 시 가운데 첫 번째 작품인 「나비(蝴蝶)」이다.

蝴蝶[10]

两个黄蝴蝶, 双双飞上天
不知为什么, 一个忽飞还
剩下那一个, 孤单怪可怜
也无心上天, 天上太孤单

두 마리 노랑나비 쌍쌍이 하늘로 올라
웬일인지 그중 한 마리는 그냥 돌아오거늘,
남은 나비 한 마리 쓸쓸해 보여 몹시도 불쌍하네.
그래도 무심히 날아가는데
하늘 위에서 홀로 너무나 쓸쓸하네.

『상시집(嘗試集)』의 시는, 시의 기교 및 운율이 고도로 발달하였던 중국 고대 시에 비해 유치한 수준임을 알 수 있다. 그러나

---

10 胡適, 『嘗試集』, 胡適紀念館, 1971, p.99.

'시험해본다'는 의미를 지닌 "상시(嘗試)"라는 이름처럼 실험주의 정신에 입각하여 과감하게 백화로 시를 창작하는 새로운 시도를 해보았다는 데 그 의미가 있다고 할 수 있다.

호적은 "대담한 가설, 세밀한 논증(大膽的假設 小心的求證)"이란 유명한 말을 남겼다. 우선 "대담한 가설"은, 어떠한 전통적인 제도 혹은 학설도 변할 수 없는 절대적인 진리로 숭상해서는 안 되며 그 이면을 철저히 탐구해야 한다는 것이다. "세밀한 논증"은, 그렇다고 해서 모든 것에 대하여 무조건 비판하거나 비난해서는 안 되며 세심하게 논증하고 평가한 후 결론을 내려야 한다는 의미이다. 그러므로 호적은 비록 주어진 상황, 제도, 전통 등에 대하여 무조건 복종하는 것을 거부하기는 하였지만, 문제점 하나하나에 대하여 회의(懷疑), 가설, 논증을 거치는 학술적 방식을 택하였다.

호적은 1919년 『매주평론(每週評論)』에 발표한 「문제를 많이 연구하고 '주의(主義)'에 대하여 적게 말하자(多研究些問題, 少談些主義)」에서, "현재의 사회적 수요에 대하여 실제적인 연구를 하지 않고 단순히 무슨 주의에 대하여 크게 논하는 것이 …… 어찌 소용이 있을 수 있겠는가?"[11]라고 의문을 표하였다. 그는 이어서 "인력거꾼의 생계를 연구하지 않고, 사회주의를 크게 떠벌이는 것" 등을 예로 들어, "이는 자기를 기만하고 타인도 기만하는 잠꼬대 같은 소리"[12]라고 비판하였다. 이처럼 호적은 순수한 학자

11 "我們不去實地研究我們現在的社會需要, 單會高談某某主義……如何能有用呢?", 胡適, 「多研究些問題, 少談些主義」, 『問題與主義』, 『胡適文集2』, 北京大學出版社, 1998, p.249.

12 "我們不去研究人力車夫的生計, 却去高談社會主義", "這是自欺欺人的夢話", 胡適, 「多研究些問題, 少談些主義」, 『問題與主義』, 『胡適文集2』, 北京大學出版社, 1998, p.249.

로서 사회 문제에 대하여 세밀히 연구를 진행하고 문화적인 각도에서 계몽운동을 꾀하였기에 정치에는 투신하지 않았다. 더더욱 기존의 모든 것을 일거에 뒤집으려는 과격한 혁명과는 일정한 거리를 두었다.

호적의 과학적인 실험주의 정신을 대표하는 문학 작품으로는 1919년에 쓴 짤막하고 해학적인 산문『차부뚜어선생전(差不多先生傳)』을 꼽을 수 있다. "차부뚜어(差不多)"란 '대충대충', '적당히', '큰 차이가 없다'는 뜻으로, 이 작품의 주인공 차부뚜어 선생은 "섬서(陝西)와 산시(山西)는 그게 그거"이며, "천(千)자는 십(十)자보다 한 획이 더 많은 것일 뿐이니, 그게 그거"[13]라고 생각한다. 심지어 그는 자신이 병에 걸려 사경을 헤맬 때조차 사람을 치료하는 의사인 왕(王)씨와 수의사 왕(汪)씨의 성씨가 비슷하다고 생각하여 수의사 왕(汪)씨에게 치료를 받다가 사망한다. 호적은 중국이 낙후되어 발전하지 못하는 중요한 원인이 바로 차부뚜어선생처럼 매사를 대충 얼버무리고 넘기려는 타성에 젖은 국민성에 있음을 풍자한 것이다. 호적은 비록 "대담한 가설과 조심스런 논증"을 이야기하였지만, "방법을 생각하여 가설을 실증하거나 혹은 반증하는 것이, 대담한 가설보다 더욱 중요하다"[14]고 여겼음을 알 수 있다.

그런데, 재미있는 것은 전통에 대한 복종을 거부하고 세밀한 논증을 요구하였던 호적이, 정작 자신의 '종신대사(終身大事)', 즉 결혼에 있어서는 세밀하게 따지지 않고 대충 해버렸다는 것이다.

---

13 "陝西同山西, 不是差不多嗎?", "千字比十字只多一小撇, 不是差不多嗎?", 胡適,「差不多先生傳」,『胡適時論集』,『胡適文集11』, 北京大學出版社, 1998, p.8.

14 "要想法子證實假說或者否證假說, 比大膽的假說更重要。", 胡適,『胡適講演集(上冊)』, 胡適紀念館, 1970, p.7.

그는 옛 중국의 흔한 전통적 방식대로 어머니의 결정에 따라 단 한 번 얼굴도 보지 못한 여인인 강동수(江冬秀 1890~1975)와 결혼하였다. 호적의 어머니 풍순제(馮順弟)는 불과 16세의 나이에 48세였던 호적의 아버지 호전(胡傳)과 결혼을 하였는데, 호적의 아버지는 결혼 6년 만에 젊은 아내와 어린 아들 호적을 남겨두고 사망하였다. 호적의 어머니는 남편이 사망한 후 호적의 교육에 심혈을 기울였기에, 호적은 자신에게 매우 엄격하면서도 지극정성이었던 어머니의 명을 거역할 수 없었던 것이다.[15]

그런데, 미국으로 유학을 떠나기 전이었던 14세 때 할 수 없이 강동수와 약혼을 하였던 호적은, 유학 초기에는 다른 여성을 만나는 것을 삼갔지만 유학 5년째 되는 해인 1914년 이웃집에 살던 코넬대학 교수의 딸인 화가 윌리엄스(Edith Clifford Williams, 1885-1971)를 만나게 된다. 호적은 지적이고 교양이 풍부한 윌리엄스에게 매료되었고, 강동수와 1917년 정식으로 결혼한 후에도 윌리엄스를 잊지 못하여 사망 시까지 서로 수백 통의 편지를 주고받았다.

호적은 미국 유학 시 윌리엄스 이외에, 훗날 중국 최초의 여교수로 성장하는 문학가이자 역사학자인 진형철(陳衡哲 1893~1976)[16]과도 한때 교제하였다. 또한 호적은 북경대학 교수 시

---

15 호적의 어머니는 호적을 매우 엄격하게 대하였다. 호적이 어린 시절 어느 날 친구들에게 아버지가 돌아가셨다는 이야기를 아무렇지도 않게 하자, 상심한 어머니는 그날 밤 호적을 한참 동안 꿇어앉혀 놓고 야단을 쳤다. 그러자 호적은 울면서 손으로 눈물을 닦다가 눈에 세균이 침입하여 눈병에 걸려 일 년 동안이나 고생을 하였다. 이를 안타까워한 호적의 어머니는 밤새도록 아들의 눈을 혀로 핥아주었던 날들도 있었다고 한다.

16 중국 최초의 백화소설은 노신(魯迅)의 『광인일기(狂人日記)』라고 알려져 있다. 그러나 『광인일기(狂人日記)』는 1918년 『신청년(新青年)』에 발표되었고, 진형철의 『하루(一日)』는 1917년 『미국유학생계간(留美學生季報)』에 발표되었으니 『하루(一日)』가 『광인일기(狂人日記)』에 비해 1년 먼저 탄생한 셈이다. 『하루(一日)』는 중국 학생

절인 1923년에는 항주(杭州) 유람 시 만난 친척 여동생뻘되는 항주여자사범학원(杭州女子師範學院) 학생 조성영(曹誠英 1902~1973)을 만나게 되었다. 그녀와 3개월간 사귀며 사랑에 빠진 호적은 고민 끝에 부인 강동수에게 이혼을 요구하였으나, 강동수는 "이혼을 하려거든 당신과의 사이에서 낳은 아들을 죽이고 이혼하자." 며 부엌에서 식칼을 들고 난동을 부렸고, 호적은 이에 기겁하여 이혼 의사를 거두어들였다.[17]

이처럼 전족을 한 안휘성(安徽省) 향촌의 여인 강동수는 당시 중국 시골의 수줍고 순종적인 일반 여성들과는 달리 거침없는 성격으로 많은 화제를 양산해내었고,[18] 대학자 호적은 자유주의자였음에도 공처가가 되어 아내 강동수와 사망 시까지 혼인 관계를 유지하였다.[19]

들과 미국 학생들의 하루 동안의 학교생활을 묘사한 작품으로, 기숙사에서의 잡담 및 수업 광경 등의 내용을 포함하고 있다. 하지만『하루(一日)』의 문학적 가치와 영향력은 중국 전통 유교 사회의 폐해를 날카롭게 지적하여 커다란 반향을 일으켰던『광인일기(狂人日記)』에 비할 바는 못 된다.

17 조성영은 항주여자사범학교를 졸업한 후 호적의 추천으로 동남대학(東南大學) 농학과에 입학하여 공부하게 되었고, 1934년 역시 호적의 추천으로 미국 코넬대학으로 가서 농학(農學)을 전공하였다. 조성영은 1937년 귀국 후 안휘대학(安徽大學)에 교수로 부임함으로써 중국 여성 최초로 농학과 교수가 되었다.

18 호적은 1938년부터 1942년까지 중화민국(中華民國) 주미대사(駐美大使)를 역임하였다. 당시 호적과 함께 미국에서 생활하였던 호적의 아내 강동수는 영어를 한두 마디밖에 하지 못하였는데, 어느 날 집의 창문을 통하여 도둑이 침입하자 도둑을 향해 "Go"라고 큰 소리로 외쳤고, 기가 죽은 도둑은 그대로 달아났다는 일화가 있다. 한편 강동수는 괄괄한 성격과는 달리 요리 솜씨가 매우 뛰어났다. 그녀는 미국의 관리들 및 호적의 지인들을 집에 초청해서 음식 대접하는 것을 좋아하여 "배고픈 사람은 호적의 집으로 가라"는 말이 생겨나기도 하였다.

19 호적은, 유교 사회에서 여자가 남자를 따르고 섬기는 도리인 삼종사덕(三從四德: 삼종(三從): 시집가기 전에는 아버지를 따르고, 시집가서는 남편을 따르고, 남편이 사망하면 아들을 따른다. 사덕(四德): 부녀자는 정조가 굳고 순해야 한다. 말을 가려서 할 줄 알아야 한다. 바느질 및 자수 등 솜씨가 좋아야 한다. 용모가 단정해야 한다.)을 자조적으로 비틀어서 다음과 같은 말을 만들어내기도 하였다. "삼종(三從) : 1) 부인이 외출할 때 모시고 따라다녀야 한다.(太太出門要跟從), 2) 부인 명령에 복종해야 한다.(太太命令要服從), 3) 부인이 틀린 말을 해도 맹종해야 한다.(太太

호적이 1919년 3월 『신청년』 제6권 3호에 발표한 중국 최초의 현대 극본 『종신대사(終身大事)』는 전문(全文) 6,000자 내외의 짧은 단막극이다. 이 작품은 자녀의 자유로운 연애와 결혼을 가로막는 보수적인 부모의 '문제(問題)'를 부각시켜, 개성의 해방 및 자유와 평등이라는 '주의(主義)'를 구체화한 것이다.

호적은 노르웨이의 사실주의 작가 헨리크 입센(Henrik Ibsen, 1828~1906)의 사상을 높이 평가하여, 1918년 6월 『신청년』 제4권 6호를 입센 특집호로 꾸몄다.[20] 그는 여기에 「입센주의(易卜生主義)」를 발표하여, "입센의 장점은 기꺼이 사실을 말한다는 데 있고, 사회의 각종 부패와 불결한 상황을 묘사하여 자세히 보여주는 데 있다."[21]고 말하며 입센의 비판 정신을 찬양한 바 있다. 『종신대사(終身大事)』는 입센이 1897년 발표한 희곡 작품 『인형의 집(A doll's House)』으로부터 영향 받은 바 크다고 할 수 있다. 입센의 『인형의 집』은 중국에서는 『장난감 인형의 집(玩偶之家)』, 『꼭두각시 집안(傀儡家庭)』 등의 이름으로 번역되었는데, 『신청년』 입센 특집호에 실린 『인형의 집』 번역본은 호적과 나가륜(羅家倫)이 작품의 주인공 이름인 『노라(娜拉)』로 제목을 붙였다. 『인형의 집(A

說錯話要盲從). 사덕(四德): 1) 부인이 화장을 할 때 투덜대지 말고 기다려라.(太太化粧要等得), 2) 부인의 생일은 반드시 기억해야 한다.(太太生日要記得), 3) 부인이 때리고 욕해도 참아야 한다.(打罵要忍得), 4) 부인이 쓰는 돈을 아까워하지 말아야 한다.(花錢要舍得)"

20 '입센 특집호'에는 호적(胡適)의 「입센주의(易卜生主義)」, 나가륜(羅家倫1897~1969, 중국의 교육가, 오사(五四)운동 시 학생 대표. 국립청화대학(國立淸華大學) 및 국립중앙대학(國立中央大學) 총장 역임)과 호적이 공동 번역한 「노라(娜拉) (A Doll's House)」, 도이공(陶履恭)이 번역한 「국민의 적(國民之敵) (An Enemy of the People)」, 오약남(吳弱男)이 번역한 「어린 욜프(小愛友夫) (Little Eyolf)」/ 원진영(袁振英)의 「입센전(易卜生傳)」 등의 문장이 실려 있다.

21 "易卜生的長處只在他肯說老實話, 只在他能把社會種種腐敗齷齪的實在情形寫出來叫大家仔細看。" 胡適,「易卜生主義」,『新靑年』第4卷·第6號, 1918, p.490.

doll's House)』의 내용을 간단히 정리하면 다음과 같다.

세 아이의 어머니 노라는 병든 남편 헬마를 위해, 돌아가신 부친의 서명을 위조하여 부친을 보증인으로 내세워 고리대금업자이자 남편의 은행 부하직원 크로구스타에게 돈을 빌린다. 노라는 남편에게는 이 일을 숨기고 남몰래 여러 가지 일을 하며 돈을 갚아나갔고, 헬마는 얼마 후 병에서 회복된다. 그 후 은행장인 헬마는 평소에 자기를 존중하지 않았던 크로구스타를 해고하려고 한다. 그러자 크로구스타는 헬마의 아내 노라가 거짓 서명으로 돈을 빌린 것은 범죄라고 하면서 해고당하면 이 사실을 폭로해버리겠다고 위협한다. 사태가 이 지경에 이르자 헬마는 자신을 위해 지극정성으로 병간호를 하고 돈을 마련한 아내 노라에게 자신의 앞길을 가로막았다며 비난을 퍼붓는다. 이에 노라는, 남편 헬마에게는 사회적 체면과 권위가 최우선이고, 자신은 집안에서 장식품의 역할만하는 인형에 불과하였다는 사실을 자각한 후 집을 떠난다.

『인형의 집』은 가부장제 사회의 전통적인 예절과 체면, 겉치레 속에서 한 여성의 인권이 억압당하고 있는 현실을 적나라하게 폭로한 작품임을 알 수 있다. 『인형의 집』이 남편의 부속품으로 살아가다가 이를 거부하는 가정주부의 이야기라고 한다면, 호적의 『종신대사』는 미신에 매달리는 무지몽매한 어머니와, 딸의 행복보다는 집안의 체면을 최우선으로 여기는 아버지 밑에서 연애와 결혼의 자주권을 박탈당한 젊은 여성의 이야기이다. 입센의 『인형의 집』이 일본에서 공연되자 일본의 많은 보수적인 가정에서는 딸들에게 이 연극을 보지 못하도록 하였고, 호적의 『종신대사』는 부모에게 반항하여 가출하는 딸 전아미(田亞美)의 배역을 맡으려는 사람을 구하기 힘들어서 공연하는 데 큰 어려움을 겪었다는 일화가 있다. 여기에서 『종신대사』의 일부를 감상해보도록 하자.

『종신대사(终身大事)』[22]

算命先生: 这门亲事是做不得的。要是你家这位姑娘嫁了这男人，将来一定没有好结果。

田太太: 为什么呢？

算命先生: 你知道，我不过是据命直言。这男命是寅年亥日生的，女命是巳年申时生的。正合着命书上说的“蛇配虎，男克女。猪配猴，不到头。”这是合婚最忌的八字。属蛇的和属虎的已是相克的了。再加上亥日申时，猪猴相克，这是两重大忌的命。这两口儿要是成了夫妇，一定不能团圆到老。仔细看起来，男命强得多，是一个夫克妻之命，应该女人早年短命。田太太，我不过是据命直言，你不要见怪。

田太太: 不怪，不怪。我是最喜欢人直说的。你这话一定不会错。昨天观音娘娘也是这样说。

算命先生: 哦!观音菩萨也这样说吗？

田太太: 是的，观音娘娘签诗上说——让我寻出来念给你听。(走到写字台边，翻开抽屉，拿出一张黄纸，念道) 这是七十八签，下下。签诗说：“夫妻前生定，因

22 洪深 編選,『中國新文學大系9·戲劇集』, 上海良友圖書印刷公司, 1936. 에서 원문 인용

缘莫强求。逆天终有祸，婚姻不到头。”

· 亲事 [qīn shi]: 혼사.
· 据命直言 [jù mìng zhí yán]: 정해진 운명에 따라 직언을 하다.
· 不到头 [búdàotóu]: 끝까지 못 간다. 오래 못 산다.
· 相克 [xiāng kè]: 상극.
· 见怪 [jiàn guài]: 탓하다. 나무라다.
· 观音菩萨 [Guān yīn pú sà]: 관음보살.
· 签诗 [qiānshī]: 길흉을 시로 적은 제비.
· 寻 [xún]: 찾다. 탐색하다.
· 写字台 [xiězìtái]: 사무용 책상.
· 翻开 [fānkāi]: 열어젖히다.
· 抽屉 [chōu ti]: 서랍.
· 因缘 [yīnyuán]: 연분.
· 逆天 [nì tiān]: 천명을 거스르다.

점술가: 이 혼사는 안 됩니다. 만일 당신네 집안 따님이 이 남자에게 시집을 가면 장래에 반드시 좋지 않은 결과가 생겨요.

전 씨 부인: 어째서요?

점술가: 아시다시피 저는 그저 운명대로 직언하는 것입니다. 이 남자는 범해 해일(亥日)에 태어났고, 여자는 뱀해 신시(申時)생이니, 역학서에 “뱀과 범이 짝지으면 남자가 여자를 누르게 된다. 돼지가 원숭이와 짝짓게 되면 끝까지 가

지 못한다."고 하는 말과 꼭 들어맞는 것입니다. 결혼하는데 있어 가장 금기시하는 팔자라는 것이지요. 뱀띠와 범띠는 이미 상극인데다가, 해일(亥日)에 신시(申時)면 돼지와 원숭이도 상극이니, 금기로 하는 것 두 가지가 겹친 겁니다. 만일 이 두 사람이 부부가 되면 결코 원만하게 해로하지 못해요. 자세히 보면, 남자의 팔자가 너무 세서 남편이 아내를 짓누르는 운명이니, 여자가 젊은 나이에 일찍 죽습니다. 전 씨 부인, 저는 그저 운명대로 직언하는 것이니, 저를 탓하시면 안 됩니다.

전 씨 부인: 천만에요, 탓을 하다니요. 저는 직언을 해주는 것을 가장 좋아해요. 선생님 말씀이 분명히 틀리지 않을 겁니다. 어제 관음보살께서도 그렇게 말씀하셨는걸요.

점술가: 네? 관음보살도 그렇게 말했다고요?

전 씨 부인: 그렇다니까요. 관음보살의 첨시(籤詩)에서 그렇게 말했어요. —— 찾아서 읽어 드릴게요. (책상으로 가서 서랍을 열어 누런 종이를 꺼내 들고 읽는다.) 이것은 78번째 첨시인데, 최하예요. 첨시에 이렇게 쓰여 있군요. "부부의 인연은 전생에 정해진 것이니, 인연을 억지로 만들려고 하지 마라. 하늘을 거역하면 화를 당할 것이며 혼인은 오래가지 못한다."

田太太: 你要知道，这是你的终身大事，我又只生了你一个女儿，我不能胡里胡涂的让你嫁一个合不来的人。

田女: 谁说我们合不来？我们是多年的朋友，一定很合得来。

田太太: 一定合不来。算命的说你们合不来。

田女: 他懂得什么？

田太太: 不单是算命的这样说，观音菩萨也这样说。

田女: 什么？你还去问过观音菩萨吗？爸爸知道了更要说话了。

田太太: 我知道你爸爸一定同我反对，无论我做什么事，他总同我反对。但是你想，我们老年人怎么敢决断你们的婚姻大事。我们无论怎样小心，保不住没有错。但是菩萨总不会骗人。况且菩萨说的话， 和算命的说的，竟是一样，这就更可相信了。(立起来，走到写字台边，翻开抽屉) 你自己看菩萨的签诗。

田女: 我不要看，我不要看!

田太太: (不得已把抽屉盖了) 我的孩子，你不要这样固执。那位陈先生我是很喜欢他的。我看他是一个很可靠的人。你在东洋认得他好几年了，你说你很知道他的为人。但是，你年纪还轻，又没有阅历，你的眼力也许会错的。就是我们活了五六十岁的人，也还不敢相信自己的眼力。因为我不敢相信自己，所以我去问菩萨又去问算命的。菩萨说对不得，算命的也说对不得，这还会错吗？算命的说，你们的八字正是命书最忌的八字，叫做什么“猪配猴，不到头，”正因为你是巳年申时生的，他是——

田女：你不要说了，妈，我不要听这些话。（双手遮着脸，带着哭声） 我不爱听这些话！我知道爸爸不会同你一样主意。他一定不会。

· 固执 [gù zhí]: 고집스럽다.
· 可靠 [kě kào]: 믿음직하다.
· 为人 [wéi rén]: 사람 됨됨이.
· 阅历 [yuè lì]: 경험, 경력.
· 眼力 [yǎn lì]: 안목.
· 算命的 [suàn mìng de]: 점술가. 점쟁이.
· 遮脸 [zhē liǎn]: 얼굴을 가리다.

전 씨 부인: 얘야 이건 너의 종신대사라는 것을 알아야 해. 나도 딸 하나뿐인데, 아무렇게나 맞지도 않는 사람한테 시집보낼 수는 없어.

전 씨의 딸: 우리가 안 맞는다고 누가 그래요? 우리는 여러 해 동안 사귄 친구이고, 아주 잘 맞는다고요.

전 씨 부인: 분명히 서로 맞지 않아. 점쟁이가 너희들은 맞

지 않는다고 했어.

전 씨의 딸: 그 사람이 뭘 알아요?

전 씨 부인: 점쟁이만 그렇게 말한 게 아니야. 관음보살도 그렇게 말했어.

전 씨의 딸: 뭐라고요? 관음보살한테 가서도 물어보셨어? 아빠가 아시면 또 한마디 하시겠네요.

전 씨 부인: 나도 네 아빠가 분명히 내 의견에 반대할 것이라는 걸 안다. 내가 뭘 하든 그 양반은 늘 반대했으니까. 하지만 너도 생각해봐라. 우리 노인네들이 어찌 너희들의 혼인 대사를 과감하게 결정할 수 있겠니? 우리가 아무리 조심한다고 해도 틀림이 없다고 보장할 수 없어. 그렇지만 보살님은 속이는 법이 없지. 더구나 보살님 말과 점쟁이 말이 일치하고 있으니 더욱 신뢰할 만하지 않느냐? (일어나서 책상으로 가 서랍을 연다.) 네가 직접 보살님의 첨시(籤詩)를 보려무나.

전 씨의 딸: 보기 싫어요. 보기 싫다니까요.

전 씨 부인: (할 수 없이 서랍을 닫으며) 얘야, 그렇게 고집부리지 마라. 나도 진 선생 그 사람을 좋아한단다. 내가 보기에 아주 믿을 만한 사람이야. 네가 일본에서 그를 여러 해 동안 알고 지냈기에 그 사람의 됨됨이를 잘 안다고 말했지만,

너는 나이도 아직 어리고 경험도 부족하기 때문에 너의 안목에는 문제가 있을 수 있는 거야. 우리처럼 5,60세가 된 사람들도 자신의 안목을 감히 믿을 수 없지. 나도 나 자신을 믿지 못하기 때문에 보살님도 찾아가고 점쟁이도 찾아가는 거란다. 보살님도 맞지 않는다고 하고, 점쟁이도 맞지 않는다고 하는데, 그래도 틀림이 있을 수 있겠니? 점쟁이가, 너희들의 팔자가 바로 역학서에서 가장 금기시하는 팔자라고 했단다. 뭐라고 하더라? "돼지와 원숭이가 짝을 지으면 끝까지 가지 못한대." 왜냐하면 너는 뱀해의 신시(申時)생이고, 그 사람은 ——

전 씨의 딸: 말씀하지 마세요, 엄마, 저 이런 얘기 듣기 싫어요. (두 손으로 얼굴을 가리고, 울음소리를 띠며) 아빠는 분명히 엄마와는 생각이 다르실 거예요. 아빠는 분명히 그러지 않으실 거예요.

田先生: 亚梅，我不愿意你同那姓陈的结婚。

田女: (惊慌) 爸爸你是同我开玩笑，还是当真？

田先生: 当真。这门 亲事一定做不得的。我说这话，心里很难过，但是我不能不说。

田女: (摸不着头脑) 你又不相信菩萨和算命？

田先生: 决不，决不。

田先生:（捧着一大部族谱进来）你瞧，这是我们的族谱。（翻开书页， 乱堆在桌上）你瞧，我们田家两千五百年的祖宗，可有一个姓田的和姓陈的结亲？

田 女: 为什么姓田的不能和姓陈的结婚呢？

田先生: 因为中国的风俗不准同姓的结婚。

田 女: 我们并不同姓。他家姓陈我家姓田。

田先生: 我们是同姓的。中国古时的人把陈字和田字读成一样的音。我们 的姓有时写作田字，有时写作陈字，其实是一样的。你小时候读过『论语』吗？

田 女: 读过的，不大记得了。

田先生:『论语』上有个陈成子，旁的书上都写作田成子，便是这个道理。两千五百年前，姓陈的和姓田只是一家。后来年代久了，那写作田字的便认定姓田写作陈字的便认定姓陈。外面看起来好像是两姓，其实是一家。所以两姓祠堂里都不准通婚。

田女: 难道两千五百年前同姓的男女也不能通婚吗？

田先生: 不能。

田女：爸爸，你是明白道理的人，一定不认这种没有道理的祠规。

田先生：管他有理无理，这是祠堂里的规矩，我们犯了祠规就要革出祠堂。前几十年有一家姓田的在南边做生意，就把女儿嫁给姓陈的。后来那女的死了，陈家祠堂里的族长不准她进祠堂。她家花了多少钱，捐到祠堂里做罚款，还把"田"字当中那一直拉长了，上下都出了头，改成了"申"字，才许她进祠堂。

田女：（绝望了）爸爸！你一生要打破迷信的风俗，到底还打不破迷信的祠规！这是我做梦也想不到的！

· 开玩笑 [kāi wánxiào]: 농담하다. 웃기다.
· 当真 [dàngzhēn]: 사실이다. 진실로 받아들이다.
· 做不得 [zuòbude]: 할 수 없다. 해서는 안 된다.
· 瞧 [qiáo]: 보다, 구경하다.
· 结亲 [jiē qīn]: 장가를 들다. 신부를 맞이하다.
· 记得 [jì de]: 기억하고 있다.
· 祠堂 [cítáng]: 사당.
· 通婚 [tōng hūn]: 통혼하다. 혼인 관계를 맺다.
· 祠规 [cíguī]: 사당의 규칙, 법규.
· 承认 [chéngrèn]: 승인하다. 허가하다. 시인하다.
· 衙门 [yámen]: 아문. 관아(官衙). 관공서.
· 革出 [géchū]: 제명다. 제적하다.
· 捐 [juān]: 바치다. 헌납하다. 기부하다.

전 선생: 아매야, 나는 네가 그 진 씨와 결혼하는 것을 원치 않는다.

전 씨의 딸: (놀라서 당황하며) 아빠 농담하시는 거예요? 아니면 진담이세요?

전 선생: 정말이다. 이 혼사는 절대로 해서는 안 돼. 이런 말을 하는 나도 마음이 불편하단다. 그렇지만 말을 하지 않을 수 없구나.

전 씨의 딸: (영문을 몰라 하면서) 아빠는 보살도 점쟁이도 믿지 않으시잖아요.

전 선생: 절대 믿지 않지. 절대로.

전 선생: (커다란 족보 책을 가지고 들어온다.) 봐라, 이게 우리 족보다. (책장을 넘기다가 책상 위에 되는대로 쌓아 놓으며) 봐라, 우리 전 씨 집안 2,500년의 조상 중에서 전 씨 성 가진 사람이 진 씨 성 가진 사람과 결혼한 적이 있느냐?

전 씨의 딸: 전 씨는 왜 진 씨와 결혼하면 안 돼요?

전 선생: 중국의 풍속에 따라 동성끼리는 결혼하면 안 되기 때문이지.

전 씨의 딸: 우리는 동성이 아니에요. 그 집안은 진 씨이고,

우리 집안은 전 씨잖아요.

전 선생: 우리는 동성이야. 중국의 옛사람들은 진(陳) 자와 전(田) 자를 같은 음으로 읽었어. 우리의 성도 어떤 때는 전(田) 자로 어떤 때는 진(陳) 자로 쓰는데, 사실 같은 것이지. 너 어릴 때 『논어』 읽어봤지?

전 씨의 딸: 읽어봤지요. 잘 기억나진 않지만.

전 선생: 『논어』에 진성자(陳成子)라는 사람이 나오는데, 다른 책에는 모두 전성자(田成子)로 쓰여 있어. 바로 이러한 이치인 거야. 2,500년 전에는 진 씨와 전 씨는 한집안이었다는 것이다. 그 후에 세월이 오래 지나면서 전 자를 쓰는 사람은 전 씨로, 진 자를 쓰는 사람은 진 씨로 인정하게 된 거지. 겉으로 보면 두 개의 성씨이지만 사실 한집안인 것이고, 그래서 두 성씨의 집안에서는 서로 결혼하는 것을 허락하지 않는 거란다.

전 씨의 딸: 설마 2,500년 전에도 남녀가 동성이면 결혼을 할 수 없었단 거예요?

전 선생: 할 수 없었지.

전 씨의 딸: 아빠, 아빠는 사리 분별을 하실 줄 아는 분이니까, 이런 이치에 맞지 않는 사당(祠堂)의 규율을 인정하지 않으실 것 아니에요?

전 선생: 이치에 맞던, 맞지 않던 이건 사당의 규율이야. 우리가 사당의 규율을 어기게 되면 사당에서 쫓겨나게 되어 있어. 몇십 년 전에 전 씨 성을 가진 사람이 남쪽 지방에서 장사를 할 때, 딸을 진 씨에게 시집보냈단다. 후에 그 딸이 죽었는데 진 씨 사당의 족장은 그녀를 사당 안에 들여놓지 않았어. 그녀의 집안에서 상당액의 돈을 사당에 벌금으로 내고, "전(田)" 자의 가운데 획을 길게 늘여 위아래로 나오게 해서 "신(申)" 자로 고친 후에야 비로소 사당 안으로 들어오도록 허락받을 수 있었던 거야.

전 씨의 딸: (절망하며) 아빠! 아빠는 일생 미신적인 풍속을 타파하려 하셨으면서, 아직도 미신적인 사당의 규율은 타파하지 못하셨군요! 저는 꿈에도 이러실 줄 몰랐어요!

田女: (抬起头来，看见李妈) 陈先生还在汽车里等着吗？

李妈: 是的。这是他给你的信，用铅笔写的。(摸出一张纸，递与田女)

田女: (读信) "此事只关系我们两人与别人无关你该自己决断" (重念末句) "你该自己决断！"是的，我该自己决断！(对李妈说) 你进去告诉我爸爸和妈，叫他们先吃饭不用等我。我要停一会再吃。(李妈点头自进去。田女士站起来，穿上大衣，在写字台上 匆匆写了一张字条，压在桌上花瓶底下。她回头一望，匆匆从右边门出去了。略停了一会。)

田先生: (看见花瓶底下的字条。)这是什么。(取字条念道) “这是孩儿的终身大事，孩儿该自己决断，孩儿现在坐了陈先生的汽车去了，暂时告辞了。” (田太太听了，身子往后一仰，坐倒在靠椅上。田先生冲向右边的门，到了门边，又回头一望，眼睁睁的显出迟疑不决的神气。幕下来)

· 摸出 [mōchu]: 찾아내다. 꺼내다.
· 递与 [dìyǔ]: 넘겨주다. 내주다. 건네다.
· 该 [gāi]: ~해야 한다. ~의 차례다.
· 决断 [juéduàn]: 결단하다. 마음을 정하다.
· 停 [tíng]: 멎다. 서다. 멈추다.
· 匆匆 [cōngcōng]: 총총한 모양. 분주한 모양.
· 字条(儿) [zìtiáo(r)]: 쪽지. 메모.
· 压 [yā]: 압력을 가하다. 누르다. 억제하다.
· 花瓶(儿) [huāpíng(r)]: 꽃병. 화병.
· 略 [lüè]: 대충. 대략. 약간.
· 念道 [niàn dao]: (소리내어) 읽다.
· 终身大事 [zhōng shēn dà shì]: 일생의 큰일, 결혼.
· 告辞 [gàocí]: 작별을 고하다. 헤어지다.
· 靠椅 [kàoyǐ]: 등받이가 있는 의자.
· 冲向 [chòngxiàng]: ~를 향해 돌진하다.
· 眼睁睁(的) [yǎnzhēngzhēng(de)]: 눈을 뻔히 뜨고. 빤히 보면서.
· 显出 [xiǎnchū]: 나타나다. 드러나다.

· 迟疑不决 [chíyíbùjué]: 망설이며 결단을 내리지 못하다.

· 神气 [shénqì]: 표정. 기색. 안색. 의기양양하다.

전 씨의 딸: (고개를 들어 이 씨 아주머니를 바라보며) 진 선생이 아직도 차안에서 기다리고 있어요?

이 씨 아주머니: 네, 이거 그 분이 아가씨에게 주는 편지인데, 연필로 썼네요. (종이 한 장을 꺼내어 전 씨의 딸에게 건네준다.)

전 씨의 딸: (편지를 읽는다.) "이 일은 우리 두 사람하고만 관련된 일이며 다름 사람과는 관계가 없으니 스스로 결단을 해야 하오." (마지막 구절을 다시 읽는다.) "당신 스스로 결단을 해야 하오!" 그래, 나 스스로 결단을 해야 해! (이 씨 아주머니에게 말한다.) 아주머니, 들어가서 아빠, 엄마에게 저 기다리지 말고 먼저 식사하시라고 하세요. 저는 좀 있다가 먹을게요. (이 씨 아주머니가 고개를 끄덕이며 들어간다. 전 씨의 딸은 일어서서 외투를 입고 책상에서 급히 쪽지를 써서 탁자 위의 꽃병으로 눌러놓는다. 그녀는 한 번 뒤를 돌아보고 급히 오른쪽 문으로 나간다. 잠시 극이 멈춘다.)

전 선생: (꽃병 아래에 있는 쪽지를 보며) 이게 뭐야? (쪽지를 꺼내어 읽는다.) "이것은 저의 종신대사이므로, 스스로 결단해야 합니다. 저는 지금 진 선생의 차를 타고 떠나며, 잠시 작별을 고합니다." (전 씨 부인이 듣고 나서 몸을 뒤로 젖히며 등받이 의자에 주저앉는다. 전 선생은 오른쪽 문으로 뛰어나가다가 문 옆에 이르러 뒤를 한 번 돌아본다. 눈을 부릅뜨고 어찌할 바를 모르는

기색을 드러낸다. 막이 내린다.)

『인형의 집』 못지않게 커다란 반향을 불러일으킨 『종신대사』의 작가 호적, 그는 개성의 해방과 자유를 부르짖은 신문화운동의 선구자였지만 정작 자신은 어머니의 뜻에 순종하여 강동수와 결혼한 후 평생 "개성과 자유"를 억압당하고 살았다는 사실이 매우 아이러니컬하다. 문자의 개량(改良)을 통하여 문학혁명에 공헌하였던 호적은 자신의 결혼생활에서는 과감한 개량과 혁명을 이루지 못하였던 것이다. 그러나 호적이 "대담한 가설" 아래 한 발자국씩 "조심스레 논증"하는 인생관과 학문적 태도를 견지하였던 덕분에 오늘날 후학들은 여러 분야에서 그의 풍부한 학문적 성과를 공유할 수 있게 되었다.

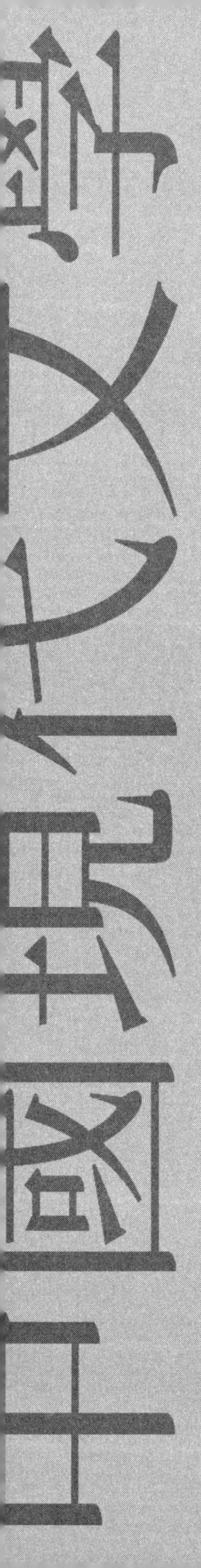

세상에 창을 겨누고
고독과 싸운

노신(루쉰 魯迅)

노신(루쉰 魯迅, 1881~1936)의 본명은 주수인(周樹人)이다. 그는 절강성(浙江省) 소흥(紹興)의 부유한 가정에서 태어났지만, 12살 때인 1893년 할아버지가 과거시험 비리에 연루되어 투옥되었고, 아버지마저 중병에 걸려 쓰러지자 점차 가세가 기울어졌다. 어린 노신은 아버지의 약값을 마련하기 위하여 집안의 물건을 전당포에 맡기고, 한의사가 처방한 각종 기괴한 약재들(교미하는 귀뚜라미 한 쌍, 낡은 북 가죽, 서리 맞은 사탕수수 등)을 구하러 다녀야 했다. 그러나 병은 차도를 보이질 않아 아버지는 3년 후 작고하였고, 이후 노신은 중국 전통 의학에 대하여 깊은 불신감을 가지게 되었다.

1898년 노신은 고향을 떠나 남경(南京)의 강남수사학당(江南水師學堂)과 광무철로학당(礦務鐵路學堂)에서 공부하였고, 1902년에는 일본으로 유학을 떠나 고분학원(弘文學院)을 거쳐 1904년 센다이의학전문학교(仙臺醫學專門學校)에 입학하였다.

그는 이곳에서 해부학 교수 후지노 겐쿠로(藤野嚴九郎 1874~1945)를 만나게 되었다. 후지노 교수는 노신을 매우 친절하게 대하였고, 노신의 강의 노트를 가지고 가서 직접 일일이 빨간색 연필로 수정해 주었다. 그러나 후지노 교수의 열성적인 지도에도 불구하고, 러일전쟁이 진행 중이었던 당시 노신은 교실에서 환등기 필름 한 편을 관람한 것이 계기가 되어 의학 공부를 포기하였다.

환등기 필름에는, 러일전쟁 시 중국인 남자 한 명이 러시아 스파이 활동을 했다는 죄명으로 무릎이 꿇려진 채 일본 군인의 칼날에 목이 잘리는 장면이 담겨 있었다. 교실 안의 일본인 급우들은 그 장면을 보고 환호하였다. 그런데 노신에게 가장 충격을 준 것은 일본군의 잔혹함과 일본인 급우들의 환호성보다, 처형장에 모여든 수많은 중국인들의 모습이었다. 그들은 동포의 억울한 죽음에 대해 안타까워하거나 분개하기는커녕, 그 처참한 장면을 단지 일상의 무료함을 달래주는 하나의 구경거리로 삼아 무표정하게 바라보고만 있었다. 노신은, 신체가 아무리 건강해도 정신이 마비되어 있으면 아무 소용이 없다고 생각한 끝에 의학을 버리게 된 것이다.

1906년 동경(東京)으로 간 노신은 독일어 및 러시아어 등 외국어 학습에 몰두하는 한편, 서양의 진화학설을 소개한 논문인 『사람의 역사(人之歷史)』, 『과학사교편(科學史教篇)』 등과 서양의 역사 문화 발전 과정을 분석하고 그 문제점을 지적한 『문화편향론(文化偏至論)』을 발표하였다. 또한 노신은 이 시기에 바이런(George Gordon Byron)과 셸리(Percy Bysshe Shelley), 푸시킨(Aleksandr Pushkin) 등 반항정신과 전투정신을 지닌 시인들의 행적과 작품을 소개한 『마라시역설(摩羅詩力說)』도 집필하였다.

니체의 초인(超人)사상에 동의하였던 노신은 『문화편향론(文化偏至論)』에서 "여러 나라와 각축을 벌임에 있어 가장 중요한 일은 '입인(立人: 사람을 사람답게 바로 세우는 것)'이고, …… 그 방법을 말하자면, 반드시 개성을 존중하고 정신을 진작(振作)하는 것이다. 만일 그렇게 하지 않으면 멸망하는 데 한 세대를 기다리지 않아도 될 것"[23]이라고 경고하였다. 여기에서 노신이 말한 '초인'이란 절대적인 권력과 개혁 의지를 가진 한두 명의 선각자가 아니며 교육을 통하여 '입인(立人)'을 이룬 각성한 지식인임을 알 수 있다. 동시에 그는 세상을 바꾸는 데 있어 다수의 민중들의 힘에 의

23 "角逐列國是務, 其首在立人, …… 若其道術, 乃必尊個性而張精神。假不如是, 槁喪且不俟夫一世。", 「文化偏至論」, 『墳』, 『魯迅全集1』, 人民文學出版社, 1981, p. 57.

지하는 방법을 그다지 신뢰하지 않았음을 보여주고 있다.

노신은 1909년 일본에서 귀국한 후 항주(杭州), 소흥(紹興) 등지에서 교원 생활을 하였고, 신해혁명(辛亥革命) 이후에는 남경(南京)과 북경(北京)에서 교육부 직원으로 일하며, 여가시간에는 고서 및 불경을 연구하고 비문(碑文)을 베끼는 작업을 하였다. 이처럼 몇 년간 두드러진 행적을 보이지 않고 침묵을 지키던 노신은 『신청년(新青年)』 동인이었던 옛 친구 전현동(錢玄同 1887~1939)과의 대화가 계기가 되어 문필 활동을 시작하게 되었다. 노신은 전현동에게, "쇠로 만든 어떤 방 안에 창문도 없고 절대 부술 수 없는데, 그 안에 수많은 사람들이 깊이 잠들어 있다고 가정했을 때, …… 자네가 소리를 질러 비교적 의식이 남아있는 몇 사람들을 깨운다면, 이 불행한 몇 사람들에게 돌이킬 수도 없는 임종의 고통을 주게 될 것인데, 자네는 그 사람들한테 미안하지 않겠나?" 라고 물었다. 그러자 전현동은, "그래도 몇 사람이라도 깨어나게 되면, 쇠로 만든 방을 깨부술 수 있는 희망이 전혀 없다고 할 수 없다."[24]고 대꾸하였다. 이에 노신은 희망을 말살할 수 없다고 생각하여 글을 쓰기로 작정하였는데, 이러한 노신의 결심으로 탄생한 작품이 바로 중국 최초의 백화 단편소설 『광인일기(狂人日記)』이다.

1918년 『신청년』에 발표된 『광인일기』는 주변 사람들이 모두 자신을 잡아먹으려 한다는 피해망상증에 시달리는 광인(狂人)을 주인공으로 내세웠다. 광인은 어느 날 식인(食人)의 역사를 탐

24 "假如一間鐵屋子, 是絶無窓戶而萬難破毀的, 裏面有許多熟睡的人們, …… 現在你大嚷起來, 驚起了較爲淸醒的幾個人, 使這不幸的少數者來受無可挽救的臨終的苦楚, 你倒以爲對得起他們碼?", "然而幾個人旣然起來, 你不能說決沒有毁壞這鐵屋的希望。", 「自序」, 『吶喊』, 『魯迅全集1』, 人民文學出版社, 1981, p. 419.

구하기 위해 역사책을 뒤져 보았는데, 역사책에는 "연대도 없이, 페이지마다 비뚤비뚤하게 '인의도덕(仁義道德)'이라는 몇 글자가 적혀 있을 뿐이었다. …… 한밤중까지 자세히 살펴보니, 글자들의 틈새에서 또 다른 글자가 나타나면서 온 책 안에 '식인'이라는 두 글자가 넘쳐나게 되었다."[25] 노신은 광인의 입을 빌어 유교 문화가 지배하였던 중국의 역사를 상층계급이 하층계급을 탄압하고 착취하며 심지어 마음대로 목숨까지 빼앗는 식인(食人)의 역사로 규정하였던 것이다.

1919년 『신청년』에 실린 『공을기(孔乙己)』는, 『광인일기』에 이은 노신의 두 번째 백화 단편소설이다. 이 작품은 '공을기'라는 이름에서 공자(孔子)가 연상되듯, 철저히 몰락한 사대부 공을기를 주인공으로 내세워 봉건적 유교사상의 폐해를 고발하였다. 공을기는 어린 아이들에게 인정을 베푸는 호인의 면모를 지니고 있기도 하지만, 사대부로서의 체면의식과 허영심에 젖어있다. 과거시험에 몇 차례 낙방한 그의 지식은 술안주 '회향두(茴香豆)'의 '회(茴)'자를 쓰는 네 가지 방법을 과시하고, 남들에게 책을 베껴 써주며 밥을 얻어먹는 데에만 쓰일 뿐 현실을 살아나감에 있어 아무 소용이 없다. 공을기는 무위도식의 게으른 생활 습관이 몸에 배어, 최소한의 생계유지를 위해 책을 필사하는 일에도 자주 싫증을 낸다. 결국 그는 남의 물건을 훔치다가 발각되어 얻어맞아 불구가 되며, 뭇사람들의 조롱 속에 비참하게 살다가 잊혀진다.

---

25 "沒有年代, 歪歪斜斜的每葉上都寫着'仁義道德'幾個字。…… 仔細看了半夜, 在從字縫裏看出字來, 滿本都寫着兩個字是'吃人'!", 「狂人日記」, 『吶喊』, 『魯迅全集1』, 人民文學出版社, 1981, p. 425.

孔乙己[26]

鲁镇的酒店的格局，是和别处不同的：都是当街一个曲尺形的大柜台，柜里面预备着热水，可以随时温酒。做工的人，傍午傍晚散了工，每每花四文铜钱，买一碗酒，——这是二十多年前的事，现在每碗要涨到十文，——靠柜外站着，热热的喝了休息；倘肯多花一文，便可以买一碟盐煮笋，或者茴香豆，做下酒物了，如果出到十几文，那就能买一样荤菜，但这些顾客，多是短衣帮，大抵没有这样阔绰。只有穿长衫的，才踱进店面隔壁的房子里，要酒要菜，慢慢地坐喝。

· 鲁镇 [lǔzhèn]: 루전(마을 이름).

· 酒店 [jiǔdiàn]: 술집. 호텔.

· 格局 [géjú]: 구조. 짜임새. 방식.

· 当街 [dāng jiē]: 한길에 근접해 있다. 거리에 접하다.

· 曲尺形 [qūchǐxíng]: 기역자 모양. 곱자형.

· 柜台 [guìtái]: 계산대. 카운터.

· 预备 [yùbèi]: 예비하다. 준비하다. ~할 예정이다.

· 温酒 [wēn jiǔ]: 술을 (알맞게) 데우다.

· 做工 [zuò gōng]: 일하다. 노동하다.

· 傍午傍晚 [bàngwǔbàngwǎn]: 정오나 해 질 무렵.

· 散工 [sàn gōng]: 공장이 파하다. 하루의 일이 끝나다. 직공을 해고하다.

26 「孔乙己」,『呐喊』,『鲁迅全集1』, 人民文學出版社, 1981. 에서 원문 인용

· 每每 [měiměi]: 언제나. 항상. 늘.
· 四文 [sìwén]: 네 푼 (文: 화폐단위).
· 涨 [zhǎng]: (값이) 오르다. 물이 붇다.
· 靠 [kào]: 기대다. 믿다.
· 倘 [tǎng]: 만약 ~이라면.
· 肯 [kěn]: 기꺼이 ~ 하다. 수긍하다.
· 盐煮笋 [yánzhǔsǔn]: 소금물에 끓인 죽순.
· 茴香豆 [huíxiāngdòu]: 회향두 (누에콩으로 만들었음).
· 荤菜 [hūncài]: 고기 요리. 생선·육류 요리.
· 顾客 [gùkè]: 고객.
· 短衣帮 [duǎnyībāng]: 짧은 옷을 입은 날품팔이들.
· 大抵 [dàdǐ]: 대개. 대략. 대체로.
· 阔绰 [kuòchuò]: 사치스럽다. 호사스럽다.
· 长衫 [chángshān]: 장삼(長衫). 두루마기 모양의 중국 전통 옷.
· 踱 [duó]: 거닐다. 천천히 걷다.
· 店面 [diànmiàn]: 가게. 점포. 매장.
· 隔壁 [gébì]: 이웃. 옆방. 격실.

노진(魯鎭) 주점의 구조는 다른 곳과 달랐다. 기역자 형태의 선술 탁자가 길거리에 접해 있고, 탁자 안에는 뜨거운 물이 준비되어 있어서 언제라도 술을 데울 수 있었다. 막노동꾼들은 오후나 저녁에 일을 마치고 모두들 동전 네 푼으로 술을 한 사발씩 사서 —— 이것은 20여 년 전 일로서 지금은 한 사발에 열 푼으로 올랐다. —— 선술 탁자에 기대어 서서 따뜻하게 술을 데워 마시며 휴식을 취하였다. 한 푼 더 쓰면 소금물에 삶은 죽순이나 회향두 한 접시를 시켜서 안주로 먹을 수 있었다. 만일 열 몇 푼을 내면 고기요리 한 가지를 시켜 먹을 수 있지만 이곳의 고객들은 대부분 짧은 옷을 입은 가난한 노동자들이라 그러한 호사를 누리지는 못하였다. 긴 두루마기를 입은 자들이나 주점 안 옆의 방 안으로 느릿느릿 걸어 들어가서 술과 요리를 시켜놓고 천천히 앉아서 마실 수 있었다.

孔乙己是站着喝酒而穿长衫的唯一的人。他身材很高大；青白脸色，皱纹间时常夹些伤痕；一部乱蓬蓬的花白的胡子。穿的虽然是长衫，可是又脏又破，似乎十多年没有补，也没有洗。他对人说话，总是满口之乎者也，叫人半懂不懂的。因为他姓孔，别人便从描红纸上的“上大人孔乙己”这半懂不懂的话里，替他取下一个绰号，叫作孔乙己。

· 身材 [shēncái]: 체격. 몸집. 몸매.
· 青白 [qīngbái]: 창백하다.
· 皱纹 [zhòuwén]: 주름. 주름살. 구김살.
· 时常 [shícháng]: 늘. 항상. 자주.
· 夹 [jiā]: 끼우다. 집다.
· 伤痕 [shānghén]: 상흔. 상처 자국. (물건의) 흠집.
· 乱蓬蓬的 [luànpēngpēng(de)]: (머리카락 따위가) 마구 헝클어진 모양.
· 花白 [huābái]: (머리가) 희끗희끗하다. 반백이다.
· 胡子 [húzi]: 수염.
· 脏 [zāng]: 더럽다. 불결하다.

· 破 [pò]: 시시하다. 낡다. 찢어지다. 파손되다.

· 补 [bǔ]: 보수하다. 때우다. 깁다.

· 之乎者也 [zhī hū zhě yě]: 옛날 말투. 케케묵은 지식을 자랑하다.

· 半懂不懂 [bàndǒngbùdǒng]: 알쏭달쏭하다. 긴가민가하다.

· 描红纸 [miáohóngzhǐ]: 붉은 글씨로 인쇄되어 있는 습자용지.

· 上大人 [shàngdàrén]: 어린이들이 붓글씨를 처음 배울 때 사용한 붉은 습자첩 / 대인군자. 어르신. 대인.

· 绰号 [chuòhào]: 별명.

공을기는 선 채로 술을 마시는 사람들 중 유일하게 긴 두루마기를 입은 자였다. 그는 몸집이 컸고, 낯빛이 창백하였다. 주름살 사이엔 늘 흉터가 보였고, 마구 헝클어진 희끗희끗한 수염이 나 있었다. 비록 긴 두루마기를 입고 있었지만, 옷은 더럽고 낡아 있었다. 아마도 족히 십여 년은 꿰매지도 않고 빨지도 않은 듯하였다. 그는 말을 할 때마다 항상 옛날 말투로 "~이니라"라고 해서 알 듯 말 듯 이해하기 어려웠다. 그는 공 씨였기에 사람들이 습자 교본의 "상대인공을기"라고 쓰여 있는 알쏭달쏭한 말을 따와서 그의 별명을 공을기라고 붙인 것이다.

听人家背地里谈论，孔乙己原来也读过书，但终于没有进学，又不会营生；于是愈过愈穷，弄到将要讨饭了。幸而写得一笔好字，便替人家抄抄书，换一碗饭吃。可惜他又有一样坏脾气，便是好喝懒做。坐不到几天，便连人和书籍纸张笔砚，一齐失踪。

· 谈论 [tánlùn]: 담론(하다). 논의(하다). 비난(하다).
· 进学 [jìn xué]: 과거에 합격하여 부(府)·현(縣)에 있는 학교에 입학하다.
· 营生 [yíngshēng]: 생활을 영위하다. 생계를 꾸리다.
· 弄到 [nòngdao]: ~하게 되다.
· 讨饭 [tǎofàn]: 걸식하다. 빌어먹다.
· 幸而 [xìng'ér]: 다행히. 운 좋게.
· 抄书 [chāo shū]: 책을 베끼다.
· 可惜 [kě xī]: 섭섭하다. 아쉽다. 아깝다.
· 坏脾气 [huàipíqi]: 고약한 성미. 못된 성질.
· 好喝懒做 [hàohēlǎnzuò]: 술 마시기 좋아하고 일하는 것을 싫어하다.
· 书籍 [shūjí]: 서적. 책.
· 笔砚 [bǐ yàn]: 붓과 벼루.
· 一齐 [yìqí]: 일제히. 동시에. 다 같이.
· 失踪 [shī zōng]: 실종되다. 행방불명되다.

사람들이 뒤에서 이야기하는 것을 들어보니, 공을기도 원래 글깨나 읽었는데 끝내 과거에 합격하지 못하여 생계를 유지하기 힘들어졌고, 갈수록 가난해져서 밥을 빌어먹는 지경에까지 이르게 되었다는 것이다. 다행히 글씨를 잘 써서 사람들에게 책을 베껴주는 일을 하며 밥을 얻어먹었는데, 안타깝게도 술을 좋아하고 일을 게을리하는 나쁜 버릇이 있었다. 일을 시키면 며칠 앉아있지 못하고 사람과 책, 종이와 붓 벼루가 한꺼번에 실종되는 것이었다.

孔乙己喝过半碗酒，涨红的脸色渐渐复了原，旁人便又问道，“孔乙己，你当真认识字么？”孔乙己看着问他的人，显出不屑置辩的神气。他们便接着说道，“你怎的连半个秀才也捞不到呢？”孔乙己立刻显出颓唐不安模样，脸上笼上了一层灰色，嘴里说些话；这回可是全是之乎者也之类，一些不懂了。在这时候，众人也都哄笑起来：店内外充满了快活的空气。

有一回对我说道，“你读过书么？”我略略点一点头。他说，“读过书，……我便考你一考。茴香豆的茴字，怎样写的？”我想，讨饭一样的人，也配考我么？便回过脸去，不再理会。孔乙己等了许久，很恳切的说道，“不能写罢？……我教给你，记着！这些字应该记着。回字有四样写法，你知道么？”我愈不耐烦了，努着嘴走远。孔乙己刚用指甲蘸了酒，想在柜上写字，见我毫不热心，便又叹一口气，显出极惋惜的样子。

· 涨红 [zhǎng hóng]: 붉어지다.
· 复原 [fùyuán]: 복원하다. (건강 등을) 회복하다.
· 不屑置辩 [bùxièzhìbiàn]: 논할 가치도 없음.
· 秀才 [xiùcai]: 과거에 응시하는 선비. 과거의 과목 이름.
· 捞 [lāo]: (물속에서) 건지다. 끌어올리다. 얻다.
· 颓唐 [tuítáng]: 기가 죽다. 의기소침하다.
· 笼 [lǒng]: 자욱하다. 뒤덮다.
· 哄笑 [hōngxiào]: 떠들썩하게 웃어 대다.
· 快活 [kuàihuo]: 쾌활하다. 즐겁다. 유쾌하다.
· 不理会 [bùlǐhui]: 상대하지 않다. 거들떠보지 않다.
· 恳切 [kěnqiè]: 간절하다. 간곡하다.

· 耐烦 [nàifán]: 인내심이 강하다. 잘 견디다.

· 努嘴 [nǔ zuǐ]: 입을 삐죽 내밀다.

· 指甲 [zhǐ jia]: 손톱.

· 蘸 [zhàn]: 찍다. 묻히다.

· 显出 [xiǎnchū]: 나타나다. 드러나다.

· 惋惜 [wǎnxī]: 애석해하다. 아쉬워하다.

술을 반 사발 마셔서 벌겋게 달아올랐던 공을기의 얼굴이 점차 원상태로 돌아왔다. 옆 사람이 또 물어왔다. "공을기, 당신 정말 글을 알아?" 공을기는 질문을 한 사람을 쳐다보면서 논할 가치도 없다는 기색을 드러내었다. 그들은 계속해서 물어보았다. "당신 어째서 반쪽짜리 수재도 건져내지 못한 거지?" 공을기는 곧 기가 죽어 불안한 태도를 보였다. 얼굴은 잿빛이 되어 뭐라고 중얼거리는데, 하는 말이 전부 "~이니라"는 투여서 알아들을 수가 없었다. 이때 사람들이 모두 웃음을 터뜨려서 가게 안은 유쾌한 분위기가 넘치게 된다.

(공을기가) 한번은 나에게 물었다. "글공부 해본 적이 있느냐?" 나는 고개를 약간 끄덕였다. 그는 말했다. "글공부를 해보았다니, …… 내가 너를 좀 시험해보자. 회향두의 회자를 어떻게 쓰는지 아느냐?" "거지같은 사람이 나를 시험하려고 해?"라고 생각한 나는 고개를 돌리고는 상대도 하지 않았다. 공을기는 한참을 기다리다가 간절한 말투로 말했다. "쓸 줄 모르느냐? 내가 가르쳐 줄 테니 기억해두어라. 이런 글자들은 기억해두어야 한다."

"회(回)자에는 네 가지 필법이 있느니라. 알고 있느냐?" 나는 갈수록 귀찮아 견딜 수가 없어서 입을 삐쭉 내밀고 멀리 가 버렸다. 공을기는 손톱에 술을 묻혀서 탁자 위에서 쓰려던 참이었는데, 내가 전혀 관심을 보이지 않자 한숨을 내쉬면서 아주 아쉽다는 기색을 드러내었다.

有几回，邻居孩子听得笑声，也赶热闹，围住了孔乙己。他便给他们茴香豆吃，一人一颗。孩子吃完豆，仍然不散，眼睛都望着碟子。孔乙己着了慌，伸开五指将碟子罩住，弯腰下去说道，"不多了，我已经不多了。"直起身又看一看豆，自己摇头说，"不多不多！多乎哉？不多也。"于是这一群孩子都在笑声里走散了。

· 赶热闹 [gǎn rè·nao]: 시끌벅적한 곳으로 구경 가다.
· 围 [wéi]: 둘러싸다. 에워싸다.
· 着慌 [zháo huāng]: 당황해하다. 허둥대다.
· 伸开 [shēnkāi]: 펴다. 벌리다.
· 罩 [zhào]: 덮다. 씌우다. 가리다.
· 弯腰 [wān yāo]: 허리를 굽히다.
· 摇头 [yáo tóu]: 고개를 젓다.
· 哉 [zāi]: 감탄을 나타냄.
· 走散 [zǒusàn]: 사방으로 흩어지다.

어떤 때에는 이웃의 아이들이 웃음소리를 듣고 구경하러 몰려와서 공을기를 에워싸곤 하였다. 그는 곧 아이들에게 먹으라고 회향두를 한 사람에 한 개씩 주었다. 아이들은 콩을 다 먹고 나서도 가지 않고 접시만 바라보고 있었다. 공을기는 당황해하며 다섯 손가락을 쫙 펴서 접시를 가리며 허리를 굽혀서 말했다. "얼마 없어, 나도 이제 얼마 없다고" 허리를 펴서 다시 한번 콩을 바라보고는 머리를 가로저으며 말했다. "얼마 없어. 얼마 없다고! 많은가? 많지 않도다." 그러면 아이들은 모두 웃으면서 흩어졌다.

中秋过后，秋风是一天凉比一天，看看将近初冬；我整天的靠着火，也须穿上棉袄了。一天的下半天，没有一个顾客，我正合了眼坐着。忽然间听得一个声音，"温一碗酒。"这声音虽然极低，却很耳熟。看时又全没有人。站起来向外一望，那孔乙己便在柜台下对了门槛坐着。他脸上黑而且瘦，已经不成样子；穿一件破夹袄，盘着两腿，下面垫一个蒲包，用草绳在肩上挂住；见了我，又说道，"温一碗酒。"掌柜也伸出头去，一面说，"孔乙己么？你还欠十九个钱呢！"孔乙己很颓唐的仰面答道，"这……下回还清罢。这一回是现钱，酒要好。"

· 棉袄 [mián ǎo]: 솜저고리.
· 极低 [jídī]: 지극히 낮다. 최저한도이다.
· 耳熟 [ěrshú]: 귀에 익다.
· 门槛 [ménkǎn]: 문턱. 문지방.
· 瘦 [shòu]: 마르다. 여위다.
· 不成样子 [bùchéngyàngzi]: 몰골이 사납다. 꼴이 말이 아니다.
· 夹袄 [jiá ǎo]: 겹저고리.

- 盘腿 [pán tuǐ]: 책상다리를 하다.
- 垫 [diàn]: 받치다. 깔다. 괴다.
- 蒲包(儿) [púbāo(r)]: 꾸러미. 포대.
- 草绳 [cǎoshéng]: 새끼.
- 挂 [guà]: 걸다. 전화를 끊다.
- 欠钱 [qiàn qián]: 빚지다.
- 仰面 [yǎngmiàn]: 얼굴을 젖혀 위로 향하다. 고개를 뒤로 젖히다.

추석이 지나고 가을바람이 하루가 다르게 차가워지는 것이 거의 초겨울이 다 된 것 같았다. 나는 온종일 불을 쬐면서도 솜저고리를 껴입어야 했다. 어느 날 오후 손님이 한 명도 없어서 나는 눈을 좀 감고 앉아있었다. 그런데 갑자기 어떤 목소리가 들려왔다. "술 한 사발 데워줘." 매우 낮았지만 귀에 익은 목소리였다. 소리가 난 곳을 바라보았지만 아무도 보이지 않았다. 일어나서 바깥쪽을 둘러보니 공을기가 탁자 밑에서 문지방을 마주하고 앉아있었다. 그의 얼굴은 시커멓게 여위었고 몰골이 형편없었다. 다 떨어진 겹저고리를 입고 책상다리를 한 채 밑바닥에는 포대를 깔고 그것을 새끼줄로 묶어 어깨에 걸고 있었다. 나를 보더니 또다시 "술 한 사발 데워줘"라고 말하였다. 주인도 고개를 내밀고 말했다. "공을기구먼? 당신 외상값이 열아홉 푼이나 남아있어!" 공을기는 풀이 죽은 채 얼굴을 들어 대답하였다. "그건 …… 다음에 갚을 것이네. 이번엔 현금이야. 술은 좋은 것으로 줘."

掌柜仍然同平常一样，笑着对他说，"孔乙己，你又偷了东西了!"但他这回却不十分分辩，单说了一句"不要取笑!""取笑？要是不偷，怎么会打断腿？"孔乙己低声说道，"跌断，跌，跌……"他的眼色，很像恳求掌柜，不要再提。此时已经聚集了几个人，便和掌柜都笑了。我温了酒，端出去，放在门槛上。他从破衣袋里摸出四文大钱，放在我手里，见他满手是泥，原来他便用这手走来的。不一会，他喝完酒，便又在旁人的说笑声中，坐着用这手慢慢走去了。

· 分辩 [fēnbiàn]: 변명. 변명하다.
· 单 [dān]: 오직. 다만. 오로지.
· 取笑 [qǔxiào]: 놀리다. 비웃다.
· 打断 [dǎduàn]: 끊다. 자르다.
· 跌 [diē]: (발이 걸려) 넘어지다.
· 恳求 [kěnqiú]: 간청하다.
· 聚集 [jùjí]: 모으다. 모이다.
· 端 [duān]: 받치다. 받들다. 발단.
· 泥 [ní]: 진흙.

주인은 평소와 다름없이 웃으면서 그에게 말했다. "공을기, 당신 또 남의 물건 훔쳤구나!" 그러나 그는 이번에는 굳이 해명하려 하지 않고 한마디로 잘라서 말했다. "웃기지 마!" "웃기지 말라고? 훔치지 않았으면 어째서 다리가 부러졌지?" 공을기는 나지막한 목소리로 말했다. "넘어져서 부러진 거야. 넘어졌지. 넘어졌다니까 …… " 그의 눈빛은 주인에게 더 이상 묻지 말아 달라고 사정하는 듯하였다.

이때 몇 사람이 모여들어 주인과 히히덕거렸다. 나는 술을 데워서 받쳐 들고 나가 문지방 위에 두었다. 공을기는 낡고 해진 주머니에서 동전 네 푼을 더듬어서 꺼내어 내 손에 놓았다. 그의 손은 온통 흙투성이였다. 그 손으로 걸어온 것이다. 그는 이내 술을 다 마시고 주변 사람들이 웃고 떠드는 가운데 앉아서 손으로 천천히 걸어갔다.

自此以后，又长久没有看见孔乙己。到了年关，掌柜取下粉板说，"孔乙己还欠十九个钱呢！"到第二年的端午，又说"孔乙己还欠十九个钱呢！"到中秋可是没有说，再到年关也没有看见他。

我到现在终于没有见——大约孔乙己的确死了。

· 自此以后 [zìcǐyǐhòu]: 그 후로. 이로부터.
· 年关 [niánguān]: 세밑. 연말.

그때 이후로 오랫동안 공을기를 보지 못하였다. 세밑이 되자 주인은 칠판을 떼어 내며 말했다. "공을기의 외상값이 아직 열아홉 푼 남아 있어!" 다음 해 단옷날에도 또 말했다. "공을기의 외상값이 아직 열아홉 푼 남아 있어!" 그러나 추석에는 아무 말도 하지 않았다. 다시 세밑이 되었지만 그의 모습은 보이지 않았다.

나는 지금까지 끝내 그를 보지 못했다. 아마도 공을기는 죽었을 것이다.

노신은 1921년에 창작한 『아큐정전(阿Q正傳)』에서 땅 한 평 가지고 있지 못하고 거처도 불분명한 날품팔이 '아큐'를 탄생시켰다. 아큐는 자신보다 약한 자를 보면 무자비하게 괴롭히려 들지만, 사람들에게 멸시를 받고 얻어맞을 때면 그때마다 "우리도 예전에는 너보다 훨씬 대단했어! 네까짓 게 뭔데"[27]라고 중얼거리는 등 소위 '정신승리법(精神勝利法)'으로 자신의 무능과 비겁함을 덮으며 위안을 삼는다. 노신은 아큐의 형상을 통하여 무지몽매하고 가난함에도 스스로 정신을 마비시켜, 낙후된 현실 속에 적당히 안주하려는 국민성의 결함을 폭로한 것이다.

『광인일기』, 『공을기(孔乙己)』, 『아Q정전』을 비롯하여 『고향(故鄕)』, 『약(藥)』 등 노신이 1918년부터 1922년까지 창작한 14편의 단편소설들은 소설집 『납함(吶喊)』에 수록되어 있다. 『납함(吶喊)』은 1911년 신해혁명(辛亥革命)에서 1919년 5·4운동 무렵까지의 시기에 제국주의와 봉건주의가 지배하는 사회에서, 각종 모순과 부조리 속에 파산한 농민, 몰락한 지식인 및 도시 빈민의 형상을 그려 내었다. 또한 전통적 예교의 관념이 지배하는 중국 사회의 부패에 대하여 철저히 부정하며 변혁의 의지를 드러내었다.

1926년에 출판된 소설집 『방황(彷徨)』에는 『축복(祝福)』, 『비누(肥皂)』, 『고독한 사람(孤獨者)』 등, 노신이 1924년과 1925년에 창작한 단편소설 11편이 수록되어 있다. 작품 속에 드러난 우울한 좌절과 방황의 정서에서 노신 특유의 어두운 그림자가 『납함(吶喊)』에 비해 더욱 짙게 느껴진다.

『고독한 사람(孤獨者)』의 주인공 위연수(魏連殳)는 중학교 교사로서 봉건가족제도에 반대하는 신(新)사상을 지녔음에도, 월급

---

27 "我們先前比你闊的多啦! 你算是甚麼東西!", 「阿Q正傳」, 『吶喊』, 『魯迅全集 1』, 人民文學出版社, 1981, p. 490.

을 받으면 할머니에게 용돈을 드리고, 실의에 빠진 사람들을 친근하게 대해주며, 아이들의 미래에 희망을 품고 있는 선량한 청년이다. 그러나 그는 "서양의 종교를 믿는 '신당(新黨)'으로서 지금껏 어떤 도리 따위는 안중에 없었다." 그런데, 그가 사는 "S시의 사람들은 망설임이나 거리낌 없이 의견을 제기하는 사람을 가장 싫어하는"[28] 전통적인 관념의 지배를 받는 사람들이기에, 이들과 신지식인 위연수는 서로 융화되지 못한다. 결국 위연수는 유언비어에 휘말려 학교에서 해고당하고 무일푼의 신세로 전락한다. 그 후 위연수는 생계를 위해 두(杜)사단장의 고문으로 취직하여 "새로운 손님, 새로운 선물, 새로운 찬양, 새로운 아부, 새로운 절과 인사, 새로운 마작과 놀이, 새로운 냉대와 혐오감" 속에서 헤매던 중, "새로운 불면과 각혈"[29]에 시달리다가 병이 깊어져 사망한다. 한 지식인이 양심에 따라 살아가며 한껏 포부를 펼치지 못한 채 심각한 고독감을 느끼다가, 세상과 타협한 후 역시 고독감을 이기지 못해 자포자기식으로 향락에 몰입하여 어이없이 생을 마감하게 된 것이다.

『야초(野草)』는 노신이 1924년에서 1926년 사이 창작한 산문시 23편이 수록된 산문집으로, 머리말에 "나는 침묵할 때에 충실함을 느끼며, 입을 열려고 하면 순간 공허감을 느낀다."[30]고 적혀 있다. 이처럼 『야초(野草)』의 거의 모든 작품에는 허무감과 절

---

28 "是吃洋教的新黨, 向來就不講甚麼道理", "S城市最不願意有人發些沒有顧忌的議論", 「孤獨者」, 『彷徨』, 『魯迅全集2』, 人民文學出版社, 1981, p.87, p.93.

29 "新的賓客, 新的饋贈, 新的頌揚, 新的鑽營, 新的磕頭和打拱, 新的打牌和猜拳, 新的冷眼和惡心, 新的失眠和吐血", 「孤獨者」, 『彷徨』, 『魯迅全集2』, 人民文學出版社, 1981, p.102.

30 "當我沈默着的時候, 我覺得充實, 我將開口, 同時感到空虛", 「題辭」, 『野草』, 『魯迅全集2』, 人民文學出版社, 1981, p.102.

망과 비관, 분개와 고통의 정서로 가득하다.

노신은 『야초(野草)』 가운데 한 작품인 『희망(希望)』에서 희망과 체념을 뒤섞어서 뱉어내었다. "내 마음도 피비린내 나는 노랫소리로 가득했던 적이 있다. 피와 쇠붙이, 회복과 복수, 그런데 이러한 것들이 갑자기 모두 공허해졌다. 그러나 때로는 짐짓 스스로를 기만하는 어찌할 수도 없는 희망으로 그것을 채워보려 한다. 희망, 희망, 이 희망의 방패로 공허한 어두운 밤의 엄습에 항거한다. 비록 방패의 뒤쪽에도 다름없는 어두운 밤이긴 하지만 …… "[31] 결국 노신이 『희망(希望)』에서 이야기한 '희망'이란 "절망이 허망한 것처럼 허망한 희망"[32]이었을 뿐이다. 『야초(野草)』에 드리워진 허무주의의 우중충한 암영(暗影)은 1925년에 발생한 '북경여자사범대학사건(일명, "女師大風潮"라 불리움)'[33] 및 1926년의 3·18참사

31 "我的心也曾充滿過血腥的歌聲, 血和鐵, 火焰和毒, 恢復和報仇。而忽面這些都空虛了, 但有時故意地塡以沒奈何的自欺的希望。希望, 希望, 用這希望的盾, 抗拒那空虛中的暗夜的襲來, 雖然盾後面也依然是空虛中的暗夜", 「希望」, 『野草』, 『魯迅全集2』, 人民文學出版社, 1981, p.177.

32 "絶望之爲虛妄, 正與希望相同", 「希望」, 『野草』, 『魯迅全集2』, 人民文學出版社, 1981, p.177.

33 '북경여자사범대학사건'은, 평소 질서와 학풍을 지나치게 강조하며 학생운동을 제압하려 들었던 양음유(楊蔭楡)교장에게 이 학교 학생자치회에서 반기를 들어 양교장의 퇴진을 의결하면서 벌어진 시위 사태이다. 본 사건 발생의 직접적인 원인은 1924년 가을 중국 남방(南方)지역에서 발행한 홍수사태이다. 북경여사대 학생들 중 고향이 남방지역인 이들은 여름 방학이 끝나고 개학 시기가 되었음에도 홍수로 인해 제때 학교에 돌아오지 못하였는데, 학교 측에서는 복귀 시일을 넘긴 학생들을 퇴학시키는 규정을 만들었다. 그 후, 이 규정에 의거하여 평소 학교 측에 자주 불만을 표시하였던 국문과 학생 3명을 퇴학처리하였다. 이에 반발한 학생들은 1925년 1월 양음유(楊蔭楡) 총장의 사퇴를 요구하며 시위를 이어 나갔다. 사태가 장기화되자 동년 5월 학교 측에서는 허광평(許廣平), 유화진(劉和珍) 등 6명의 학생자치회 소속 학생들을 퇴학시켰고, 곧이어 군경(軍警)을 동원하여 학생들의 시위를 진압하였다. 이 과정에서 허광평(許廣平) 등 13명의 학생들이 폭행을 당하여 부상을 입었다. 학생들의 완강한 투쟁이 동년 8월까지 지속되자 양음유 총장은 결국 사퇴하였다.

(三一八慘案)[34] 등으로 대표되는 당시 중국의 정치·사회의 암울함 및 도탄에 빠진 민생과 밀접한 관계가 있다고 볼 수 있다. 그리고 당시 신문화운동진영 내의 사상적 분화(分化)로 인하여 『신청년』 그룹이 해산함에 따라, 노신은 "천지간에 병졸하나 남아, 창을 메고 방황"[35]하는 외로움에 사로잡혀 있었을 터이며, 친동생 주작인(周作人)과의 이유를 알기 힘든 불화도 그의 마음을 괴롭게 하여 『야초(野草)』의 분위기를 온통 어둡게 만들어 놓았을 것이다. 한편, 『야초(野草)』의 철리(哲理)를 담은 듯 시적이며 상징적인 언어의 회색 빛깔은 외부의 환경 및 현실과는 상관없이 노신이 태생적으로 지니고 있는 내면의 독특한 색채이기도 하다.

노신이 우울한 심리상태를 딛고 창작에 매진하게 된 것에는 그의 연인 허광평(許廣平)의 힘이 컸다고 할 수 있다. 노신은 일찍이 일본 유학 중이던 1906년 잠시 귀국하여 어머니에 의해 반강제적으로 전통적 스타일의 여인 주안(朱安 1878~1947)과 결혼하게 되었다. 그는 결혼 후 아내를 거들떠보지도 않은 채 형식적인 혼인 관계만 유지해오다가 1923년 북경여자고등사범학교(北京女子

34 1926년 3월, 군벌 풍옥상(馮玉祥)과 장작림(張作霖)의 군대 사이에 전투가 벌어지자, 일본은 자신들이 지원하고 있었던 장작림 측의 편을 들어 천진(天津) 대고(大沽)항에 군대를 파견하여 풍옥상 측에게 포격을 가하였다. 이에 풍옥상의 군대가 반격을 시도하여 일본군을 몰아내자, 일본은 영국, 미국 등 8개국과 연합하여 단기서(段祺瑞)의 북양정부(北洋政府)에 대해 대고(大沽)의 국방시설을 철거할 것을 요구하였다. 단기서(段祺瑞)의 북양정부(北洋政府)가 이에 굴복하는 태도를 보이자, 3월 18일 수천 명의 군중이 북경 천안문(天安門) 앞에서 항의 시위를 벌였다. 곧이어 정부는 군경을 투입, 무력 진압을 시도하여 47명의 사망자와 200여 명의 부상자가 발생하였다. 사망자 중에는 당시 북경여자사범대학의 학생이었던 유화진(劉和珍)도 포함되어 있었는데, 이때 노신은 그녀의 죽음을 애도하는 문장 『기념유화진군(記念劉和珍君)』을 발표하였다.

35 "兩間餘一卒, 荷戟獨彷徨", 「題'彷徨'」, 『集外集』, 『魯迅全集7』, 人民文學出版社, 1981, p.150.

高等師範學校)[36] 국문과 교수로 재직 시 알게 된 여학생 허광평(許廣平 1898~1968)과 서서히 사랑에 빠졌다.

노신의 『중국소설사략(中國小說史略)』 수업시간에 언제나 맨 앞자리에 앉아서 수업을 경청하며 과감히 질문을 던지던 허광평이 1925년 3월 이 학교 교장 양음유(楊蔭楡) 축출 투쟁의 선두에 나섰다. 그녀는 이때 스승인 노신에게 돌연 편지를 보내어, "교장은 해외유학 및 졸업 후 본교에 취업시켜 좋은 일자리를 배정해 주는 것으로 미끼를 삼고, 학생들은 이익과 득실의 기준에 따라 취사선택을 하고 있는"[37] 현실에 대해 분노하고 고민하는 심정을 호소하였다. 이에 대해 노신이 뜻밖에 정성 어린 답장을 보내자 두 사람의 편지 왕래는 잦아졌고, 감정이 깊어진 두 사람은 연인 관계로 발전하기 시작한 것이다.

1926년 8월 노신은 현실 비판적인 성향으로 말미암아 북양정부(北洋政府)로부터 감시를 당하던 중, 하문대학(廈門大學)의 초빙을 받아 하문대학 교수로 부임하게 되었다. 이때 잠시 광주(廣州)로 내려가 머무르고 있었던 허광평에게 보낸 노신의 편지를 보면 허광평에 대한 그의 마음이 매우 각별하였음을 짐작할 수 있다. "수업을 듣는 학생은 많아지고 있는데, 아마도 많은 학생들이 타 학과 학생들인 것 같소. 여학생은 모두 다섯 명인데, 나는 한눈을 팔지 않기로 결심하였소. 또한 앞으로도 영원히 그러할 것이오."[38] 노신은 봉건 예교의 폐해와 부패한 국민성에 대하여 날카

36 1925년 북경여자사범대학(北京女子師範大學)으로 개명하였음.

37 "校長以'留學', '留堂'— 畢業後在本校任職 — 謀優良位置爲鉤餌, 學生以權利得失爲取捨", 『兩地書』, 『魯迅全集11』, 人民文學出版社, 1981, p.11.

38 노신이 1926년 9월 30일 허광평에게 보낸 편지. 『양지서(兩地書)』(노신과 허광평이 1925년 3월부터 1929년 6월까지 주고받았던 편지 135통의 모음집)에 수록되어 있다. "聽講的學生倒多起來了, 大槪有許多是別科的。女生共五人。我決定目不邪視, 而

롭게 비판한 수많은 소설, 잡문(雜文)과는 전혀 딴판으로, 허광평에게는 봄바람처럼 부드러운 언어로 사랑의 감정을 속삭이고 있다. 여기에서 무뚝뚝한 표정에 콧수염을 기른 노신의 또 다른 면인 '내유외강'의 기질을 확인할 수 있다.

1927년 1월 노신이 하문(廈門)을 떠나 광주(廣州) 중산대학(中山大學) 문학과 교수로 부임하자 허광평은 그의 조교로 일하게 되었다. 그러나 상해(上海)에서 4·12정변[39]이 발생한 후 국민당 군대가 광주에서도 공산당 기관과 노동조합을 포위 공격하고, 이에 항의하는 학생들이 대거 체포되는 사건이 일어났다. 이때 노신은 체포된 학생들을 구해내기 위해 적극적으로 나섰지만 뜻대로 되지 않자 같은 해 9월 교수직을 사임하였다. 광주를 떠나 상해(上海)로 간 노신은 허광평과 본격적으로 동거 생활을 시작하며 글쓰기에 전념하였다. 허광평은 집안일과 함께 노신의 원고 정리, 교정 등의 일을 거들었고, 1929년에는 아들 주해영(周海嬰 1929~2011)을 낳았다. 노신은 굴곡진 중국 현대사의 각종 사건을 몸소 체험하며 세상에 대해 '크게 외치다가(吶喊)', 실의에 빠져 '방황(彷徨)'하는 가운데에서도 허광평과의 사랑으로부터 위안을 찾아, 문학창작의 역량을 충전할 수 있었던 것이다.

노신의 단편소설 『죽음을 슬퍼함(傷逝)』의 연생(涓生)은 노신의 자화상이다. 그는 자군(子君)을 그리워하는 연생(涓生)의 입을 빌어, "그녀에게 기대어 이 정적과 공허에서 벗어날 수 있었

且將來永遠如此", 『兩地書』, 『魯迅全集11』, 人民文學出版社, 1981, p.135.

39 1924년 중국의 국민당과 공산당은 국공합작에 합의한 후 국민혁명군을 창설하여 1926년 북양군벌을 타도하기 위한 북벌전쟁을 벌였다. 그러나 손문(孫文)이 사망한 후 당권을 장악한 장개석은 철저한 반공주의자로서, 북벌전쟁 중이었던 1927년 4월 12일 상해에서 코민테른과 공산당의 지령을 받아 파업 투쟁을 하던 노동자들을 향해 대규모 학살을 자행하였다.

다."[40]고 말하였다. 허광평(許廣平)을 만나기 전 노신이 "깨어진 창문과 창밖의 반쯤 말라죽은 등나무, 창가의 사각 테이블, 무너져가는 벽과, 벽에 기대어 있는 나무 평상"[41] 속에 존재하는 수심 가득한 침묵을 지닌 중년 남성이었다고 한다면, 허광평을 알게 된 후에는 그녀와 의기투합하여 "전제적인 가정, 구습 타파, 남녀평등을 이야기하고, 입센과 타고르, 셸리를 논하며"[42] 새로이 벅찬 생명력을 얻게 되었다고 할 수 있다.

노신은 1928년에 펴낸 산문집 『아침 꽃을 저녁에 줍다(朝花夕拾)』에 실려 있는 「개·고양이·쥐(狗·猫·鼠)」, 「키다리와 산해경(阿長與'山海經')」, 「아버지의 병환(父親的病)」 등 1926년에 창작한 10편의 산문작품들을 "기억 속에서 베껴낸"[43] 것이라고 말하였다. 이 작품들은 노신이 어린 시절 고향의 정경과 풍속, 남경(南京) 및 일본에서의 유학 생활, 귀국 후의 교사 경력 등을 세밀하게 묘사한 것으로 회고적 성격을 지니고 있기에, 자연히 서정성이 넘쳐난다.

> 나는 어린 시절 고향에서 먹었던 채소와 과일, 마름 열매, 잠두콩, 줄풀줄기, 참외 등을 자주 회상하곤 했다. 이런 것들은 모두 지극히 신선하고 맛이 있어서, 고향 생각의 유혹을 불러일으켰다. 그 후 오랜만에

40 "仗着她逃出這寂靜和空虛", 「傷逝」, 『彷徨』, 『魯迅全集2』, 人民文學出版社, 1981, p.110.

41 "這樣的窗外的半枯的槐樹和老紫藤, 這樣的窗前的方桌, 這樣的敗壁, 這樣的靠壁的板床", 「傷逝」, 『彷徨』, 『魯迅全集2』, 人民文學出版社, 1981, p.110.

42 "談家庭專制, 談打破舊習慣, 談男女平等, 談伊孛生, 談泰戈爾, 談雪萊", 「傷逝」, 『彷徨』, 『魯迅全集2』, 人民文學出版社, 1981, p.111.

43 "從記憶中抄出來的", 「小引」, 『朝花夕拾』, 『魯迅全集2』, 人民文學出版社, 1981, p.230.

다시 먹어보았더니 그저 그럴 뿐이었다. 그러나 유독 기억 속에는 옛날의 그 맛이 아직 남아있다. 이런 것들은 아마도 나를 평생 속이며 시시때때로 옛날을 돌아보게 할 것이다.[44]

이처럼 노신의 내면 깊숙이 감추어져 있는 촉촉한 인정미를 한껏 드러내 보이고 있는『아침 꽃을 저녁에 줍다(朝花夕拾)』는 젊은 시절 노신의 행적과 사상, 그리고 그의 고향인 소흥(紹興) 일대의 문물과 민간 풍속 등, 지역 문화를 연구하는 데 있어서도 귀중한 자료가 되고 있다.

노신은 1930년 중국공산당의 주도하에 조직된 중국좌익작가연맹(中國左翼作家聯盟)[45] 탄생 당시 발기인으로 참여하였다. 그는 좌련(左聯) 창립대회에서 발표한 연설문『좌익작가연맹에 대한 의견(對於左翼作家聯盟的意見)』에서 "혁명은 시인들이 상상하는 낭만적인" 일이 결코 아님을 일깨워 주며, "구(舊)사회 및 구세력에 대한 투쟁을 결연히 진행해야 한다."[46]고 주장하였다. 그

44 "曾經屢次憶起兒時在故鄉所吃的蔬果: 菱角, 羅漢豆, 茭白, 香果。凡這些, 都是極其鮮美可口的: 都曾是使我思鄉的蠱惑。後來, 我在久別之後嘗到了, 也不過如此; 惟獨在記憶上, 還有舊來的意味留存。他們也許要哄騙我一生, 使我時時反顧。",「小引」,『朝花夕拾』,『魯迅全集2』, 人民文學出版社, 1981, p.229~230.

45 마르크스주의 문예이론을 전파하고 자산계급 문예사조를 비판하며, 혁명문예 발전을 목표로 하였던 단체로서 1930년 3월 2일 상해(上海)에서 성립되었다. 최초 참가 인원은 노신(魯迅), 풍내초(馮乃超), 하연(夏衍), 장광자(蔣光慈), 전행촌(錢杏村), 전한(田漢), 유석(柔石) 등 50인이었고, 그 후 참여 인원이 270여 인으로 증가하였다. 좌련(左聯)의 기관지로는『맹아월간(萌芽月刊)』,『개척자(拓荒者)』,『빨치산(巴爾底山)』,『전초(前哨)』등 약 10여 종 이상이 있었다.

46 "革命 …… 決不如詩人所想像的那般浪漫", "對於舊社會和舊勢力的鬪爭, 必須堅決",「對於左翼作家聯盟的意見」,『二心集』,『魯迅全集3』, 人民文學出版社, 1981, p.233, 235.

러나 노신은 어디까지나 문인으로서, 정치 투쟁보다는 계몽을 우선시하였기에, 그의 입장은 주양(周揚)[47] 등 좌련 내의 공산당원 동인들이 노골적으로 문예를 계급투쟁 및 정치 투쟁의 도구로 삼으려했던 그것과는 구별된다. 또한, 노신은 "욕설을 많이 할수록 프롤레타리아 작품이라고 여기는 듯한" 일부 좌련 작가들의 저속한 경향에 결연히 반대하였고, "작가는 상해의 깡패와 같은 행위로 자신들의 몸을 더럽혀서는 안 된다."[48]고 지적하며 문예의 품격을 강조하였다. 당시 노신은 좌련(左聯) 이외에도 중국자유운동대동맹(中國自由運動大同盟), 중국민권보장대동맹(中國民權保障大同盟) 등의 단체에 가입하여 국민당 일당 독재 반대, 정치범 석방, 언론의 자유 등을 요구하며 투쟁하였다.

노신은 1927년 상해에 정착한 후 적극적으로 정치·사회적 활동을 전개하였던 것인데, 이 시기 그는 현실적 이슈에 대하여 간단하면서도 직접적으로 견해를 피력할 수 있는 잡문(雜文)을 많이 발표하며 적절한 시의성과 엄밀한 논리성을 함께 보여주었다. 노신이 1927년부터 1936년 사망 전까지 쓴 잡문들은 『삼한집(三閒集)』, 『이심집(二心集)』, 『남강북조집(南腔北調集)』, 『거짓 자유서(僞自由書)』, 『화변문학(花邊文學)』, 『풍월이야기(准風月談)』, 『차개정잡문(且介亭雜文)』, 『차개정잡문이집(且介亭雜文二集)』, 『차개

47 주양(周揚, 1908~1989)은 중국의 문예평론가로서 1927년 중국공산당에 가입하였고, 일본 유학 후인 1930년 좌련(左聯)에 참여하였다. 1937년 이후 연안(延安)의 노신예술문학원(魯迅藝術文學院) 부원장 및 연안대학(延安大學) 총장 등을 역임하였고, 중화인민공화국 수립 후에는 중공중앙선전부(中共中央宣傳部) 부부장 등의 직책을 수행하였다. 문화대혁명 때 사인방(四人幇)으로부터 핍박을 당하였으나, 문혁 이후 중국사회과학원(中國社會科學院) 부원장, 중국문학예술계연합회(中國文學藝術界聯合會) 주석 등의 요직을 맡았다.

48 "好像以爲 …… 罵詈愈多, 就愈是無産者作品似的", "作者不應該將上海流氓的行爲, 塗在他們身上的。", 「辱罵和恐嚇決不是戰鬪」, 『南腔北調集』, 『魯迅全集4』, 人民文學出版社, 1981, p.452.

정잡문말편(且介亭雜文末編)』 등에 수록되어 있다. 이들 잡문집에 실린 잡문들은 편수 면에서 1927년 이전에 발표한『무덤(墳)』,『열풍(熱風)』,『화개집(華蓋集)』,『화개집속편(華蓋集續編)』 및『이이집(而二集)』에 수록되어 있는 것들에 비해 압도적인 우세를 보여주고 있다.

노신은, 잡문은 "반드시 비수여야 하고 투창이어야 하며, 독자들과 함께 생존의 혈로를 끊어낼 수 있어야 한다."[49]며, "절박한 시기에 처한 작가의 임무는 유해한 것들에 대하여 즉시 반응하고 항쟁하는 것이다. 민감하게 반응하는 신경이어야 하고, 공격과 수비의 역할을 하는 수족이 되어야 한다."[50]고 말하였다. 이처럼 노신은 잡문을 무기로 삼아 현실 비판에 임하겠다는 의지를 스스로 명백히 밝혔기에, 그의 잡문은 매우 예리하고 공격적인 특성을 지니고 있다. 그러나 그는 결코 마구잡이식의 공격이 아닌, 1934년에 발표한『가져오기주의(拿來主義)』에서 보여주듯, 수준 높은 비판 실력을 발휘하였다.

『가져오기주의(拿來主義)』는 전통문화를 계승하고 외래문화를 받아들이는 것에 대한 방식과 태도 및 취사선택의 문제를 다루었다. 노신은 이 문장에서 중국이 아편전쟁 이전까지 전통적으로 취하였던 '쇄국주의(閉關主義)'에 반대하였을 뿐 아니라, 중국이 열강들에 의하여 반(半)식민지 상태로 전락한 후 자신의 소중

---

49 "小品文必須是匕首, 是投槍, 能和讀者一同殺出一條生存的血路的東西", 「小品文的危機」,『南腔北調集』,『魯迅全集·第五卷』, 人民文學出版社, 1973, p.173. 보통 편폭이 짧은 산문 가운데 다분히 서정적인 성격을 띠고 있는 것을 소품문(小品文)이라 하고, 사실 및 지식의 전달에 목적을 둔 것을 잡문(雜文)이라 하는데, 노신은 소품문과 잡문의 구분에 대하여 크게 염두에 두지 않았던 듯하다.

50 "切迫的時候, 作者的任務, 是在對於有害的事物, 立刻給以反響或抗爭, 是感應的神經, 是攻守的手足", 「序言」,『且介亭雜文』,『魯迅全集6』, 人民文學出版社, 1981, p.3.

한 것들을 무조건 '보내주고(送去)', "영국의 아편, 독일의 낡은 총포, 프랑스의 화장 파우더, 미국의 영화, 일본의 '완전 국산품'이라고 인쇄되어 있는 각종 자질구레한 물건"[51] 등, 외국에서 '보내온(送來)' 것들을 수동적으로 받아들였던 역사와 현실에 대하여 모두 비난하였다.

노신은 "우리는 머리를 쓰고 안목과 식견을 갖추어 스스로 가져와야(拿來) 한다."[52]고 명확히 주장하였다. 그는 맹목적인 국수주의 및, 전통 문화유산을 내다 팔고 외국의 것을 무분별하게 수용하는 투항주의를 모두 반대하며, "침착하고, 용맹스럽고, 분별력 있고, 이기적이지 않게" '가져와야(拿來)' 함을 강조한 것이다. "가져오는 것이 없으면 스스로 새로운 사람이 될 수 없고, 스스로 새로운 문예가 될 수 없다"[53]고 판단하였기 때문이다.

『가져오기주의(拿來主義)』는 문화의 계승 및 외래문화의 주체적 도입과 발전이라는 매우 중요하고 무거운 주제를 다루었음에도 불구하고, 해학과 유머, 비유와 형상화의 기법을 적절히 구사하며 독서의 쾌감을 선사한다. 예를 들면, 외국에 무조건 '보내주기(送去)'를 비판함에 있어, "니체가 자신은 태양이므로 빛과 열이 무궁무진하여 주기만 할 뿐 받을 생각이 없다고 허풍을 떨었는데, 니체는 결국 태양이 아니므로 미쳐 버렸다."[54] 또는, "가져오

51 "英國的鴉片, 德國的廢槍炮, 後有法國的香紛, 美國的電影, 日本的印着'完全國貨'的各種小東西", 「拿來主義」, 『且介亭雜文』, 『魯迅全集6』, 人民文學出版社, 1981, p.39.

52 "我們要運用腦髓, 放出眼光, 自己拿來", 「拿來主義」, 『且介亭雜文』, 『魯迅全集6』, 人民文學出版社, 1981, p.39.

53 "沈着, 勇猛, 有辨別, 不自私。沒有拿來的, 人不能自成爲新人, 沒有拿來的, 文藝不能自成爲新文藝。", 「拿來主義」, 『且介亭雜文』, 『魯迅全集6』, 人民文學出版社, 1981, p.40.

54 "尼采就自詡過他是太陽, 光熱無窮, 只是給與, 不想取得。然而尼采究竟不是

기주의자(拿來主義者)는, …… 상어지느러미를 보게 되면, 절대로 이것을 길거리에 내다 버려 자신의 '평민화'를 과시하지 않는다. 오히려 영양분만 있다면 그것을 친구들과 함께 무, 배추와 마찬가지로 먹어치운다."[55]는 등의 표현법들이 그것이다. 노신은 그가 꾸짖었던 좌련(左聯)의 어느 작가들처럼 "상해의 깡패와 같이" 혈기 등등하게 무례한 언사를 늘어놓는 일이 없었으며, 대신 짤막한 잡문을 통해 촌철살인식의 파괴력과 흡인력으로 독자들의 마음을 사로잡았다.

노신의 문학을 소개함에 있어 역사 단편소설집『고사신편(故事新編)』을 빼놓을 수 없다. 노신은 1934년에서 1935년까지『공격하지 않는다(非攻)』,『물을 다스리다(理水)』,『고사리를 캐다(采薇)』,『관문을 떠나다(出關)』,『기사회생하다(起死)』등 고대신화와 전설을 소재로 한 5편의 단편소설을 창작하였다. 이 작품들은 그가 1920년대에 창작한『하늘을 수리하다(補天)』,『달나라로 도망치다(奔月)』,『검을 벼리다(鑄劍)』등과 함께 1936년에 출판된『고사신편(故事新編)』에 수록되어 있다.

그 가운데『고사리를 캐다』는, 주(周)나라 무(武)왕이 은(殷)나라 주(紂)왕을 멸하자, 백이(伯夷)와 숙제(叔齊)가 이에 반대하여 주나라의 곡식을 거부하고, 수양산(首陽山)에서 고사리를 캐어 먹으며 연명하다가 결국 굶어 죽었다는 역사 고사를 소재로 하였다. 노신은 백이와 숙제의 도피적 행태를 부정하는 동시에, 이로부터 현대 지식인들이 현실을 외면하고 자신들의 비겁함을 고결

太陽, 他發了瘋。",「拿來主義」,『且介亭雜文』,『魯迅全集6』, 人民文學出版社, 1981, p.38.

55 "拿來主義者 …… 看見魚翅, 並不就拋在路上以顯其'平民化', 只要有養料, 也和朋友們像蘿蔔白菜一樣的吃掉",「拿來主義」,『且介亭雜文』,『魯迅全集6』, 人民文學出版社, 1981, p.39.

함과 초연함으로 가장하려는 허위의식을 지적한 것이다. 이처럼 노신은 역사적 사실과 인물에 대하여 광범위한 고증을 진행한 후, 그것을 기본 소재로 삼아 예술적 허구성을 첨가하여 가공, 발전시켜 현실적 사건을 이에 비유하고 자신의 견해를 풍자적으로 제시하는 방식으로『고사신편』을 창조해내었다.

노신의 글쓰기의 성과는 앞서 말한 소설 및 산문, 산문시, 잡문에 그치지 않았고, 번역 및 문학사 연구에 있어서도 뚜렷한 성취를 이루었다. 그가 55년간의 삶을 통해 남긴 저작은 소설집 3권, 산문 및 산문시집 2권, 잡문집 18권, 번역 작품 31권, 학술저서 3권, 일기 및 서신집 등 기타 작품집 5권 등 총 62권인데, 이를 글자 수로 계산하면 무려 700여만 자에 달한다.

모택동(毛澤東)은 1940년에 발표한『신민주주의론(新民主主義論)』에서 "중국공산주의자가 영도하는 공산주의적 문화사상, 즉 공산주의적 세계관과 사회혁명론"에 의한 '신민주주의' 문화를 제창하였다. 그는 노신을 가리켜 신민주주의 문화를 선도하는 "문화계의 새로운 군대의 가장 위대하고 용감한 기수이며, …… 문화전선에서 전체 민족의 대다수를 대표하여 적진에 돌격, 적진을 함락시킨 가장 정확하고, 가장 용감하고, 가장 결연하고, 가장 충실하며, 가장 정열적인 유례를 찾아볼 수 없는 민족의 영웅."[56] 이라고 극구 찬양하였다. 모택동의 노신에 대한 이러한 평가는, 오랜 세월 동안 중국의 많은 비평가들에 의하여 "가장 정확하고, 전면적이며 완전한 평가"로 추앙받으며 확대 재생산되어 왔다.

---

56 "中國共産黨人所領導的共産主義的文化思想, 卽共産主義的世界觀與社會革命論。", "而魯迅, 就是這個文化新軍的最偉大與最勇猛的旗手。…… 魯迅在文化戰線上, 代表全民族的大多數, 向着敵人衝鋒陷陣的最正確、最勇敢、最堅決、最忠實、最熱忱的空前的民族英雄", 毛澤東,『新民主主義論』,『毛澤東選集·卷二』, 東北書店, 1948, pp. 263~264.

심지어 문화대혁명시기에는, 노신을 가리켜 "모택동 사상의 인도와 격려하에 프롤레타리아 혁명의 진리를 지질 줄 모르고 추구하여, 모든 착취계급의 이데올로기 및 낡은 전통 관념과 철저히 결별하고 마침내 위대한 공산주의 전사가 되었다"고 멋대로 말하는 등,[57] 사실을 왜곡한 견해들도 수없이 많이 등장하였다.

노신이 중국좌익작가연맹에 가입한 것은 움직일 수 없는 사실이다. 그러나 그것은 문예계의 대선배로서, "중국에서 출중한 인재가 나오기를 바라는 마음이 없어지지 않아, 청년들의 요청에 응하여 자유동맹(自由同盟) 이외에 좌익작가연맹에도 가입한 것"이며, 이로써 그들의 "사다리가 되는 위험을 어쩔 수 없이 감수하기로 한 것"[58]이다. 또한 노신이, 프롤레타리아 문학을 통한 사회주의 혁명 투쟁을 강행하다가 희생당한 젊은 문인들을 추모하고 그들의 죽음에 대해 분노를 드러낸 것 역시, 청년들에 대한 개성 존중과 사랑의 정신이 남달랐기 때문이다. "뭇사람들의 손가락질에 두 눈을 부릅뜨고 맞서지만, 아이들을 위해서는 기꺼이 고개 숙여 소가 되리라."[59]고 했던 노신의 말은 지금도 널리 인구에 회자되고 있다. 노신은 마르크스주의를 연구하였지만, 그것은 결코 마르크스를 "철로 만든 방에 갇힌 사람들을 깨워서 구해낼 수 있는" 위대한 '초인(超人)'이라고 추앙하였기 때문이 아니다. 필자

---

57 "魯迅在長期的鬪争生活中, 在毛澤東思想的引導和鼓舞下, 不倦地追求無産階級的革命真理, 徹底地同一切剥削階級的意識形態和舊的傳統觀念決裂, 终於成了偉大的共産主義戰士。", 「學習魯迅的革命硬骨頭精神」, 『人民日報·社論』, 1966. 9. 10.

58 "願有英俊出於中國之心, 終於未死, 所以此次又應青年之請, 除自由同盟外, 又加入左翼作家聯盟", "不佞勢又不得不有作梯子之險", 「致章廷謙」, 『書信』, 『魯迅全集12』, 人民文學出版社, 1981, p. 8.

59 "横眉冷對千夫指, 俯首甘爲孺子牛", 「自嘲」, 『集外集』, 『魯迅全集7』, 人民文學出版社, 1981, p. 147.

는 모택동이 노신에 대하여 "위대한 문학가, 위대한 사상가"[60]라고 평가한 것에 일면 동의한다. 하지만 노신의 위대함은 사회주의 혹은 공산주의의 협애한 틀에 갇힌 위대함이 아니라, 온 누리를 굽어보는 대붕(大鵬)이 지닌 혜안의 위대함이다. 그의 700만여 자에 달하는 방대한 저서들은 이를 증명하고 있다.

노신은 "위대한 혁명가"로서 세상을 바꾸고자 열망하였지만, 결코 특정한 '주의(主義)'에 매몰되어 "위대한 전사"가 되는 맹목적 행태를 보이지 않았다. 그는 "길은 멀어도, 나는 하늘과 땅을 오가며 탐색할 것"[61]이라며 아득한 여정을 홀로 걸어간 고독한 영혼의 소유자였다. 노신에게는 다만 "본래 땅 위엔 길이 없지만, 걸어가는 사람이 많아지면 그것이 곧 길이 되는 것"[62]이라고 무겁게 이야기하는 "절망을 닮은 희망"이 있었을 뿐이다.

60 "不但是偉大的文學家, 而且是偉大的思想家與偉大的革命家。", 毛澤東, 『新民主主義論』, 『毛澤東選集·卷二』, 東北書店, 1948, p.264.

61 "路漫漫其修遠兮, 吾將上下而求索", 「'自選集'自序」, 『南腔北調集』, 『魯迅全集4』, 人民文學出版社, 1981, p.456.

62 "其實地上本沒有路, 走的人多了, 也便成了路。", 「故鄉」, 『吶喊』, 『魯迅全集1』, 人民文學出版社, 1981, p.485.

거침없는
낭만주의자

곽말약(궈모뤄 郭沫若)

중국의 저명한 문학가이자, 역사학자, 고고학자인 곽말약(궈모뤄 郭沫若, 1892~1978)은 사천성(四川省) 낙산현(樂山縣) 출신으로, 본명은 곽개정(郭開貞)이다. 그는 3살 때부터 당시(唐詩)를 암송하였고, 15세 때까지 사숙(私塾)에서 엄격한 전통 교육을 받았다. 곽말약은 1905년 중국에서 과거제도가 폐지되자 전통 교육을 중단하고 신식학교인 가정중학(嘉定中學)에 입학하였는데, 학교 당국의 부정부패와 교사들의 신학문에 무지함에 실망하였던 그는 음주와 흡연을 일삼고 수업 거부를 선동하다가 퇴학당하였다. 곽말약은 성도중학(成都中學)으로 전학한 후, 청나라의 정치체제를 입헌군주제로의 개혁할 것을 요구하는 국회청원운동(國會請願運動)에 참가하였고, 사천보로운동(四川保路運動)[63]에도 학교 대표로 참가하였다.

1914년 곽말약은 노신(魯迅)처럼 의학을 통한 구국을 꿈꾸며 일본 유학을 시작하였다. 그러나 그는 당시 일본에서 유행하였던 인도의 시성(詩聖) 타고르(Rabindranath Tagore)의 시에 깊이 빠져들었고, 실러(Friedrich von Schiller), 하이네(Heinrich Heine), 괴테(Johann Wolfgang von Goethe)와 같은 독일 문인들의 문학 세계에도 관심을 기울이게 되었다.[64] 또한 곽말약은 미국의 민중시인 휘트먼(Walt Whitman)의 시를 탐독하였는데, 시집 『풀잎(Leaves of

---

63 청조가 민영 철도를 국유화하여 그 이권을 서구 열강에 넘겨주려 하자, 사천성(四川省) 성도(成都)의 각 민간단체가 사천보로동지회(四川保路同志会)를 결성하여 시위, 납세 거부, 동맹휴학 등을 전개하며 저항 의지를 표출하였다. 이에 사천성 총독 조이풍(趙爾豊)이 보로동지회 회장을 구속하고, 철도학당 폐교를 단행하는 등 시위를 적극적으로 진압하자, 분노한 군중들이 총독부를 포위하고 시위를 벌였다. 조이풍은 군대를 동원, 시위대에 발포하여 20여 명이 사망하였다. 이 사건을 '성도혈안(成都血案)'이라 한다.

64 일본은 독일의 의학 전통을 계승했기 때문에 의학 지원자는 독일어를 필수적으로 학습해야 했는데, 독일어 학습교재가 독일 문학 작품이었기 때문에 곽말약은 독일어 수업을 통해 자연스럽게 이들의 문학을 접하게 되었다.

Grass)』 등을 통하여 노예제도 및 봉건주의와 금욕주의를 부정하고, 노동대중을 찬미하며 민주와 자유를 노래한 휘트먼의 문학은 곽말약에게 큰 영향을 주었다. 비록 몸은 일본에 있었지만 신문화운동의 열기에 휩싸여 있었던 곽말약은, 민중해방을 주장하는 휘트먼의 혁명적 사상이 중국 신문화운동의 이념과 흡사한 점이 많았기에, 휘트먼의 숭배자가 되었고 이후 광기 어린 열정으로 시를 쓰기 시작하였다.

곽말약은 후쿠오카(福岡) 규슈대학(九州大學) 의학과에 재학 중이던 1919년 5·4운동이 발생하자 주변의 중국유학생들을 규합하여 항일애국단체『하사(夏社)』를 조직하였다.『하사(夏社)』동인들의 주된 활동은 일본에서 발행되는 정기 간행물에서 중국 침략을 다룬 기사 및 자료 등을 수집하여 중국어로 번역한 후, 중국의 각 학교와 신문사에 투고하는 방식으로 일본의 침략에 반대하는 선전 공작을 펼치는 것이었다. 이처럼 곽말약은 현실 정치 투쟁에 참여하는 가운데 의학에 대한 관심이 점차 사라졌고, 대신 문예를 무기로 인민들의 의식을 일깨워주어야 한다는 신념이 자리 잡게 되었다.

곽말약은 1918년『시사신보(時事新報)』부간『학등(學燈)』에 다수의 시를 발표하며 문단에 데뷔하였는데, 이때부터 1921년경까지 창작한 시들의 모음집이『여신(女神)』이다.『여신(女神)』에 실린「지구, 나의 어머니(地球, 我的母親)」,「비적송(匪德頌)」,「봉황열반(鳳凰涅槃)」,「천구(天狗)」등의 시는 자연을 예찬하고, 민족의 고통과 희망을 노래하며, 현실에 존재하는 각종 권위와 우상을 비판하고 개성을 추구하는 내용들이 포함되어 있다. 이는 곽말약의 범신론(汎神論) 사상이 반영된 결과이다. 곽말약은 일본 유학 시절, 기독교의 세계관에 항거하였던 스피노자(Baruch de Spinoza)의 저서를 통해 범신론을 접한 후, 이를 "천지는 나와 함께 생존하고, 만물은 나와 함께 일체가 된다.(天地與我幷生, 而萬物與我爲一)"는 장자(莊子)의 사상과 결합하여 자신의 범신 사상을 형성하였다. 곽말약은 "범신은 무신이다. 일체 자연은 신의 표현이다. 나도 신의 표현이며, 내가 곧 신이다."[65]라고 하면서 초자연적인 신의 존재를 부정하는 동시에, 자아(自我)의 주체성을 강조하고, 모든 권력과 권위에 대한 도전을 선언하였다.

『여신(女神)』 가운데 곽말약의 이러한 거침없는 자아 확장과 현실 개혁의 의지를 대표하는 시가 바로 「봉황열반(鳳凰涅槃)」이다. 곽말약은 이 시에서, 수천 년간 전제적 통치를 이어오며 백성들의 개성과 자유를 억압하고 있는 구 중국의 암흑세력과 이들이 이루어 놓은 부패한 봉건적 전통에 대하여 극단적인 불만과 저항정신을 드러내었다. 또한 시의 마지막 부분에서, 암울한 현실을 극복하고 새로운 미래를 건설할 것을 갈망하며 "오로지 즐거이 노래하자!"고 소리 높여 외쳤다. 젊은 시절 곽말약의 낙천적이고 웅혼한 기질과 성격이 유감없이 표출되어 있다.

凤凰涅槃[66]

序曲

除夕将近的空中,
飞来飞去的一对凤凰,

65 "汎神論便是無神, 一切的自然只是神底表現, 我也是神底表現, 我卽是神, 一切自然都是我的表現。", 王訓昭·盧正言·邵華·肖斌如·林明華, 「'少年維特之煩惱'序引」, 『郭沫若研究資料(上)』, 中國社會科學出版社, p.148.

66 『女神』, 『郭沫若全集·文學編1』, 人民文學出版社, 1982. 에서 원문 인용

唱着哀哀的歌声飞去,
衔着枝枝的香木飞来,
飞来在丹穴山上。

· 凤凰 [fènghuáng]: 봉황. (고대 전설 속의 새로서 수컷을 봉(鳳), 암컷을 황(凰)이라 한다. 봉황이 만 5백 세가 되면 모든 고통과 번뇌를 짊어지고 높이 쌓아 올린 향나무 위의 불길 속에서 자신을 불사른 후 재 속에서 부활하여 영생을 얻는다고 한다.)
· 涅槃 [nièpán]: 열반하다. 번뇌를 벗어나 깨달음의 경지에 들다.
· 除夕 [chúxī]: 섣달 그믐날.
· 哀哀 [āi āi]: 몹시 슬퍼하는 모양. 애처롭다.
· 衔 [xián]: 머금다. 입에 물다.
· 香木 [xiāngmù]: 향나무.
· 丹穴山 [dān xué shān]: 단혈산. 산해경(山海經)에 나오는 봉황이 살았다는 산의 이름.

서곡

섣달 그믐날이 가까운 하늘 위에,
이리저리 날아다니는 한 쌍의 봉황.
구슬픈 노래를 부르며 날아갔다가,
향나무 가지를 입에 물고 날아오네.
단혈산 위로 날아오네.

山右有枯槁了的梧桐,
山左有消歇了的醴泉,

山前有浩茫茫的大海,
山后有阴莽莽的平原,
山上是寒风凛冽的冰天。

· 枯槁 [kūgǎo]: 바싹 시들다. 초췌하다.
· 梧桐 [wútóng]: 벽오동. 오동나무.
· 消歇 [xiāoxiē]: 멈추다. 없어지다. 사라지다.
· 醴泉 [lǐquán]: 감미로운 샘물.
· 浩茫茫 [hàomángmáng]: 한없이 넓은, 망망한.
· 莽莽 [mǎngmǎng]: 풀이 무성하다. 우거지다. 끝없이 넓다.
· 寒风凛冽 [hánfēng lǐnliè]: 찬바람이 불어 살을 에는 듯하다.

산 오른쪽에는 시들어버린 오동나무
산 왼쪽에는 말라붙은 샘물
산 앞쪽은 넓고 넓은 망망대해
산 뒤쪽은 그늘진 벌판
산 위쪽은 찬바람 부는 얼어붙은 하늘

凤歌

茫茫的宇宙, 冷酷如铁!
茫茫的宇宙, 黑暗如漆!
茫茫的宇宙, 腥秽如血!

· 冷酷 [lěngkù]: 냉혹하다. 잔인하다.
· 腥秽 [xīnghuì]: 비리고 더럽다.

봉가

망망한 우주는 쇠처럼 냉혹하구나!
망망한 우주는 옻처럼 캄캄하구나!
망망한 우주는 피처럼 비리고 더럽구나!

啊啊！
生在这样个阴秽的世界当中，
便是把金刚石的宝刀也会生锈！
宇宙呀，宇宙，
我要努力地把你诅咒：
你脓血污秽着的屠场呀！
莫悲哀充塞着的囚牢呀！
你群鬼叫号着的坟墓呀！
你群魔跳梁着的地狱呀！
你到底为什么存在？

· 金刚石 [jīngāngshí]: 금강석. 다이아몬드.
· 生锈 [shēngxiù]: 녹이 슬다.
· 诅咒 [zǔzhòu]: 저주하다.
· 脓血 [nóngxuè]: 농혈. 피고름.
· 污秽 [wūhuì]: 더럽다. 불결하다. 불결한 것.
· 屠场 [túchǎng]: 도살장.
· 充塞 [chōngsè]: 가득 차다. 충만하다.
· 囚牢 [qiúláo]: 감옥. 형무소.
· 叫号 [jiàoháo]: 큰소리로 외치다. 울부짖다.

· 坟墓 [fénmù]: 무덤.

· 跳梁 [tiàoliáng]: 도약하다. 창궐하다. 날뛰다.

· 地狱 [dìyù]: 지옥.

아아!
이렇게 어둡고 추악한 세상에 태어났으니,
금강석 보도라도 녹슬 것이다.
우주여, 우주여,
나는 있는 힘껏 너를 저주할 것이다.
너 피고름으로 더러워진 도살장이여!
너 비애로 가득 찬 감옥이여!
너 귀신들이 울부짖는 무덤이여!
너 악마들이 날뛰는 지옥이여!
너는 도대체 왜 존재하느냐?

我们飞向西方,
西方同是一座屠场。
我们飞向东方,
东方同是一座囚牢。
我们飞向南方,
南方同是一座坟墓。
我们飞向北方,
北方同是一座地狱。
我们生在这样个世界当中,
只好学着海洋哀哭。

우리가 서쪽으로 날아가면,

서쪽도 똑같은 도살장이다.

우리가 동쪽으로 날아가면,

동쪽도 똑같은 감옥이다.

우리가 남쪽으로 날아가면,

남쪽도 똑같은 무덤이다.

우리가 북쪽으로 날아가면,

북쪽이 똑같은 지옥이다.

우리는 이러한 세상에 태어났으니,

단지 바다를 따라 슬피 울 수밖에 없구나.

凰歌

啊啊！

我们这飘渺的浮生,

好像那大海里的孤舟,

左也是漶漫,

右也是漶漫,

前不见灯台,

后不见海岸,

帆已破,

樯已断,

楫已漂流,

柁已腐烂,

倦了的舟子只是在舟中呻唤,

怒了的海涛还是在海中泛滥,

· 漶漫 [huànmàn]: 희미하다. 산란하다. 어슴푸레하다.

· 帆 [fān]: 돛. 돛단배. 범선.

· 楫 [jí]: 노. 노를 젓다.

· 柁 [duò]: 방향타. 키.

· 呻唤 [shēnhuàn]: 신음하다.

· 海涛 [hǎitāo]: 바다의 파도.

· 泛滥 [fànlàn]: 범람하다.

황가

아아!

우리들의 미천하고 덧없는 인생,

넓은 바다의 외로운 배와 같구나.

왼쪽도 어두컴컴하고,

오른쪽도 어두컴컴하고,

앞쪽에는 등대도 보이지 않고,

뒤쪽에는 해안도 보이지 않는구나.

돛도 찢어지고,

돛대도 부러지고,

노도 떠내려가고,

키도 썩어버리고,

지쳐버린 뱃사공은 배 안에서 신음하는데,

성난 파도는 여전히 넘실거리는구나.

只剩些悲哀，烦恼，寂寥，衰败，

环绕着我们活动着的死尸，

贯串着我们活动着的死尸。

啊啊！

我们年轻时候的新鲜哪儿去了？

我们年轻时候的甘美哪儿去了？

我们年轻时候的光华哪儿去了？

我们年轻时候的欢哀哪儿去了？

去了！去了！去了！

一切都已去了，

一切都要去了。

我们也要去了，

你们也要去了。

悲哀呀！烦恼呀！寂寥呀！衰败呀！

· 寂寥[jìliáo]: 적적하고 고요하다.

· 衰败[shuāibài]: 쇠약해지다. 쇠락하다.

· 环绕[huánrào]: 둘러싸다. 에워싸다. 감돌다.

· 贯串[guànchuàn]: 일관하다. 관통하다. 처음부터 끝까지 꿰뚫다.

· 死尸[sǐshī]: 시체. 주검.

· 甘美[gānměi]: 향기롭고 달다. 감미롭다.

· 光华[guānghuá]: 광채. 영광.

· 欢哀[huān āi]: 기쁨과 슬픔.

오로지 비애, 번뇌, 적막, 쇠퇴만이 남아,

우리 움직이는 시체를 에워싸고 있다.

우리 움직이는 시체를 꿰뚫고 있다.

아아!

우리 젊은 날의 신선함은 어디로 갔나?

우리 젊은 날의 감미로움은 어디로 갔나?

우리 젊은 날의 찬란함은 어디로 갔나?

우리 젊은 날의 기쁜 사랑은 어디로 갔나?

가버렸다. 가버렸다, 가버렸다.

비애여, 번뇌여, 적막감이여, 쇠퇴여.

凤凰同歌

啊啊！

火光熊熊了。

香气蓬蓬了。

时期已到了。

死期已到了。

身外的一切！

身内的一切！

一切的一切！

请了！请了！

봉황동가

아아!

불꽃이 활활 타오른다.

향기가 진동한다.

이제 때가 되었다.

죽음의 시간이 다가왔다.

몸 밖의 모든 것.

몸 안의 모든 것.

일체의 모든 것.

어서! 어서!

凤凰更生歌

鸡鸣

听潮涨了,

听潮涨了,

死了的光明更生了。

春潮涨了,

春潮涨了,

死了的宇宙更生了。

生潮涨了,

生潮涨了,

死了的凤凰更生了。

· 潮涨 [cháozhǎng]: 밀물이 차오르다.

봉황갱생가

새벽 조수가 밀려온다.

새벽 조수가 밀려온다.

죽었던 광명이 되살아난다.

봄의 조수가 밀려온다.

봄의 조수가 밀려온다.

죽었던 우주가 되살아난다.

생명의 조수가 밀려온다.

생명의 조수가 밀려온다.

죽었던 봉황이 되살아난다.

我便是你,

你便是我。

火便是凰。

凤便是火。

翱翔！翱翔！

欢唱！欢唱！

· 翱翔 [áoxiáng]: 비상하다. 선회하며 날다.

나는 바로 너이며,

너는 바로 나다,

불이 바로 황이다.

봉이 바로 불이다.

날아라! 날아라!

즐겁게 노래하라!

즐겁게 노래하라!

我们新鲜，我们净朗，
我们华美，我们芬芳，

我们热诚，我们挚爱。
我们欢乐，我们和谐。

我们生动，我们自由。
我们雄浑，我们悠久。

· 净朗 [jìnglǎng]: 맑고 깨끗하다.
· 华美 [huáměi]: 화려하고 아름답다.
· 芬芳 [fēnfāng]: 향기. 향긋하다. 향기롭다.
· 热诚 [rèchéng]: 열성. 열성적이다.
· 挚爱 [zhì'ài]: 진실한 사랑. 깊이 사랑하다.
· 和谐 [héxié]: 잘 어울리다. 조화하다. 화목하다.
· 雄浑 [xiónghún]: 웅혼하다. 웅장하고 힘차다.

우리는 신선하다. 우리는 깨끗하다.
우리는 아름답다. 우리는 향기롭다.

우리는 열성적이다. 우리는 참되다.
우리는 즐겁다. 우리는 화해롭다.

우리는 생동한다. 우리는 자유롭다.

우리는 웅혼하다. 우리는 유구하다.

只有欢唱！

只有欢唱！

欢唱！

欢唱！

欢唱！

오로지 즐거이 노래하자!

오로지 즐거이 노래하자!

즐거이 노래하자!

즐거이 노래하자!

즐거이 노래하자!

곽말약은 1921년 일본에서 욱달부(郁達夫), 성방오(成仿吾), 장자평(張資平), 전한(田漢) 등과 함께 『창조사(創造社)』를 조직하였다. 『창조사』의 문인들은 예술창작의 절대적 자유를 주장하며 모든 인위적인 가공을 부정하고, 개성을 속박하는 현실에 대하여 반항의식을 드러내었다. 그런데 곽말약은 『창조사』를 이끌어 가던 시기에, 중국의 내우외환의 암울한 상황을 극복하기 위해서는 "범신론"이니 "개성의 해방"이니 하는 추상적인 관념에 얽매이기보다 보다 실질적인 개혁의 방안을 확립해야 한다고 판단한 후 마르크스주의를 받아들이기 시작하였다. 이로부터 사회주의자로 변신한 그는 "우리는 자본주의의 해로운 용에 저항한다."[67]고 외쳤다.

1924년 곽말약은 마르크스주의를 보다 체계적으로 연구하기 위하여 일본의 마르크스주의 경제학자 가와카미 하지메(河上肇)의 『사회조직과 사회혁명』을 번역하였고, 1926년에는 『혁명과 문학(革命與文學)』을 발표하여 "진정한 문학은 혁명문학 하나뿐"[68]이라고 단언하였다. 그 후 곽말약은 정치 투쟁에 적극적으로 참여하였다. 그는 1926년 군벌 타도와 중국 통일의 목적을 지닌 북벌(北伐) 전쟁을 수행하기 위해 구성된 국민혁명군에 정치부 부주임으로 참가하였고, 1927년 장개석(蔣介石)의 4·12정변에 반발하여 발생한 남창(南昌)폭동[69]에 봉기군 총정치부 주임 자격으로 참가하였다. 이때 그는 주은래(周恩來)의 권유로 중국공산당에 가입하였다.

곽말약이 이처럼 사회주의에 몰두하며 정치 투쟁 활동을 벌여나가는 동안 집안 생계유지의 책임은 오로지 그의 아내인 안나 한 사람이 도맡아야 했다. 안나는 곽말약의 두 번째 부인으로서, 1916년 동경(東京) 성누가병원 간호사 시절, 중국유학생 곽말약과 동거를 시작하였고 부모의 격렬한 반대에도 불구하고 그와 결혼

---

67 "我们反抗資本主義的毒龍", 郭沫若, 「我們的文學新運動」, 『郭沫若研究資料(上)』, 中國社會科學出版社, p.179.

68 "眞正的文學是只有革命文學的一種", 郭沫若, 「革命與文學」, 『郭沫若研究資料(上)』, 中國社會科學出版社, p.230.

69 1926년 10월 무한(武漢)을 점령한 장개석(蔣介石)은 이곳에 국민당의 국민 정부를 세웠고, 이때부터 국민당과 공산당 사이에 분열이 발생하기 시작하였다. 장개석은 1927년 4월 12일, 상해(上海)에서 국민당 내 좌파와 공산당원 약 3천 명 이상을 살해하였고, 이것이 결정적인 계기가 되어 국공합작은 와해되었다. 이에 공산당계 지도자들은 북벌혁명을 계속할 것을 선언하며 1927년 8월 1일 남창(南昌)에서 봉기를 일으켰다.

하였다.[70] 곽말약이 안나와 우연히 마주친 후 그녀를 “성모마리아”로 찬미하며 열렬히 구애한 것이 결실을 맺은 것이다. 당시 중국인이기에 일본에서 멸시를 받고 있다고 느꼈던 곽말약에게 안나의 존재는 커다란 감동이자 구원이었다. 『여신(女神)』에 수록된 「비너스(維奴司)」는 곽말약이 안나를 향한 폭포수처럼 넘치는 사랑의 감정을 노래한 시이다.

Venus

我把你这张爱嘴,
比成着一个酒杯。
喝不尽的葡萄美酒,
会使我时常沉醉。

· 不尽 [bújìn]: 끝이 없다. 그지없다. 다하지 못하다.
· 时常 [shícháng]: 늘. 항상. 자주.
· 沉醉 [chénzuì]: 술에 크게 취하다. 심취하다.

나는 너의 사랑스런 입술을
술잔으로 삼는다.

70 곽말약은 1912년 20세 되던 해에 부모가 정해 준 배필 장경화(張瓊華)와 결혼하였으니, 안나를 만난 1916년 당시 곽말약은 이미 유부남이있다. 곽말약은 장경화가 마음에 들지 않아 결혼 닷새 만에 집을 뛰쳐나왔고, 그 후 장경화를 평생 거들떠보지도 않았다.

마셔도 마르지 않는 향기로운 포도주,

언제나 나를 흠뻑 취하게 하네.[71]

안나는 1923년 일본 유학을 마친 곽말약을 따라 그와 낳은 다섯 자녀들과 함께 중국으로 갔으나, 돈벌이를 위해 수시로 자녀들을 데리고 일본으로 가서 병원 일을 하였고, 돈이 모이면 다시 중국에 돌아가는 고된 생활을 반복하였다.

한편, 곽말약은 갈수록 강력하게 프롤레타리아 문학을 주장하며, 거칠고 과격한 공산당 선전 구호와 같은 시들을 창작하였는데, 이 작품들은 1928년 출간한 시집『회복(恢復)』에 수록되어 있다. 그중 한 수인「나는 진섭과 오광을 생각한다(我想起了陳涉吳廣)」에서는 "노동자의 영도하에 일어난 농민들의 폭동, 동무들, 이것은 우리들의 구원의 별이자, 전 세계를 개조하는 힘이다!"[72] 라고 외치고 있는데, 극좌적 선언문에서 느껴지는 섬뜩함만이 있을 뿐,『여신(女神)』에서 보여주었던 시적 아름다움과 운치라곤 전혀 찾아볼 수 없다.

곽말약은 1928년 국민당으로부터 체포령이 내려지자 일본으로 건너가 이후 10년 동안 망명생활을 하였다. 그는 이 기간 중 마르크스주의에 입각하여 중국 고문자학(古文字學)과 고대사회사(古代社會史)를 연구하였고, 중국좌익작가연맹(中國左翼作家聯盟) 동경지부의 활동을 적극 지지하였다.

---

71 「Venus」,『女神』,『郭沫若全集·文學編1』, 人民文學出版社, 1982, p.130.

72 "在工人領導下的農民暴動喲, 朋友, 這是我們的救星, 改造全世界的力量!", 「我想起了陳涉吳廣」,『恢復』,『郭沫若全集·文學編1』, 人民文學出版社, 1982, p.380.

1937년 중일전쟁(中日戰爭) 발발 후 중국으로 돌아온 곽말약은 1938년 문예를 통하여 항일(抗日) 역량을 강화하자는 목적하에 설립된 중화전국문예계항적협회(中華全國文藝界抗敵協會)[73] 의 결성에 주도적인 역할을 하였고, 진보적 간행물 출판 등 항전문화 사업과 문예 창작에 적극 종사하였다. 그는 전쟁 시기에 항전을 독려하고 민족주의를 고취하는 내용의 시를 수록한 『전성집(戰聲集)』과 『조당집(蜩螗集)』을 출간하였고, 역사 고사를 소재로 삼아 굴종과 투항에 반대하고 결사 항쟁을 주장하는 내용을 담은 역사극 『굴원(屈原)』, 『호부(虎符)』, 『공작담(孔雀膽)』, 『남관초(南冠草)』 등을 창작하였다.

한편, 곽말약이 홀로 중국으로 떠난 후 다섯 자녀와 함께 일본에 남은 안나는 여러 가지 육체노동으로 근근이 생활하며 아이들을 양육하였다. 그녀는 일본에서 "적국(敵國)의 여인"라는 비난을 받으면서도 언젠가는 남편 곽말약과 다시 만나 단란한 가정을 꾸려나갈 수 있을 것이라는 희망 하나로 곤궁한 나날을 버티어 나아갔다.

그러나 1937년 45세의 곽말약은 중국에 도착하자마자 21세에 불과한 영화배우 우립군(于立群)을 만나 새로운 사랑에 빠지게 되었고,[74] 그녀와 여섯 자녀를 낳으며 또 다른 가정을 만들었다.

---

73 중화전국문예계항적협회(中華全國文藝界抗敵協會)는 기관지 『항전문예(抗戰文藝)』를 발간하였으며, 작가전지방문단(作家戰地訪問團)을 조직하여 전선(戰線)과 후방지역에서 위문활동 및 선전활동을 전개하였다. 金時俊·李充陽, 『中國現代文學論』, p.161. 참조

74 우립군은 곽말약이 10년간 일본에 거주할 때 곽말약과 은밀한 만남을 유지하였던 일본 주재 여기자 우립침(于立忱)의 친여동생이었다. 우립침은 곽말약과 깊은 관계를 유지하다가 중국으로 돌아가서 자살하였다. 곽말약은, 우립침이 곽말약에게 쓴 과거의 편지를 전해주는 동생 위립군을 보는 순간 그녀를 돌봐주어야겠다는 생각이 들었고, 이후 두 사람은 연인관계로 발전하였다.

한편 안나는 이 사실을 전혀 모른 채 중일전쟁이 끝난 후 3년이 지난 1948년 곽말약을 찾아 홍콩을 경유하여 중국으로 갔다. 그녀는 남편 곽말약과 재회의 기쁨을 나누게 될 것을 기대하였으나, 그녀가 마주하게 된 현실은 악몽과도 같았다. 안나는 곽말약의 집안에서 그와 함께 나란히 서 있는 우립군과 그들의 여섯 아이들을 발견하고 이루 말할 수 없는 충격과 고통에 휩싸였다. 그녀는 진퇴양난의 갈림길에서 고민을 거듭한 끝에 자신의 기독교 신앙의 교리에 따라 희생의 길을 선택한 후 곽말약의 곁을 떠났다.

1949년 중화인민공화국이 수립된 후 곽말약은 모택동(毛澤東)의 신임을 받으며 전국인민대표대회(全國人民代表大會) 상무위원회 부위원장, 전국정치협상회의(全國政治協商會議) 부주석, 중국문학예술계연합회(中國文學藝術界聯合會) 주석, 중국과학원(中國科學院) 원장 등을 역임하며 출세 가도를 달렸다.

그러나 수많은 문인과 학자들이 이현령비현령(耳懸鈴鼻懸鈴)식으로 반(反)혁명분자라는 죄명을 뒤집어쓰고 극심하게 핍박당하였던 문화대혁명의 광풍 속에, 곽말약에 대한 모택동의 태도가 신임보다는 비판 쪽으로 기울게 되었다. 이에 따라 모택동의 지지를 받고 무소불위의 악행을 저질렀던 홍위병들은 곽말약이 우립군(于立群)과의 사이에서 얻은 두 아들을 극도로 괴롭힌 끝에 자살에 이르게 하였고, 곽말약 역시 신변의 위협을 느끼지 않을 수 없었다. 하지만 곽말약은 주은래(周恩來)의 비호 속에, 자기 자신만은 다른 지식인들이 겪었던 비판투쟁(批鬪)에 따른 참담한 불행을 피할 수 있었다. 물론 시 창작을 통한 적극적인 자구(自救) 노력도 그가 살아남는 데 도움을 주었을 것이다.

곽말약은 문화대혁명 초기인 1966년 6월 모택동의 부인 강청(江靑)을 향하여, "당신은 자신을 돌보지 않고 문예의 전선에서 돌격하여 적진을 함락시켜, 중국의 무대를 공(工)·농(農)·병(兵)의 영웅적 형상으로 충만하도록 해주었습니다."[75]라고 낯 뜨거운 찬양의 노래를 불렀다. 또한, 그는 "『모택동선집(毛澤東選集)』을 학습하고 머릿속을 무장하여 용감히 앞으로 나아가자"[76]는 등, 홍위병들이 저마다 겉표지가 시뻘건 『모택동어록(毛澤東語錄)』을 치켜들고 외쳤던 구호에 못지않은, 정제되지 않은 조악한 언어들을 이른바 '시(詩)'라는 이름으로 발표하였다.

청장년 시절 모든 독재의 권위를 타도하여 인민을 해방시켜야 한다고 부르짖었던 곽말약은, 모택동의 무자비한 폭압적 통치 속에 "온몸으로 시(詩)를 밀고 나가지" 못하고, 일말의 자존심도 내던진 채 시를 목숨 구걸의 수단으로 전락시켰던 것이다. 본처 장경화를 외면하고, 조강지처 안나도 버리고, 사랑하는 두 아들의 희생을 그저 바라만 보았던 곽말약. 그는 70대 중반 노년에 잔혹한 권력자 강청(江靑)을 혁명시대의 "Venus"로 추켜세우며, 그의 『여신(女神)』마저 배반하였다.

---

75 "你奮不顧身地在文藝戰線上陷陣衝鋒, 使中國舞臺充充滿工農兵的英雄形像",
https://www.sohu.com/a/241852037_377965 참조

76 "學『毛選』, 以武裝頭腦, 勇往直前!", 「沫若詩詞選」, 『郭沫若全集·文學編5』, 人民文學出版社, p.119.

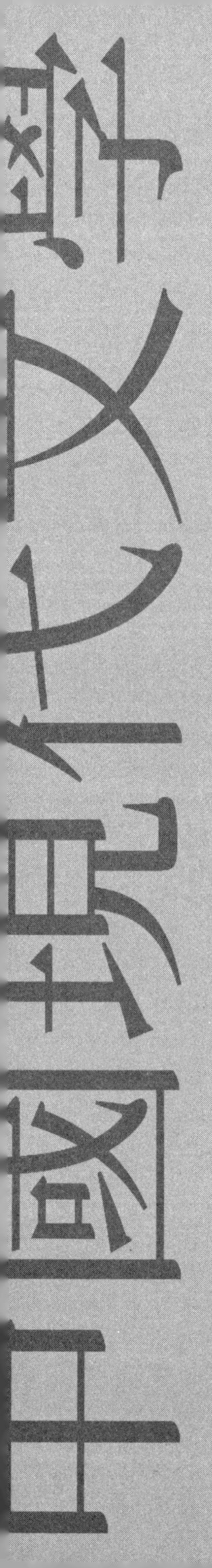

사회주의 혁명에 앞장선

모순(마오뚠 茅盾)

모순(마오뚠 茅盾, 1896-1981)은 절강성(浙江省) 동향(桐鄉) 출신이며, 본명은 심안빙(沈雁氷)이다. 그의 아버지 심영석(沈永錫)은 청나라 말기의 수재(秀才)출신이었지만 '유신파(維新派)'로서 팔고문(八股文)을 혐오하였고, 서구의 과학과 민주사상을 숭상하였다. 특히 자연과학과 수학을 좋아하여 미적분을 독학하기도 하였다. 모순은 어린 시절 서당교육을 거쳐 오진(烏鎭) 입지소학(立志小學)에 입학한 후 신식 교육을 받기 시작하였다. 그는 학창 시절 내내 『서유기(西遊記)』, 『삼국지연의(三國志演義)』, 『수호지(水滸志)』 등 고전소설에 심취하였다. 고전소설을 탐독하는 가운데 문학적 상상력과 재능을 키워 나아가는 한편 나라와 시대의 문제에 대해 깊이 사고하게 되었다.

신문화운동 시기 문학혁명에 적극적으로 찬동하였던 모순은 1921년 1월 주작인(周作人), 정진탁(鄭振鐸), 왕통조(王統照), 엽소균(葉紹鈞) 등과 함께 "인생을 위한 문학(文學爲人生)"을 표방하는 『문학연구회(文學研究會)』를 설립하였다. 『문학연구회』의 발기선언문을 보면 다음과 같다.

> 문예를 즐거울 때의 놀이로 삼거나 실의에 빠졌을 때 소일거리로 삼던 때는 이미 지나갔다. 우리는 문학도 일종의 일이며, 또한 사람들의 삶에 매우 절실한 일이라고 믿는다. 문학을 하는 사람들은 이 일을 종신의 사업으로 삼는데, 이는 마치 노동이나 농사와 같은 것이다.[77]

77 "文藝當作高興時的遊戲或失意時的消遣的時候, 現在已經過去了。我們相信文學是一種工作, 而且又是於人生很切要的一種工作。治文學的人也當以這事爲他终身的事業,正同勞農一樣。", 仲源 編, 「文學研究會(資料)」, 『新文學史

『문학연구회』가 오락이 아닌 인생을 위한 문학을 표방한 것은 주로 모순의 주장이 설득력을 얻은 결과라고 할 수 있다. 모순은 1922년 발표한 『문학과 인생(文學與人生)』에서 "중국인은 지금껏 문학이란 일반 사람에게 필요한 것이 아니라, 한가로움에 스스로 만족하고, 풍류를 즐기는 사람들이 이야기할 수 있는 것이라 여겼다."고 지적하며, "문학은 인생의 반영이다. 사람들이 어떻게 생활하는지, 사회의 형편이 어떠한지, 문학은 그러한 여러 가지 것들을 반영해내는 것이다."[78]라고 주장하였다. 문학은 각종 사회상과 사람들의 생활 현실의 진실한 모습을 전달하며 인생을 지도하는 역할을 수행해야 함을 강조한 것이다.

모순은 1921년 고대소설의 전통을 계승한 통속문학 유파인 원앙호접파(鴛鴦胡蝶派)[79]의 간행물이었던 『소설월보(小說月報)』의 주편을 담당한 후, 『소설월보』의 내용을 전면적으로 혁신하여 『소설월보』를 『문학연구회』의 기관지로 탈바꿈시켰다. 모순은 기존의 『소설월보』가 구체시(舊體詩), 구체소설 및 구체산문을 주로 소개하였던 것과는 정반대로 "세계문학을 연구·소개하고, 중국문학을 정리하며, 신문학을 창조한다."는 『문학연구회』의 종지(宗旨)를 『소설월보』의 지도사상으로 삼아서 편집 업무를 진행하였다.

料』, 1979年3期, p.283.

78 "中國人向來以爲文學, 不是一般人所需要的。閑暇自得, 風流自賞的人, 才去講文學。", "文學是人生的反映(Reflection)。人們怎樣生活, 社會怎樣情形, 文學就把那種種反映出來。", 沈雁冰, 「文學與人生」, 『文學運動史料選(第一冊)』, 上海教育出版社, 1979, p.186.

79 원앙호접파(鴛鴦蝴蝶派)는 1900년대 초 상해(上海)에서 출현한 문학유파로서 동인(同人) 중 한 사람인 서침아(徐枕亞)가 그의 작품에서 '鴛鴦(원앙)', '蝴蝶(나비)' 등의 단어를 많이 쓴 것에서 그 이름을 얻었다. 원앙호접파 문인들의 작품은 대부분 재자가인(才子佳人)들의 애정 이야기가 주류를 이룬다. 원앙호접파의 소설 작품을 많이 게재하였던 문예주간지 『토요일(禮拜六)』의 영향력이 컸기에 '토요일파(禮拜六派)'라고 불리기도 한다.

그는『소설월보』에 주로 "인생을 위하는(爲人生)" 국내외의 사실주의 문학작품 및 외국 진보작가들의 생애와 사상에 대한 소개의 내용을 담은 문장을 게재하였고, 동유럽과 북유럽 등의 피압박민족의 문학 번역 작품도 다수 게재하여『소설월보』의 환골탈태(換骨奪胎)를 이루어 내었다. 또한, 모순은 직접『소설월보』에「신구문학 평의의 평의(新舊文學評議之評議)」,「현재 문학가의 책임은 무엇인가?(現在文學家的責任是甚麼?)」등의 문장을 발표하여, 신문학은 인생을 표현하는 문학이 되어야 하며, 민주주의 사상을 전파하는 평민문학이 되어야 함을 주장하였다.

평소 사회 개혁에 큰 관심을 보이며 마르크스주의를 신봉하였던 모순은 1921년 7월 중국공산당이 탄생한 후 중국공산당의 정식 당원이 되었다. 1924년에는 공산당에서 창립한 상해대학(上海大學)[80]에서 교편을 잡아 혁명 간부 육성에 힘썼고, 1925년에는 5·30운동[81]에 직접 뛰어들었다. 1926년에는 광주(廣州)로 가서 제1차 국내혁명전쟁[82]에 참가하였다. 1926년 말 북벌(北伐)군이 무한(武漢)을 점령하고 국민정부를 설립하자, 모순은 무한(武漢)으

---

80 1922년 중국공산당 중앙위원회에서 공산당 간부의 육성을 위한 간부 대학 설립의 필요성을 인식하고 중국공산당 초대 총서기 진독수(陳獨秀)와 이대조(李大釗)의 계획하에, 사립 동남고등전과사범학교(東南高等專科師範學校)를 상해대학으로 개명하여 재탄생시켰다.

81 1925년 5월 15일, 상해의 일본계 직물공장에서 원자재 부족을 공장을 폐쇄하고 노동자들의 임금을 지불하지 않자, 중국인 노동자 구정홍(顧正紅)이 군중을 이끌고 공장에 진입하여 항의하였다. 일본인 공장장은 이들의 요구를 묵살하였을 뿐 아니라, 이들에게 총격을 가하도록 하여 구정홍이 사망하고 10명이 부상을 입었다. 이 사건을 계기로 중공중앙(中共中央)에서는 대규모 파업과 반제국주의 시위를 지시하였다. 이에 따라 5월 30일 상해의 노동자와 학생 수천 명이 공공조계(公共租界) 내에서 시위를 벌이다가 13명이 총에 맞아 숨졌고, 수십 명이 부상을 입었으며, 150여 명이 체포되었다.

82 제1차 국공합작(國共合作)을 기초 역량으로 삼아 1924년부터 1927년까지 벌였던 북양군벌(北洋軍閥) 타도 전쟁. 1927년 장개석(蔣介石)의 4.12정변으로 인하여 제1차 국공합작은 결렬되었다.

로 가서 중앙군사정치학교(中央軍事政治學校)의 교관 및 중산대학(中山大學) 문학원(文學院) 교수로 활동하였다. 그러나 1927년 장개석(蔣介石)의 4·12정변 이후 국민당의 반공(反共)노선이 확립되자 국민당의 지명수배를 받은 모순은 정치 활동에서 벗어나 문학 창작에만 몰두하게 되었다.

그는 1927년 9월에는 중편소설 『환멸(幻滅)』을 발표하였고, 뒤이어 『동요(動搖)』와 『추구(追求)』를 발표하여 불과 10개월 만에 『식(蝕)』 3부곡을 완성하였다. 『식(蝕)』 3부곡은 청년들이 혁명에 뛰어들었다가 실패하자 환멸을 느끼고, 방황과 갈등을 겪으며 동요하다가 다시금 혁명의 의지를 재정비하여 희망찬 미래를 추구한다는 내용이다.

모순은 1929년에는 장편소설 『무지개(虹)』를 발표하였다. 『무지개(虹)』의 주인공 매행소(梅行素)는 아버지의 요구에 따라 상인 유우춘(柳遇春)과 결혼하였지만 그에게 전혀 애정을 느끼지 못하였고 신문화운동으로 인해 크게 대두된 여성해방 사상의 영향을 받아 형식적인 결혼 생활을 포기하고 가출한다. 그 후 그녀는 성도(成都)와 중경(重慶)을 거쳐 반(反)제국주의 반(反)봉건 투쟁의 중심지 상해(上海)로 가게 되었고, 혁명가 양강부(梁剛夫) 등의 지도하에 마르크스 레닌주의 서적을 읽으며 혁명에 눈을 뜬 후 5·30운동에 참가한다. 그녀는 군중들과 더불어 가두시위와 연설을 하고 파업 투쟁을 전개하는 가운데 종전의 개인주의적 성향에서 탈피하여 혁명가로 성장한다. 일부 평론가들은, 이 소설이 소(小)자산계급 지식분자들도 혁명 투쟁을 통하여 개조될 수 있다는 가능성을 제시하였다는 점과, "(주인공인) 그녀가, 지식분자들은 비록 구세계에 반항하는 격정을 지니고 있지만, 반드시 마르크스주의를 학습하고 군중 투쟁에 참가하는 과정 속에서 점차 입장이 바뀌어 진정한 혁명가가 될 수 있음을 말해준다"[83]는 점에서 가치가 있다고 평가하였다.

1930년 4월 모순은 상해에서 중국공산당이 주도하여 조직한 중국좌익작가연맹(中國左翼作家聯盟)[84]에 가입하여, 혁명적 문예활동과 사회투쟁에 종사하였다. 그는 1931년『좌련』의 기관지인『전초(前哨)』를 발간하였는데, 창간호를『좌련』의 '다섯 명의 열사(烈士)'를 기념하기 위한 특집호로 제작하였다. 다섯 명의 열사란 1931년 2월 7일, 상해(上海)의 국민당 경비사령부에서 비밀리에 총살당한 유석(柔石), 이구실(李求實), 호야빈(胡也頻), 풍갱(馮鏗), 은부(殷夫) 등을 가리킨다. 이 특집호에는 다섯 열사의 유작(遺作)과 함께, 국민당의 만행에 항의하는『좌련』의 선언문과 노신(魯迅)의 문장「중국 무산계급 혁명문학과 선구자의 피(中國無產階級革命文學和前驅的血)」등이 게재되었다.

「선언문」에는 국민당의 공포 통치를 맹비난하는 말들과 함께 "국민당의 혁명 작가 학살을 반대한다! 국민당의 문화에 대한 박해와 혁명문화 운동에 대한 압박을 반대한다! 좌익 문학 문화 운동 진영으로 모이자!"[85]는 등의 격렬한 구호가 적혀있다.

모순은 1933년 1월 그의 대표적인 장편소설이자 이 시기 좌익문학을 대표하는 작품인『한밤중(子夜)』을 발표하였다. 상해(上海)를 배경으로 한『한밤중』은 민족자본가 오손보(吳蓀甫)와 금융

---

83 "知識分子雖然富有反抗舊世界的激情, 然而必須在學習馬克思主義和參加群衆鬪爭的過程中, 逐步轉變立場, 方能成爲眞正的革命家", 莊鍾慶,「茅盾長篇小說'虹'的獨創性」,『浙江學刊』, 1982年4期, p.72.

84 각주 45 참조

85 "反對國民黨虐殺革命作家! 反對國民黨摧殘文化, 壓迫革命文化運動! 反對封閉書店, 壟斷出版界, 及壓迫著作家思想家! 集中到左翼作家文化運動的營壘中來!",「中國左翼作家聯盟爲國民黨屠殺大批革命作家宣言」, 中國左翼作家聯盟,『紀念與研究』, 1980, p.59.

자산가 조백도(趙伯韜)의 첨예한 갈등을 중심으로 하여 이야기가 전개된다. 오손보는 민족 산업을 진흥시키려 갖은 노력을 기울이지만 조백도의 경제적 압박으로 파산한다는 것이 주된 내용이다. 주인공 오손보는 애국심과 민족정신을 지닌 총명하고 유능하며 모험심이 강한 인물이지만, 반면 지나치게 이윤을 추구하며 농민 폭동과 노동자의 파업을 무자비하게 진압하는 반동적 자본가로 그려져 있다. 한편 오손보의 적수인 조백도는 미국과 장개석 정권의 주구(走狗)로서, 이루 말할 수 없이 교활하고 거만하고 탐욕스러우며, 극도의 도덕적 타락 행위를 일삼는 악랄한 매판(買辦)자본가의 전형으로 묘사되어 있다.

모순은 이 소설에서, 제국주의와 매국 관료 및 매판자본가들은 민족자본가들의 자유로운 발전을 방해하고 있음에도 불구하고, 민족자본가들은 반(反)혁명적 사상에서 헤어 나오지 못한 채 노동자와 농민계급을 무시하며 중국공산당을 반대하고 있다는 점을 밝히려 하였다. 또한 중국공산당이 이끄는 반제(反帝)·반봉건(反封建)의 거대한 조류에 합류하기를 거부하는 자본가들은 그 누구라도 필연적으로 실패하여 비극을 경험할 수밖에 없다는 것을 경고하고 싶었던 것이다.

『한밤중(子夜)』에는 오손보와 조백도 이외에도 약 70여 명의 인물들이 등장하는 가운데, 당시 중국 사회에서 벌어졌던 노동자와 농민의 폭동 및 이에 대한 당국의 탄압, 지주와 자본가들의 추악한 면모, 제국주의의 침략과 군벌의 내전 속에 고통받는 백성들의 생활상, 상해에서 금전 만능주의에 빠진 사람들 간의 가식적인 인간관계 등이 다채롭게 묘사되어 있다. 모순은 이와 같이『한밤중(子夜)』을 통하여 중국 내에서 발생하였던 숱한 부조리와 부패상을 폭로하는 한편, 이를 해결하기 위해서는 반드시 공산당 주도의 혁명이 필요함을 주장하였다.

1937년 중일전쟁 발발 후 모순은『봉화(烽火)』주간의 주필 및 중화전국문예계항적협회(中華全國文藝界抗敵協會)[86] 이사직을 담당하는 등 항일투쟁에 적극적으로 참가하였고, 사회주의 리얼리즘에 입각한 창작 활동을 지속해 나아갔다. 그리고 중화인민공화국이 수립된 후에는 문화부(文化部) 부장과 전국인민대표대회(全國人民代表大會) 대표, 중국인민정치협상회의(中國人民政治協商會議) 전국위원회 상무위원과 부주석 등의 직책을 수행하며 정치 권력의 중심부에서 활동하였다.

『백양예찬(白楊禮讚)』은 모순이 1941년 6월『문화진지(文化陣地)』제6권 제3호에 발표한 산문작품이다. 모순은 감숙(甘肅)지역의 황토고원에서 거센 서북풍에 시달리면서도 꺾이지 않고 하늘을 향해 우뚝 솟아있는 백양나무의 모습에서 중국공산당의 지도하에 항일투쟁을 전개하는 인민들의 강인한 정신을 찾아내려고 애썼다. 그는 백양나무의 "소박하고 엄숙하며 꺾이지 않는 강인함은 북방지역 농민"[87]의 상징이라고 말하였다. 또한, 백양나무는 "오늘날 화북평원에서 종횡으로 격동하며 피로 쓴 신(新)중국 역사의 정신과 의지"[88]의 화신이라고 찬양하는 동시에," 백양나무로부터 "굽힐 줄 모르고 우뚝 서서 그들의 고향을 지키는 초

---

86 전국문예계항적협회는, 문예를 통해 항일의 민족 역량을 강화하자는 목적으로, 1938년 다양한 파벌과 계층의 작가들이 참가하여 설립한 단체이다. 기관지『항전문예(抗戰文藝)』를 발간하였고, 작가전지방문단(作家戰地訪問團)을 조직하여 전선과 후방지역에서 위문활동과 선전활동을 전개하였다.

87 "璞質, 嚴肅, 堅强不屈, 至少象徵了北方的農民", 茅盾,「白楊禮讚」, 林非 主編,『20世紀中國名家散文精品』, 海天出版社, 1995, p.44.

88 "今天在華北平原用血寫出新中國歷史的那種精神和意志", 茅盾,「白楊禮讚」, 林非 主編,『20世紀中國名家散文精品』, 海天出版社, 1995, p.44.

병"[89]이 연상된다고 말하며 마음속 걱정을 숨기지 않았다.

白楊禮讚[90]

白杨树实在是不平凡的，我赞美白杨树！

汽车在望不到边际的高原上奔驰，扑入你的视野的，是黄绿错综的一条大毡子。黄的是土，未开垦的荒地，几十万年前由伟大的自然力堆积成功的黄土高原的外壳；绿的呢，是人类劳力战胜自然的成果，是麦田。和风吹送，翻起了一轮一轮的绿波，——这时你会真心佩服昔人所造的两个字"麦浪"，若不是妙手偶得，便确是经过锤炼的语言精华。黄与绿主宰着，无边无垠，坦荡如砥，这时如果不是宛若并肩的远山的连峰提醒了你（这些山峰凭你的肉眼来判断，就知道是在你脚底下的），你会忘记了汽车是在高原上行驶。

· 白杨树 [báiyángshù]: 백양나무.

· 实在 [shízài]: 그야말로. 진실로. 진실하다. 참되다. 성실하다.

· 赞美 [zànměi]: 찬미하다. 칭송하다.

· 望不到 [wàng bu dào]: 볼 수 없다. 보이지 않다.

· 边际 [biānjì]: 끝. 한도. 한계.

---

89 "傲然挺立的守衛他們家鄉的哨兵", 茅盾, 「白楊禮讚」, 林非 主編, 『20世紀中國名家散文精品』, 海天出版社, 1995, p. 44.

90 茅盾, 「白楊禮讚」, 林非 主編, 『20世紀中國名家散文精品』, 海天出版社, 1995. 에서 원문 인용

· 奔驰 [bēnchí]: 내달리다. 질주하다

· 扑入 [pūrù]: 뛰어들다. 돌진하다. 달려들다. 덮쳐오다.

· 错综 [cuòzōng]: (종횡으로) 뒤섞다.

· 毡子 [zhānzi]: 융단. 모전(毛氈). 펠트(felt).

· 开垦 [kāikěn]: 개간하다.

· 荒地 [huāngdì]: 거친 땅. 황무지.

· 堆积 [duījī]: 쌓아 올리다. 쌓이다. 밀리다.

· 外壳 [wàiké]: 겉껍질. 겉껍데기.

· 麦田[màitián]: 밀·보리밭.

· 翻 [fān]: 뒤집다. 뒤집히다. 전복하다. (물건을 찾기 위해) 뒤지다. (책을) 펴다. 펼치다.

· 一轮 [yīlún]: 일주(一周). 한 바퀴. 한차례.

· 佩服 [pèifú]: 탄복하다. 감탄하다.

· 昔人 [xīrén]: 옛날 사람.

· 麦浪 [màilàng]: 바람에 흔들리는 밀이나 보리 이삭의 물결.

· 妙手偶得 [miàoshǒu]: 문학적 소양이 뛰어난 사람이 우연히 영감을 발휘해 훌륭한 작품을 지어내다.

· 锤炼 [chuíliàn]: 갈고닦다. 연마하다. 다듬다.

· 精华 [jīnghuá]: 정화. 정수

· 主宰 [zhǔzǎi]: 주재하다. 지배하다. 좌지우지하다.

· 无边无垠 [wúbiān wúyín]: 끝없다. 아득하다.

· 坦荡如砥 [tǎndàngrúdǐ]: 숫돌처럼 평탄하다. (마음이) 솔직하고 거리낌이 없다.

· 宛若 [wǎnruò]: 마치~같다.

· 并肩 [bìng jiān]: 어깨를 나란히 하다.

· 提醒 [tíxǐng]: 일깨우다. 깨우치다. 주의를 환기시키다.

· 行驶 [xíngshǐ]: 다니다. 통행하다. 운항하다.

백양나무는 그야말로 평범하지 않다. 나는 백양나무를 찬미한다!
자동차가 끝이 보이지 않는 고원으로 질주할 때, 당신의 시야에 들어오는 것은 누렇고 푸른빛이 뒤섞인 융단이다. 누런 것은 흙, 개간하지 않은 황무지로서, 몇십만 년 전 위대한 자연의 힘이 퇴적에 성공한 황토고원의 겉껍질이다. 푸르른 것은 인류의 노동력이 자연에 승리를 거둔 성과물, 보리밭이다. 바람이 불면 한 차례 또 한 차례 일어나는 녹색의 물결 —— 이때 당신은 옛사람들이 만들어 낸 두 글자 "맥랑(麥浪: 보리 이삭의 물결)"에 진심으로 탄복할 것이다. 만약 뛰어난 솜씨를 지닌 사람이 우연히 영감을 발휘해 얻은 것이 아니라면, 분명히 갈고 닦은 언어의 정수일 것이다. 누런빛과 푸른빛은 끝없는 아득함과 숫돌 같은 평탄함을 지배한다. 이때 어깨를 나란히 한 것 같은 먼 산이 당신을 일깨우지 않는다면, (당신의 육안으로 이 산봉우리들을 판단했을 때, 당신의 발밑에 있다는 것을 알게 된다.) 당신은 자동차가 고원 위로 달리고 있다는 것을 잊게 될 것이다.

然而刹那间，要是你猛抬眼看见了前面远远有一排——不，或者只是三五株，一株，傲然地耸立，像哨兵似的树木的话，那你的恹恹欲睡的情绪又将如何？我那时是惊奇地叫了一声的。

那就是白杨树，西北极普通的一种树，然而实在是不平凡的一种树。

· 刹那间 [chànàjiān]: 순간, 찰나. 순식간.
· 猛 [měng]: 돌연히. 맹렬하다. 사납다.
· 抬眼 [táiyǎn]: 눈길을 끌다. 눈을 치켜뜨다.
· 株 [zhū]: 그루.
· 傲然 [àorán]: 꿋꿋하여 굽히지 않는 모양.
· 耸立 [sǒnglì]: 우뚝 솟다.
· 哨兵 [shàobīng]: 초병. 보초병.
· 恹恹欲睡 [yānyānyùshuì]: 나른하게 졸리다.
· 情绪 [qíngxù]: 정서. 기분.
· 惊奇 [jīngqí]: 놀랍고도 이상하다. 이상히 여기다.

그러나 순식간에, 만일 당신이 급히 눈을 들어 앞쪽 멀리 있는 일렬의 —— 혹은 단지 세 그루, 다섯 그루, 아니 한 그루의 꿋꿋하게 우뚝 서 있는 초병과 같은 나무를 본다면, 당신의 나른하게 졸린 기분은 어찌 될 것인가? 나는 그때 놀라움에 소리를 질렀다.
그것은 백양나무, 서북부에 서식하는 극히 평범한 나무, 그러나 진실로 평범하지 않는 나무이다.

那是力争上游的一种树，笔直的干，笔直的枝。它的干通常是丈把高，像加过人工似的，一丈以内绝无旁枝。它所有的丫枝一律向上，而且紧紧靠拢，也像加过人工似的，成为一束，绝不旁逸斜出。

· 力争上游 [lìzhēngshàngyóu]: 앞다투어 전진하는 데 힘쓰다.
· 笔直 [bǐzhí]: 똑바르다. 매우 곧다.
· 丈把高 [zhàngbǎgāo]: 거의 한 길 높이에 가깝다.
· 加过人工 [jiāguoréngōng]: 인공적인 것을 더하다.
· 旁枝 [pángzhī]: 곁가지.
· 丫枝 [yāzhī]: 두 갈래로 갈라진 나뭇가지.
· 紧紧 [jǐnjǐn]: 바짝. 꽉. 단단히.
· 靠拢 [kàolǒng]: 가까이 다가서다. 접근하다.
· 旁逸斜出 [pángyìxiéchū]: 옆으로 비스듬히 뻗어 나가다.

그것은 앞다투어 전진하는 나무이다. 곧은 줄기와 곧은 가지. 그것의 줄기는 보통 한 길에 달하여 마치 인위적으로 가공한 듯하다. 그것은, 한 길 높이 이내에는 절대로 곁가지가 없고, 갈라진 가지는 모두 위를 향해 있으며 바짝 붙어 있어 마치 인위적으로 가공하여 하나로 묶어 절대 제멋대로 옆으로 뻗어 나가지 못하도록 한 것 같다.

这就是白杨树，西北极普通的一种树，然而决不是平凡的树。
它没有婆娑的姿态，没有屈曲盘旋的虬枝。
难道你就不想到它的朴质，严肃，坚强不屈，至少也象征了北方的农民？难道你竟一点也不联想到，在敌后的广大土地上，到处有坚强不屈，就像这白杨树一样傲然挺立的守卫他们家乡的哨兵？难道你又不更远一点想到，这样枝枝叶叶靠紧团结，力求上进的白杨树，宛然象征了今天在华北平原纵横决荡，用血写出新中国历史的那种精神和意志？

- 婆娑 [pósuō]: 흩어져 있는 모양. (천천히) 도는 모양.
- 屈曲 [qūqū]: 구불구불하다. 굴곡지다.
- 盘旋 [pánxuán]: 선회하다. 빙빙 돌다.
- 虬枝 [qiúzhī]: 꼬불꼬불한 나뭇가지.
- 象征 [xiàngzhēng]: 상징. 상징하다.
- 竟 [jìng]: 뜻밖의, 의외의.
- 敌后 [díhòu]: 적진의 후방.
- 守卫 [shǒuwèi]: 방위하다. 수비하다.
- 力求上进 [lìqiúshàngjìn]: 힘써 향상을 꾀하다.
- 宛然 [wǎnrán]: 마치. 흡사. 완연히.
- 纵横决荡 [zònghéngjuédàng]: 막힘없이 사방으로 마구 휘날리다.

그것이 바로 백양나무이다. 서북부에 극히 평범하게 자생하는 나무, 그러나 결코 범상치 않은 나무이다.
그것에는 어지럽게 흔들리는 모습이 없다. 구불구불하게 꼬인 가지도 없다.
당신은 그것의 질박함과 엄숙함, 불굴의 강인함이 최소한 북방 농민들을 상징한다고 생각되지 않는단 말인가? 당신은 적의 뒤편의 광활한 땅 위에서 불굴의 강인함을 가지고 백양나무처럼 도처에 꿋꿋이 서서 그들의 고향을 수호하는 초병을 연상하지 못한단 말인가? 당신은 더 나아가 이들 가지와 잎사귀들이 긴밀하게 서로 단결하여 힘껏 앞으로 나아가는 백양나무가 오늘날 화북평원을 종회무진 내달리며 피로 쓴 신(新)중국 역사의 정신과 의지를 뚜렷이 상징한다고 생각하지 않는가?

白杨树是不平凡的树，它在西北极普遍，不被人重视，就跟北方的农民相似；它有极强的生命力，磨折不了，压迫不倒，也跟北方的农民相似。我赞美白杨树，就因为它不但象征了北方的农民，尤其象征了今天我们民族解放斗争中所不可缺的朴质、坚强，力求上进的精神。

· 磨折不了 [mózhébùliǎo]: 괴롭힐 수 없다.
· 看不起 [kàn bu qǐ]: 경멸하다. 깔보다.
· 朴质 [pǔzhì]: 수수하다. 소박하다. 질박하다.
· 坚强 [jiānqiáng]: 굳세고 강하다.
· 力求 [lìqiú]: 힘써 노력하다.

백양나무는 평범하지 않은 나무이다. 그것은 서북부에 극히 보편적으로 자생하여 사람들에게 중시를 받지 못하는 북방의 농민들과 닮았다. 그것은 극히 강인한 생명력을 지니고 있기에 괴롭혀 꺾을 수 없고 압박하여 쓰러뜨릴 수 없다. 이것 역시 북방의 농민들을 닮았다. 나는 백양나무를 찬미한다. 그것은 북방의 농민을 상징할 뿐 아니라 오늘날 우리 민족해방 투쟁에 없어서는 아니 될 질박함과 강인함, 힘써 전진하는 정신을 지녔기 때문이다.

모순은 이와는 대조적으로 녹나무를 가리켜, "민중을 무시하고 천시하는, 완고하고 퇴행적인 사람들이 찬양하는 귀족화된 녹나무"[91]라고 서슴없이 매도하였다. 모순은 녹나무의 상징성에 관한 질문에 대하여 "녹나무는 국민당의 반동파를 상징한다."[92]고 직접 대답한 바 있다. 모순은 오로지 하늘을 향해 곧게 뻗은 "위용이 있고(偉岸), 정직하며(正直), 소박하고(璞質), 엄숙한(嚴肅)" 백양나무의 모습에 이른바, "위대한 중국공산당"의 이미지를 덧씌워 극도로 찬양하였을 뿐, 백양나무와 마찬가지로 "꼿꼿하고 늘씬한(那也是直挺秀頎的)"[93] 녹나무에 대해서는 일방적으로 비난하는 '모순(矛盾)'적인 입장을 보이고 있다.

> 让那些看不起民众、贱视民众、顽固的倒退的人们去赞美那贵族化的楠木（那也是直挺秀颀的），去鄙视这极常见、极易生长的白杨树吧，我要高声赞美白杨树！

· 看不起 [kànbu qǐ]: 경멸하다. 깔보다.

· 贱视 [jiànshì]: 천시하다. 경시하다. 경멸하다.

· 顽固 [wángù]: 완고하다. 고집스럽다.

· 倒退 [dàotuì]: 뒤로 물러나다. 후퇴하다. 뒷걸음치다.

· 楠木 [nánmù]: 녹나무.

· 直挺秀颀 [zhí tǐng xiùqí]: 곧고 늘씬하다.

---

91 "看不起民衆、賤視民衆、頑固的倒退的人們去讚美那貴族化的楠木", 茅盾, 「白楊禮讚」, 林非 主編, 『20世紀中國名家散文精品』, 海天出版社, 1995, p.45.

92 "貴族化的楠木象徵國民黨反動派", 彭守恭, 「對白楊禮讚中楠木的解釋」, 『人民教育』, 1978, p.30.

93 茅盾, 「白楊禮讚」, 林非 主編, 『20世紀中國名家散文精品』, 海天出版社, 1995, pp.43~45. 참조

· 鄙视 [bǐshi]: 경멸하다. 경시하다. 깔보다.

> 민중을 무시하고 민중을 천시하며, 완고하고 퇴행적인 사람들로 하여금 귀족적인 녹나무(그것 역시 곧고 늘씬하다.)를 찬미하게 하라. 매우 흔히 볼 수 있고 아주 쉽게 자라나는 백양나무를 경멸하게 하라. 나는 소리 높여 백양나무를 찬미하겠노라!

노신(魯迅)은 "모든 문예는 선전이지만, 결코 모든 선전이 문예가 될 수는 없다.", "혁명이 구호, 표어, 포고문, 전보, 교과서 이외에도 문예를 이용하고자 하는 것은, 바로 그것이 문예이기 때문"[94]이라며 예술적인 가치가 도외시된 채 교조주의적이고 개념화된 주장으로 가득한 "혁명문학"의 문제점을 지적한 바 있다. 『백양예찬(白楊禮讚)』은 좌련(左聯)의 대표 작가 모순의 산문답게 이데올로기의 색안경을 쓴 채 자연의 아름다움에 대해서조차 극과 극의 대조적인 빛깔로 평가하고 있는 듯하다. 만일 그가 사회주의자로서의 선민의식 없이 세상을 바라보았다면 "꼿꼿하게 우뚝 솟아있는(傲然地聳立)" 백양나무뿐 아니라, 다양한 생김새와 생각을 지니고 있는 민중을 닮은 "비스듬하고(傍旁逸斜出)", "구불구불한 나뭇가지(屈曲盤旋的虬枝)"의 존재와 미적 가치도 넓게 포용할 수 있지 않았을까?

94 "一切文藝固是宣傳, 而一切宣傳却並非全是文藝", "革命之所以於口號, 標語, 布告, 電報, 教科書 …… 之外, 要用文藝者, 就因爲它是文藝。", 「文藝與革命」, 『三閒集』, 『魯迅全集4』, 人民文學出版社, 1981, p.84.

모성애를 노래한
만년 소녀

빙심(빙신 冰心)

빙심(冰心, 1900~1999)의 본명은 사완영(謝婉瑩)이며, 복건성(福建省) 장락현(長樂縣) 출신이다. 빙심은 아버지 사보장(謝葆璋)이 1903년 산동성(山東省) 연대(옌타이 煙臺)의 연대해군학당(煙臺海軍學堂) 교장으로 부임하게 됨에 따라 연대로 이주하게 되었다. 어린 빙심은 해변의 드넓은 바다와 모래사장, 바다 옆의 푸르른 산, 파란색 옷을 입은 해군의 구령소리와 나팔 소리 속에 성장하였고, 그녀의 문학적 감수성은 이러한 평화로운 환경 속에서 형성되기 시작하였다. 빙심은 6, 7세 때부터 중국 고전소설을 즐겨 읽기 시작하여 11세 때에는 『서유기(西遊記)』, 『수호전(水滸傳)』, 『삼국지연의(三國志演義)』, 『아녀영웅전(兒女英雄傳)』, 『요재지이(聊齋志異)』 등 거의 모든 중국 고전소설을 독파하게 되었다. 지나치게 독서에 몰두하였기에 빙심의 건강이 나빠질 것을 걱정한 그녀의 어머니가 책을 없애버릴 정도였다.

빙심은 "사랑을 가졌으면 모든 것을 가진 것이다.(有了愛就有了一切)"라는 유명한 말을 남겼다. 어린 시절 유복한 가정에서 부모님의 사랑을 한껏 받고, 패만(貝滿)여중, 연경(燕京)대학 등 기독교 학교에서 공부한 그녀가 창작한 문학 작품의 주제는 대부분 '사랑'이다.

빙심이 1921년 『소설월보(小說月報)』에 발표한 단편소설 『초인(超人)』은 어머니의 사랑의 위대함을 이야기하였다. 이 소설의 주인공 하빈(何彬)은 본래 사랑이니 연민이니 하는 것들을 아예 믿지 않았던 정서가 메마르고 냉정한 청년이다. 그는 사람들하고 마주쳐도 통 아는 체를 하지 않고, 하숙집 주인아주머니가 끼니를 가져다줄 때 의례적으로 인사하는 것 이외에는 좀처럼 말도 하지 않는다. 사람들과 편지를 주고받는 일도 없으며, 방 안에는 꽃 한 송이 놓여 있을 때가 없다.

그러던 하빈이, 주방의 심부름꾼 아이가 다리를 다쳐서 며칠째 고통스럽게 신음하자, 하숙집 주인을 통하여 그 아이에게 약값을 전해준다. 하빈은 얼마 후 직장을 옮기면서 하숙집을 떠나게 되는데, 이 심부름꾼 아이가 이때 몰래 하빈의 방에 꽃바구니와 편지를 놓고 간다. 편지에는 다음과 같이 적혀있다. "저에게는 어머니가 계신데, 저를 아주 사랑하기에 선생님께 매우 고마워하십니다. 선생님도 어머니가 계시지요? 선생님을 분명히 사랑하실 거예요. 그러니 저의 어머니와 선생님의 어머니는 좋은 친구인 셈이지요. 선생님 어머니의 친구의 아들이 드리는 것이니 반드시 받아주셔야 합니다."[95] 하림은 순간 그동안 잊고 있었던 어머니의 사랑이 생각나서 하염없이 눈물을 흘리며 말한다. "세상의 어머니와 어머니는 좋은 친구이니, 세상의 아들과 아들도 모두 좋은 친구이지. 우리는 모두 서로 연결되어 있는 것이고, 서로 버리는 것이 아니다."[96]

이처럼 사랑을 주제로 한 빙심의 문학은 마치 사춘기 소녀의 글처럼 매우 감성적이며 또한 감상적이다. 곽말약(郭沫若)의 시가 자유분방하고 웅혼한 기상을 지닌 도도하게 흐르는 탁류와 같다고 한다면, 빙심의 시는 그 고요한 서정성에 가슴이 뭉클해지고 마음이 정화되는 투명한 가을 하늘에 비유할 수 있다.

그녀의 시집 가운데 가장 널리 알려진 것은 1923년 출간된

---

95 "我有一個母親，她因爲爱我的缘故，也很感激先生。先生有母親麽？她一定是愛先生的。这樣我的母親和先生的母親是好朋友了。所以先生必要收母親的朋友的兒子的東西。", 冰心, 『超人』, 茅盾 編選, 『中國新文學大系3·小說一集』, 上海良友圖書印刷公司, 1935, p.12.

96 "世界上的母親和母親都是好朋友，世界上的兒子和兒子都是好朋友，都是互相牽連，不是互相遺棄的。", 冰心, 『超人』, 茅盾 編選, 『中國新文學大系3·小說一集』, 上海良友圖書印刷公司, 1935, p.13.

『번성(繁星)』과 『춘수(春水)』이다. 두 시집은 모두 매우 짧은 시(小詩)로 구성되어 있는데, 『번성(繁星)』에 164수, 『춘수(春水)』에 182수가 실려 있다. 빙심 시의 주제는 모성애에 대한 찬미, 어린 시절에 대한 그리움, 그리고 대자연의 아름다움, 청년들에 대한 격려 등이다. 이 주제들은 하나의 짧은 시안에서 서로 연결되어 있는 모습을 보이기도 하는데, 어떠한 주제의 시이든 그들을 대표하는 공통적인 단어는 바로 '사랑'이다.

繁星闪灼著——
深蓝的天空
何曾听得见他们对语
默然中
微光里
他们深深的相互颂赞了

- 繁星 [fánxīng]: 뭇별. 무수한 별.
- 闪灼 [shǎnzhuó]: 깜빡이다. 번쩍이다.
- 默然 [mòrán]: 묵묵히. 잠자코 있는.
- 微光 [wēiguāng]: 미광. 희미한 빛.
- 颂赞 [sòngzàn]: 칭찬하다. 찬양하다. 찬미하다.

뭇별들이 반짝이네.
짙푸른 하늘 위에
언제 그들의 속삭임을 들어보았나?
침묵 속에

희미한 빛 속에
그들은 깊이깊이 서로를 찬미하네.

二

童年阿!
是梦中的真,
是真中的梦,
是回忆时含泪的微笑。

· 回忆 [huíyì]: 회상. 추억. 회상하다.
· 含泪 [hán lèi]: 눈물을 머금다.
· 微笑 [wēixiào]: 미소.

어린 시절이여!
꿈속의 진실인 듯,
진실 속의 꿈인 듯,
돌아보면 눈물을 머금은 미소여.[97]

四

小弟弟呵!
我灵魂中三颗灼烁喜乐的星
温柔的

---

97 冰心,『繁星·春水』, 人民文學出版社, 2016, p.4.

无可言说的

灵魂深处的孩子呵!

· 灼烁 [zhuóshuò]: 반짝반짝 빛나다.

· 无可言说 [wúkěyánshuō]: 말로 다 할 수 없다.

· 温柔 [wēnróu]: 온유하다. 부드럽고 따뜻하다.

어린 동생아!

내 영혼 속 세 개의 반짝이는 기쁨의 별

부드럽고 따뜻한

무슨 말로도 다 할 수 없는

영혼 깊은 곳의 아이야!

八

残花缀在繁枝上

鸟儿飞去了

撒得落红满地——

生命也是这般的一瞥么

· 残花 [cánhuā]: 곧 떨어질 꽃. 지고 남은 꽃.

· 缀 [zhuì]: 장식하다. 깁다. 꿰매다.

· 撒 [sǎ]: 흘리다. 흩뿌리다. 살포하다.

· 一瞥 [yìpiē]: 한번 흘끗 보다.

지고 남은 꽃들이 무성한 가지 위를 수놓고

새들은 날아가 버렸네.

떨어진 꽃들은 땅에 가득하네.

생명도 이처럼 잠깐인 것을.

十

嫩绿的芽儿

和青年说

“生长你自己!”

淡白的花儿

和青年说

“孝敬你自己!”

深红的果儿

和青年说

“牺牲你自己!”

· 芽儿 [yár]: (식물의) 싹. 눈.

· 淡白 [dànbái]: 옅다. 희미하다. 담백하다.

· 孝敬 [xiàojìng]: 잘 섬기고 공경하다.

여리고 푸른 싹이

청년들에게 말한다.

“스스로 자라나라.”

옅은 색 꽃들이

청년들에게 말한다.

“스스로 웃어른을 공경하라.”

진홍색 과일들이

청년들에게 말한다.

“자신을 희생하라.”

一〇二

小小的花,

也想抬起头来,

感谢春光的爱。

然而深厚的恩慈,

反使她终于沉默,

母亲阿! 你是那春光么?[98]

- 抬头 [táitóu]: 머리(고개)를 들다.
- 深厚 [shēnhòu]: 깊고 두텁다.
- 恩慈 [ēn cí]: 은혜롭고 자애롭다.
- 沉默 [chénmò]: 침묵. 침묵하다.

어린 꽃이

고개를 들어

봄빛에 감사를 표하는구나.

그러나 그 깊은 자애로움은

오히려 그녀를 끝내 침묵하게 하네.

어머니 당신은 그 봄빛이십니까?

98 冰心,『繁星·春水』, 人民文學出版社, 2016, p.32.

빙심은 1923년 연경대학(燕京大學)을 졸업한 후 곧 미국으로 유학을 떠났는데, 웰즐리(Wellesley)여자대학에 입학한 지 얼마 되지 않아 폐병에 걸려 7개월간 요양원에서 지내게 되었다. 그녀는 이 기간 동안 어린이들을 독자로 상정하고 통신문의 형식으로 29편의 수필을 창작하였다. 이 작품들의 모음집이 바로『어린 독자에게 부침(寄小讀者)』이다. 빙심 자신이 직접 체험하였던 중국과 미국의 풍물, 가족에 대한 사랑과 그리움, 그리고 생활 속에서의 사소한 일에 대한 감상들이 주된 내용이며, 특히 모성애에 대한 찬양은 거의 모든 작품에서 빠짐없이 드러나 있다.

『어린 독자에게 부침(寄小讀者)』 가운데 「통신10(通訊十)」에서, "그녀는 나의 몸을 사랑하고, 나의 영혼을 사랑하고, 나의 온 주변과, 과거, 미래, 현재의 모든 것을 사랑하신다!"[99]며, 어머니의 사랑을 찬양하고 깊은 감사를 표시하였던 빙심은 자신이 생쥐의 모성애를 침해한 일에 대하여 회고하며 괴로워하였다. 「통신2(通迅二)」에 따르면, 어느 날 그녀가 가족들과 함께 둘러앉아 한가한 시간을 보내고 있을 때, 식탁 밑에 어린 생쥐가 나타나자 그녀는 자신의 책으로 가볍게 눌렀고, 생쥐는 곧 기력을 잃고 움직이지 못하였는데, 그 틈에 강아지가 와서 생쥐를 물고 갔다는 것이다. 빙심은, 그녀의 어머니가 "생쥐가 아주 작고 힘이 없는 것처럼 보이더라. 그렇지 않으면 도망갔겠지. 처음 먹을 것을 찾아 나왔는데 돌아오지 않으니, 어린 생쥐의 엄마가 쥐구멍 속에서 얼마나 보고 싶을까?"[100]라고 한 말을 듣고 그때서야 비로소 자신이

---

99 "她愛我的肉體, 她愛我的靈魂, 她愛我前後左右, 過去, 將來, 現在的一切!", 冰心,『寄小讀者』, 中國文聯出版公司, 1993, p.36.

100 "我看它實在小得很, 無機得很。否則一定跑了。初次出来覓食, 不見回來, 它母親在窩裏, 不定怎樣的想望呢。", 冰心,『寄小讀者』, 中國文聯出版公司, 1993, p.4.

죄악을 저질렀음을 깨달았다는 것이다. 빙심은 “어린 친구들, 나는 타락했어요, 나는 정말로 타락했어요! …… 용서해주세요!”[101] 라고 말하며 참회의 눈물을 흘렸다.

이처럼 어머니를 사랑하고 쥐의 모성애마저 존중하는 빙심이 1923년 8월 상해에서 배를 타고 미국 유학길을 가던 중 어머니를 그리워하는 마음을 이기지 못하고 쓴 시가 바로 『종이배(紙船)—어머니에게 보냄(寄母親)』이다.

纸船 — 寄母亲[102]

종이배 — 어머니에게 보냄

我从不肯妄弃了一张纸,
总是留着--留着,
叠成一只一只很小的船儿,
从舟上抛下在海里。

· 妄 [wàng]: 망령되다. 함부로. 멋대로.
· 弃 [qì]: 내버리다. 포기하다.
· 叠 [dié]: 포개다. 쌓다. 접다.
· 抛 [pāo]: 내던지다. 방치하다.

나는 한 장의 종이도 함부로 버리지 않았고

---

101 “小朋友, 我墮落了, 我實在墮落了! …… 小朋友們恕我!”, 冰心, 『寄小讀者』, 中國文聯出版公司, 1993, p.4.

102 冰心, 『春水·繁星』, 人民文學出版社, 2016.에서 원문 인용

줄곧 남기고—남기어
접고 접어서 하나하나의 작은 배로 만들어
배 위에서 바다로 던집니다.

有的被天风吹卷到舟中的窗里,
有的被海浪打湿，沾在船头上。
我仍是不灰心的每天的叠着,
总希望有一只能流到我要它到的地方去。

· 海浪 [hǎilàng]: 파도.
· 打湿 [dǎshī]: 젖다. 적시다.
· 沾 [zhān]: 젖다. 닿다. 묻다. 배다.
· 灰心 [huīxīn]: 낙담하다. 낙심하다.

어떤 것은 바람에 휘말려 배의 창 안으로 들어오고
어떤 것은 파도에 젖어 뱃머리에 붙어 있어요.
나는 여전히 낙심하지 않고 매일같이 종이배를 접어요.
한 척이라도 그것이 도달하길 바라는 곳으로 흘러가길 늘 희망하며,

母亲, 倘若你梦中看见一只很小的白船儿,
不要惊讶它无端入梦。
这是你至爱的女儿含着泪叠的,
万水千山，求它载着她的爱和悲哀归去。

· 倘若 [tǎngruò]: 만약~한다면.

· 惊讶 [jīngyà]: 놀랍고 의아하다.

· 无端 [wúduān]: 이유 없이. 까닭 없이.

· 万水千山 [wàn shuǐ qiān shān]: 무수히 많은 강과 산. 멀고 험한 길.

· 载 [zài]: 싣다. 적재하다.

· 悲哀 [bēi āi]: 비애. 슬픔.

어머니, 만일 꿈속에서 새하얀 작은 배 하나를 보신다면.
까닭 없이 꿈에 나타났다고 놀라지 마세요.
이것은 당신이 지극히 사랑하는 딸이 눈물을 머금고 접은 것으로
멀고 험한 길 그녀의 사랑과 슬픔을 싣고 돌아가기를 원합니다.

八, 二十七, 一九二三太平洋舟中
1923년 8월27일 태평양의 배 안에서

빙심은 "나는 한 장의 종이도 함부로 버리지 않았고, 줄곧 남기고 남기어"라고 말하며, 사랑하는 이에 대한 마음을 함부로 바꾸지 않고 소중히 간직하고 있음을 표현하였다. 제2연에서는 "어떤 것은 바람에 휘말려 배의 창 안으로 들어오고, 어떤 것은 파도에 젖어 뱃머리에 붙어 있네."라고 노래하였다. 이는 바람이 심하게 불고 파도가 치는 자연환경에 대한 단순한 묘사가 아니라, 어머니를 만나서 사랑의 마음을 전하고 싶지만, 이미 멀리 떨어져 있어 뜻대로 될 수 없는 것에 대한 안타까움의 표현이다. 마지막 연에서는 어머니가 꿈속에서나마 순결한 하얀 빛깔의 종이배를 발견함으로써 딸의 사랑과 그리움을 전달받을 수 있기를 바라

는 간절한 마음을 전하였다.

미국으로 가는 배 안에서 하염없이 어머니를 그리워하던 빙심은 바로 이때 훗날 평생의 반려자가 되는 오문조(吳文藻 1901~1985)를 운명처럼 만나게 된다. 빙심은 친구 오유미(吳柔美)의 부탁에 따라, 같은 배에 승선한 오유미의 동생을 보살펴주기 위해 작가 허지산(許地山)[103]에게 오(吳)씨 성을 가진 학생을 찾아달라고 요청하였다. 빙심은 얼마 후 나타난 오씨 학생과 한참 동안 이야기를 나누었는데, 알고 보니 그 학생은 친구의 동생이 아니라 다트머스대학에 입학이 결정된 또 다른 오씨, 오문소였던 것이다. 이 우연한 만남이 계기가 되어 빙심과 오문조는 미국 도착 후에도 서로 편지를 주고받으며 감정을 키워나갔다. 오문조는 빙심에게 소설책을 선물로 보낼 때, 소설 가운데 사랑의 마음을 표현한 글귀에 빨간색 펜으로 표시를 해서 자신의 마음을 간접적으로 전하였다.

또한, 빙심이 1925년 3월 보스턴미술극장에서 열린 중국유학생들의 『비파기(琵琶記)』 공연[104]에서 주연으로 출연하였을 때,

---

103 허지산(許地山, 1893~1941)은 소설가이며 필명은 낙화생(落花生)이다. 1920년 연경대학(燕京大學) 문학원(文學院)을 졸업한 후, 1921년 심안빙(沈雁冰), 엽성도(葉聖陶), 정진탁(鄭振鐸) 등과 함께 『문학연구회(文學研究會)』를 창립하였다. 1923년 미국 컬럼비아대학 대학원 철학과에 입학하여 종교학 및 종교철학을, 1924년에는 영국 옥스퍼드대학에 입학하여 종교사와 인도철학 등을 공부하였다. 1927년 귀국 후 연경대학, 북경대학(北京大學), 청화대학(清華大學), 홍콩대학(香港大學) 등에서 교편을 잡았다. 그의 작품으로는 단편소설집 『환소난봉(換巢鸞鳳)』, 『綴網勞蛛(철망노주)』 등과 산문집 『공산영우(空山靈雨)』 등이 있다. 특히 청아한 풍격의 산문작품 『낙화생(落花生)』이 독자들의 많은 사랑을 받았다.

104 비파기(琵琶記)는 원말(元末) 명초(明初)의 희곡 작품이다. 작품의 줄거리는 다음과 같다. 채백개(蔡伯喈)는 신혼 초에 아내 조오랑(趙五娘)에게 시부모를 모시도록 하고 홀로 과거시험을 치르러 간다. 과거에 급제한 채백개는 재상의 딸과 다시 결혼하여 호화로운 생활을 하지만, 아내 조오랑은 고향에서 시부모와 함께 기근에 시달린다. 조오랑은 자신은 쌀겨로 굶주림을 버티면서도 시부모에게는 쌀밥을 해드리며 지극정성으로 모신다. 시부모가 사망한 후, 조오랑은 머리털을 팔아 장례를 치른 다음 비파 연주로 돈을 벌어가며 멀리 있는 남편을 찾아간다. 결국

오문조는 먼 길을 마다하지 않고 찾아와 그녀의 공연을 축하해주었다. 5개월 후 빙심과 오문조는 코넬대학에서 함께 프랑스어 수업을 수강하는 한편, 코넬대학의 아름다운 호수에서 뱃놀이를 하며 사랑을 속삭였다. 오문조는 빙심에게 청혼하기 위해, 먼저 빙심이 그토록 사랑하는 부모님에게 "댁의 따님은 신(新)사상과 구(舊)도덕을 모두 겸비한 완전한 여인입니다.(令愛是一位新思想與舊道德兼備的完人)"라고 빙심을 칭찬하며 결혼을 허락해 줄 것을 간청하였다. 1929년 결혼한 빙심과 오문조는 각각 문학가와 사회학자로 명성을 떨치며 해로하였다.

부유한 가정환경에서 부모의 사랑을 한껏 받으며 행복한 유년 시절을 보낸 빙심은 평생 '사랑'을 자산으로 삼아 살아갔다. 문화대혁명 시기 수년간에 걸친 '노동개조(勞改)'의 혹독한 비바람과 억센 파도를, 그녀는 오로지 '사랑'으로 단련된 몸과 마음으로 버티어 나아갔다. 노신(魯迅)은 중국 역사를 사람이 사람을 잡아먹는 식인의 역사로 규정하며 저주하였고, 곽말약(郭沫若)은 새로운 세상과 자아를 얻기 위해서는 우선 기존의 모든 질서와 사상을 모조리 불살라야 한다고 광분하였다. 그러나 기독교 신앙에서 박애의 정신을 배운 빙심은 고난 속에서도 "낙심하지 않고 날마다 작고 새하얀 종이배를 접으며" 내일의 희망을 꿈꾸었다. 그녀는 현실 속 고통과 원한을 모두 사랑의 문학 속에서 녹여낸 것이다.

빙심은 커다란 정치적 사회적 이슈에는 별 관심을 두지 않고, 일상생활에서의 사소한 일들을 민감한 감수성으로 받아들여 짧은 시와 수필로 작품화하였다. 이 때문에 혹자는 그녀의 문학을, '사랑의 철학'을 지닌 자산계급 문인의 현실을 외면한 한가한

두 사람은 극적으로 재회하게 되었고 재상의 딸이 그들에게 너그러운 마음을 보였기에 다시 결합하게 된다.

놀음으로 폄하하였다. 그러나 빙심은 언젠가는 "한 척이라도 원하는 곳으로 흘러가기를 바라는" 마음으로 가만히 종이배를 띄워 보내듯, 시와 산문과 소설로 끊임없이 사랑을 이야기하였다. 그녀가 정성껏 쓴 한 장, 또 한 장의 사랑의 작품들은 사막처럼 메마른 가슴으로 살아가는 이 세상 수많은 "하빈(何彬)"들에게 눈물과 웃음을 되찾아주고 "세상의 모든 어머니, 세상의 모든 아들은 서로 좋은 친구이며 서로 연결되어 있음"을 알려준다. 빙심의 문학은 얼음장(冰)처럼 차가운 사람들의 마음(心)을 밝고 훈훈하게 비추어주는 고요한 촛불이다.

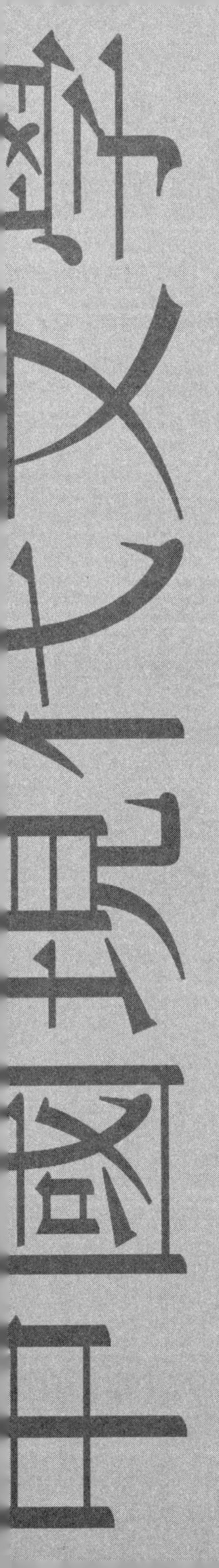

우수에 젖고
광기에 휩싸인 문인

욱달부(위다푸 郁達夫)

소설가, 산문가이자 시인이었던 욱달부(郁達夫 1896~1945)는 절강성(浙江省)의 작은 도시 부양(富陽)에서 태어났다. 그는 일어, 영어, 독일어, 프랑스어, 말레이시아어 등 여러 외국어에 두루 능통하였을 정도로 두뇌가 총명하였지만 어린 시절 매우 빈곤한 가정에서 성장하였다. 그가 세살 때 아버지가 돌아가신 후 어머니 홀로 다섯 남매를 키우며 힘들게 생계를 이어 나갔다. 욱달부는 스스로 자신의 출생을 "비극적 출생(悲劇的出生)"이라고 말하였을 만큼 어린 시절의 불우한 가정환경에 대한 열등감을 지니고 있었다.

비록 가난했지만 공부를 잘했던 욱달부는 1908년 부양현립고등소학(富陽縣立高等小學) 재학 시절 우등상을 받고 월반을 하게 되자 우쭐해진 마음에 외모에 신경을 쓰며 어머니에게 가죽구두를 사달라고 졸라댔다. 어려운 살림에 구두를 사줄 돈이 없었던 어머니는 여러 신발가게를 다니며 외상을 요구하였으나 모두 거절당하였다. 속이 무척 상한 어머니가 급기야 전당포에서 돈을 마련하기 위해 집안의 옷들을 모두 보따리에 싸들고 집을 나서자, 욱달부는 어머니에게 매달리며 이를 제지하였는데, 이때 두 모자는 너무나 서러워서 서로 부둥켜안고 한참 동안 눈물을 흘렸다. 욱달부는 이 일로 구두를 싫어하게 되었고, 성인이 된 후에도 주로 천으로 만든 신발만 신고 다녔다고 한다.

욱달부는 1910년 고향인 부양을 떠나 항주부중학당(杭州府中學堂) 및 가흥부중학당(嘉興府中學堂) 등에 다니게 되었는데, 어머니와 고향에 대한 그리움으로 한밤중에도 잠을 이루지 못한 채 학교 운동장에 나와서 남몰래 눈물을 흘리는 일이 많았다. 이 당시 욱달부의 유일한 위안거리는 시 쓰기였다.

1913년 큰 형 욱만타(郁曼陀)를 따라 일본으로 유학을 떠난

[105] 욱달부는 나고야제8고등학교(현, 나고야대학名古屋大學) 의학부에 잠시 몸담았다가, 이내 법학부로 옮겼다. 1919년에는 동경제국대학(東京帝國大學. 현, 도쿄대학) 경제학부에 입학하여 1922년에 졸업하였다. 일본 유학 기간 중 틈틈이 문학 창작 연습을 해왔던 욱달부는, 1921년 곽말약(郭沫若), 성방오(成仿吾), 장자평(張資平) 등과 함께 문학단체『창조사(創造社)』를 조직하였고, 같은 해『침륜(沈淪)』,『남천(南遷)』,『은회색의 죽음(銀灰色的死)』,『조라행(蔦蘿行)』,『그녀는 약한 여자(她是一個弱女子)』등의 소설의 모음집『침륜(沈淪)』을 출간하였다.

그중『침륜』은 재일(在日) 중국유학생이 주인공으로 등장한다. 주인공인 "그(他)"는 박학다식하고 영어, 일어, 독일어 등 외국어에 모두 능통하며 시와 소설 창작에 뛰어난 재능을 지닌 우수한 학생이다. 그러나 그는 우울증과 열등감을 지니고 있었기에, 홀로 지내는 시간이 많으며 이유 없이 눈물을 흘리기도 한다. 하지만 "그"는 소극적인 겉모습과는 달리 이성과의 애정에 대한 관심과 욕구가 나날이 강렬해진다. 홀로 산책을 할 때 워즈워스의 여인의 아름다움을 찬미한 시에 감명 받아 그 시를 단숨에 중국어로 번역해내기도 하지만, 시는 시일 뿐 살아 숨 쉬는 여인이 아니기에 금방 흥미를 잃고 만다.

---

105 욱만타는 당시 북경 대리원(大理院대법원)에 법관으로 근무 중이었는데, 일본 사법제도 고찰을 목적으로 일본에 파견되었다.

沈淪[106]

他近来觉得孤冷得可怜。

他的早熟的性情，竟把他挤到与世人绝不相容的境地去，世人与他的中间介在的那一道屏障，愈筑愈高了。

天气一天一天的清凉起来，他的学校开学之后，已经快半个月了。那一天正是9月的22日。

晴天一碧，万里无云，终古常新的皎日，依旧在她的轨道上，一程一程的在那里行走。从南方吹来的微风，同醒酒的琼浆一般，带着一种香气，一阵阵的拂上面来。在黄苍未熟的稻田中间，在弯曲同白线似的乡间的官道上面，他一个人手里捧了一本六寸长的Wordsworth的诗集，尽在那里缓缓的独步。在这大平原内，四面并无人影；不知从何处飞来的一声两声的远吠声。悠悠扬扬的传到他耳膜上来。他眼睛离开了书，同做梦似的向有犬吠声的地方看去，但看见了一丛杂树，几处人家，同鱼鳞似的屋瓦上，有一层薄薄的蜃气楼，同轻纱似的，在那里飘荡。"Oh, you serene gossamer! You beautiful gossamer!"

这样的叫了一声，他的眼睛里就涌出了两行清泪来，他自己也不知道是什么缘故。

· 孤冷 [gū lěng]: 외롭고 쓸쓸하다.

· 性情 [xìngqíng]: 성정. (겉으로 드러나는) 성격. 성질. 성미.

---

106 郁達夫,『沈淪』, 鄭伯奇 編選,『中國新文學大系5·小說三集』, 上海良友圖書印刷公司, 1941.에서 원문 인용

- 相容 [xiāngróng]: 서로 화합하다. 용납하다.
- 介在 [jièzài]: 개재하다. 사이에 있다.
- 一碧 [yíbì]: (넓게 펼쳐진 평면이) 온통 새파랗다.
- 终古常新 [zhōnggǔchángxīn]: 항상 새롭다. 영원히 새로움을 느끼게 한다.
- 皎日 [jiǎorì]: 밝은 태양.
- 一程 [yìchéng]: 일정한 구간의 거리. 한 정거장 거리.
- 行走 [xíngzǒu]: 걷다.
- 醒酒 [xǐng jiǔ]: 술에서 깨다. 술이 깨다.
- 琼浆 [qióngjiāng]: 미주(美酒). 빛깔과 맛이 좋은 술.
- 拂面 [fúmiàn]: 얼굴을 스치다. 뺨을 스치고 지나가다.
- 黄苍 [huángcāng]: 누르스름하고 푸르무레하다.
- 稻田 [dàotián]: 논.
- 弯曲 [wānqū]: 꼬불꼬불하다. 구불구불하다.
- 白线 [báixiàn]: 흰 선.
- 官道 [guāndào]: 국도. 도로.
- 捧 [pěng]: 받들다. 두 손으로 받쳐 들다. 남에게 아첨하다. 치켜세우다.
- 尽 [jìn]: 단지. 다만. 전부. 모두.
- 缓缓 [huǎnhuǎn]: 느릿느릿한 모양.
- 吠声 [fèishēng]: 개가 짖는 소리.
- 悠悠扬扬 [yōuyōuyángyáng]: 곡조의 높낮이가 조화롭다. 은은하다.
- 耳膜 [ěrmó]: 고막.
- 一丛 [yīcóng]: 한 무더기. 한 떨기. 한 무리.
- 鱼鳞 [yúlín]: 어린 물고기의 비늘. 물건이 많고 밀집해 있는 것.
- 蜃气楼 [shènqìlóu]: 신기루.

- 轻纱 [qīngshā]: 아주 얇고 가벼운 옷감.
- 飘荡 [piāodàng]: 떠돌다. 나부끼다. 펄럭이다.
- serene [sərí:n]: 고요한. 평화로운. 조용한.
- gossamer [gá:səmə(r)]: 거미줄같이 얇고 가벼운. 섬세한. 고운 비단.

그는 요즘 불쌍하리만큼 쓸쓸함을 느낀다. 그의 조숙한 그의 성품이 세상 사람들과 섞일 수 없는 지경으로 몰고 갔다. 사람들과 그의 사이를 가로막은 장벽은 갈수록 높아졌다.
날씨는 하루하루 서늘해져 갔다. 그의 학교는 개학한 지가 벌써 보름이 다 되었다. 그날이 바로 9월 22일이었다.
하늘은 푸르러 구름 한 점 없었다. 예로부터 그러하듯 늘 새롭게 떠오르는 밝은 태양은 자신의 궤도를 따라 한 걸음 한 걸음 걸어가고 있었다. 남쪽에서 불어오는 미풍은 향기로운 미주(美酒)처럼 묘한 향기를 띠며 얼굴을 스치고 지나갔다. 누렇고 푸르른 벼들 사이로 난 구불구불한 흰색 실 같은 시골길 위로, 그는 홀로 20cm 정도 크기의 워즈워스의 시집을 들고 천천히 걸어가고 있었다.
그 넓은 들판 사방에는 사람 그림자라곤 없었다. 어디서 들려오는지 모를 개 짖는 소리가 한두 번 나더니 은은하게 그의 귓전까지 전해졌다. 그가 책에서 눈을 떼고 꿈을 꾸듯 개 짖는 소리가 나는 곳을 바라보자 잡목이 우거진 수풀과 인가 몇 채가 보였다. 물고기 비늘처럼 생긴 기와지붕 위엔 얇은 신기루가 가벼운 비단처럼 흔들리고 있었다.
"오, 그대 고운 비단! 그대 아름다운 비단"
이렇게 한번 외치고 나니, 그의 눈엔 두 줄기 맑은 눈물이 넘쳐 나왔는데, 무슨 이유인지 그도 알지 못하였다.

放大了声音把渭迟渥斯的那两节诗读了一遍之后，他忽然想把这一首诗用中国文翻译出来。

“你看那个女孩儿，她只一个人在田里，
你看那边的那个高原的女孩儿，她只一个人冷清清地！
她一边刈稻，一边在那儿唱着不已；
她忽儿停了，忽而又过去了，轻盈体态，风光细腻！
她一个人，刈了，又重把稻儿捆起，
她唱的山歌，颇有些儿悲凉的情味；
听呀听呀！这幽谷深深，
全充满了她的歌唱的清音。

他一口气译了出来之后，忽又觉得无聊起来，便自嘲自骂的说：
“这算是什么东西呀，岂不同教会里的赞美歌一样的乏味么？
“英国诗是英国诗，中国诗是中国诗，又何必译来对去呢！”

· 渭迟渥斯 [Wèichíwòsī]: 윌리엄 워즈워스(William Wordsworth) 19세기 영국의 낭만주의 시인.
· 刈稻 [yì dào]: 벼를 베다. 추수하다.
· 冷清清(的) [lěngqīngqīng(de)]: 스산하다. 썰렁하다.
· 轻盈 [qīngyíng]: 유연하다. 나긋나긋하다.
· 体态 [tǐtài]: 자태. 몸매. 모습.

· 风光 [fēngguāng]: 풍경. 경치.

· 细腻 [xì nì]: 부드럽고 매끄럽다. 섬세하다. 세밀하다.

· 捆 [kǔn]: 붙들어 매다.

· 颇 [pō]: 꽤. 상당히. 몹시.

· 悲凉 [bēiliáng]: 슬프고 처량하다.

· 幽谷深深 [yōugǔ]: 깊숙한 골짜기, 아늑한 골짜기가 깊다.

· 自嘲 [zìcháo]: 자조하다. 스스로 자기를 조소하다.

· 岂不 [qǐbù]: ~이 아닌가?

· 乏味 [fáwèi]: 맛이 없다. 무미건조하다.

큰소리로 워즈워스의 시 두 구절을 읽은 후에, 그는 문득 이 시를 중국어로 번역하고 싶다는 생각이 들었다.

그녀를 보라, 그녀는 홀로 논에 있구나,
저기 저 고원의 여인을 보라. 그녀는 홀로 외로이 있네.
그녀는 벼를 베며 그곳에서 끝없이 노래하네.
문득 멈추었다, 문득 지나가네. 나긋나긋한 자태, 부드러운 경치.
그녀는 홀로, 벼를 베고 또다시 벼를 묶고 있네.
그녀가 부르는 노래엔 몹시 서글픈 정취가 담겨 있으니,
들어라, 들어라. 이 심산유곡은
그녀의 맑은 노랫소리로 가득하구나.

그는 단숨에 번역을 해내고 나서 곧 흥미를 잃고는 스스로 비웃듯이 말했다. "이게 도대체 뭐란 말인가, 교회 찬송가처럼 무미건조하지 않은가? 영국 시는 영국 시이고, 중국

시는 중국 시인 것을, 어째서 반드시 번역해내야 하는가!"

"그"는 어느 날 방과 후 붉은 치마를 입은 발랄하고 애교 넘치는 일본 여학생들과 마주치지만, 일본 남학생들이 그녀들과 활발하게 웃으며 이야기한 것과는 달리 한마디도 말을 건네지 못한 채 하숙집에 돌아와 자신을 원망한다. "비겁한 녀석! 그렇게 부끄러워하면서 어째서 또 후회하는 거야? 기왕 후회할 바에야 그때는 어째서 배짱을 부리지 못하고 그녀들과 말 한마디도 하지 못 했어? Oh, coward, coward!"[107] "그"는 "지식도 원하지 않고 명예도 원하지 않으며, 그저 자신을 위로하고 이해해 줄 수 있는 마음을 가진", 자신의 "고통을 이해해 줄 여자만 있다면 그녀가 죽으라고 해도 기꺼이 죽을 수 있는" 사랑을 갈구하는 피 끓는 21세의 청년이다. 그러나 결국, "뜨거운 심장! 심장으로부터 생겨나는 동정! 동정으로부터 생긴 사랑"[108]을 쟁취해내기에는 성격적 결함이 너무도 컸다. 그는 "늘 매우 고독하다고 느끼며 ……오로지 혼자서만, 몸은 강의실 안에 앉아 있으면서도 마음은 떠도는 구름이나 지나가는 번개처럼 끊임없이 공상에 빠져"[109] 있을 뿐이었다.

---

107 "你這卑怯者! 你旣然怕羞, 何以又要後悔? 旣要後悔, 何以當時你又沒有那樣的膽量? 不同她們去講一句話。Oh, coward, coward!", 郁達夫,『沈淪』, 鄭伯奇 編選,『中國新文學大系5·小說三集』, 上海良友圖書印刷公司, 1941, p.45.

108 "知識我也不要, 名譽我也不要, 我只要一個安慰我體諒我的'心'", "能理解我的苦楚, 她要我死, 我也肯的", "一副白熱的心腸! 從這一副心腸裏生出來的同情! 從同情而來的愛情!", 郁達夫,『沈淪』, 鄭伯奇 編選,『中國新文學大系5·小說三集』, 上海良友圖書印刷公司, 1941, p.46.

109 "總覺得孤獨得很, …… 只有他一個人身體雖然坐在講堂裏頭, 心想却同飛雲逝電一般, 在那裏作無邊無際的空想", 郁達夫,『沈淪』, 鄭伯奇 編選,『中國新文學大系5·小說三集』, 上海良友圖書印刷公司, 1941, p.44.

그는 자신의 소외감과 열등감은 일본인들이 중국인을 "천한 도적이라는 말보다 더 심한", "지나인(支那人)"이라고 부르며 멸시하는 데서 비롯되었고, 이는 중국의 국력이 약한 것에 근본적인 원인이 있다고 생각한다. 결국 남몰래 하숙집 주인 딸이 목욕하는 모습을 훔쳐보기도 하고, 기생집에 드나들며 육체적 욕정과 현실에 대한 분노감을 발설하던 그는 도덕적으로 타락한 자신을 발견한 후 바다에 몸을 던져 자살하고픈 충동을 느끼게 된다. 그는 절망에 빠져 "조국이여 조국! 나의 죽음은 네가 나를 해친 탓이다! 어서 부유해지고 어서 강해져라! 너의 수많은 아들과 딸들이 고통받고 있다!"[110]며 울부짖는다.

> 他向西面一看,那灯台的光,一霎变了红一霎变了绿的在那里尽它的本职。那绿的光射到海面上的时候,海面就现出一条淡青的路来。再向西天一看,他只见西方青苍苍的天底下,有一颗明星,在那里摇动。
>
> "那一颗摇摇不定的明星的底下,就是我的故国。也就是我的生地。我在那一颗星的底下,也曾送过十八个秋冬,我的乡土吓,我如今再也不能见你的面了。"
>
> 他一边走着,一边尽在那里自伤自悼的想这些伤心的哀话。走了一会,再向那西方的明星看了一眼,他的眼泪便同骤雨似的落下来了。他觉得四边的景物,都模糊起来。把眼泪揩了一下,立住了脚,长叹了一声,他便断断续续

110 "祖國呀祖國! 我的死是你害我的! 你快富起来, 强起来吧! 你還許多兒女在那里受苦呢!", 郁達夫,『沈淪』, 鄭伯奇 編選,『中國新文學大系5·小說三集』, 上海良友圖書印刷公司, 1941, p.71.

的说:

"祖国呀祖国!我的死是你害我的!"

"你快富起来! 强起来罢!"

"你还有许多儿女在那里受苦呢!"

- 灯台 [dēngtái]: 등잔 받침대. 등대.
- 一霎 [yíshà]: 삽시간. 잠깐 동안.
- 淡青 [dànqīng]: 담청색.
- 苍苍 [cāngcāng]: 희끗희끗하다. 푸르고 넓다. 짙은 푸른색의.
- 摇动 [yáo dòng]: 흔들다. 흔들어서 움직이다.
- 自伤 [zìshāng]: 자해하다. 스스로 슬퍼하다.
- 自悼 [zì dào]: 스스로 애도하다.
- 骤雨 [zhòuyǔ]: 소나기.
- 模糊 [mó hu]: 모호하다. 분명하지 않다.
- 受苦 [shòu kǔ]: 고통받다.

그가 서쪽을 바라보자, 등대의 불빛이 붉은색과 초록색으로 깜빡이며 자신의 직무를 다하고 있었다. 그 초록 불빛이 바다 위에 비추자, 바다 위에는 엷은 푸른빛의 길이 생겨났다. 다시 서쪽을 바라보니 푸르른 하늘 아래 별빛이 흔들리고 있었다.

"저 흔들리는 별빛 아래쪽이 바로 나의 조국, 내가 태어난 곳이다. 나는 저 별빛 아래에서 열여덟 번의 가을과 겨울을 보내었다. 나의 고향이여. 나는 이제 다시는 너의 얼굴을 볼 수 없겠구나."

그는 발걸음을 옮기면서 슬픔을 이기지 못하고 이러한 애처로운 말들을 생각하였다. 잠시 걷다가 또다시 서쪽의 별빛을 한번 쳐다보았다. 눈물이 소나기처럼 흘러내렸다. 사방의 풍경이 모두 흐려지는 것이 느껴졌다. 그는 눈물을 닦고 발걸음을 멈춘 채 길게 탄식하였다. 그의 말은 이어졌다 끊어지기를 반복하였다.

"조국이여, 조국이여! 나의 죽음은 바로 너 때문이다!"

"빨리 부유해져라! 강해지란 말이다!"

"너에겐 고통받고 있는 수많은 아들과 딸들이 있다!"

『침륜(沈淪)』의 주인공인 "그"가 일본에서 유학하는 중국 학생으로서, 고향은 "부춘강가의 작은 도시이며, 그곳으로부터 항주까지 물길로 약 8,90리의 거리"인 점, 그리고 "세 살 때 아버지를 여의었기에 그의 집안은 견딜 수 없이 가난하였던"[111] 점에서, 이 소설은 욱달부의 자전적 작품임을 쉽게 알 수 있다. 욱달부는 자신의 내적 욕망과 고민, 그리고 조국의 낙후된 현실에 대한 실망감을 견디기 어려워 방황하다가 소설 창작을 통하여 이를 발설한 것이다.

욱달부는 1922년 일본에서 귀국한 후 『조라행(蔦蘿行)』, 『환향기(還鄉記)』 등의 소설을 발표하였다. 실업자의 가난한 삶과 고뇌를 묘사한 이 작품들 역시 자신의 생활을 소재로 삼았다. 『조라행(蔦蘿行)』의 "나(我)"는 일본 유학을 다녀온 학식을 갖춘 청년이지만 집에 돌아갈 돈마저 다 써 버린 채 떠돌아다닌다. "나"는

111 "他的故鄉, 是富春江上的一個小市, 去杭州水程不過八九十里", "他三歲的時候就喪了父親, 那時候他家里困苦得不堪", 郁達夫, 『沈淪』, 鄭伯奇 編選, 『中國新文學大系5·小說三集』, 上海良友圖書印刷公司, 1941, p.47.

실망에 빠져, "생활 속 경쟁이 극렬하고, 도처에 함정이 매설되어 있는 현재의 중국 사회에서 생존할 자격이 없다"고 말하며, "생계곤란의 문제를 해결할 수 있는 가장 좋은 방법은 죽음뿐"[112]이라는 극단적인 생각을 하게 된다. "나"는 취업에 번번이 실패하는 자신에 대해 "천성이 우둔하고, 사람들과의 교제에 능하지 못하며, 권력에 아부하지도 못 한다."[113]고 자책하면서도, 지식인조차도 생계문제를 해결하기 어려운 암울한 중국의 현실을 더욱 심각하게 여기고 이에 대해 깊이 한탄한 것이다.

욱달부는 1920년 일본에서 잠시 귀국하여 어머니의 명을 받들어 손전(孫荃 1897~1978)과 중매결혼을 하였다. 욱달부는, 노신(魯迅)과 곽말약(郭沫若)이 부모의 뜻을 거스르지 못해 억지 결혼을 한 후 본처를 멀리하였던 것과는 달리, 신혼 초 유학생활로 인해 헤어져 지냈던 손전과 간혹 편지 왕래도 하며 그리움을 표시하였다. 그러나 욱달부는 1922년 귀국 후 안휘성(安徽省) 안경(安慶)의 안휘법정전문학교(安徽慶法政專校), 북경대학(北京大學), 광주(廣州) 중산대학(中山大學)에서 교수 생활을 하던 시기에 윤락녀 여러 명과 사귀는 등,[114] 아내 손전(孫荃)에게 충실한 모습을 보이지 않았다.

욱달부는 1927년에는 상해(上海)에 거주하는 친구 손백강

---

112 "在生活競爭極烈, 到處有陷阱設伏的現在的中國社會裏, 當然是沒有生存的資格的", "想解決這生計困難的問題, 最好唯有一死", 郁達夫, 『沈淪』, 鄭伯奇 編選, 『中國新文學大系5·小說三集』, 上海良友圖書印刷公司, 1941, p.93.

113 "賦性愚魯, 不善交遊, 不善鑽營", 郁達夫, 『蔦蘿行』, 鄭伯奇 編選, 『中國新文學大系5·小說三集』, 上海良友圖書印刷公司, 1941, p.93.

114 욱달부는 안휘법정전문학교에서 교수 생활을 할 때, 매일 수업이 끝난 후 성(城) 밖에 사는 기생 해당(海棠)의 거처로 가서 그녀와 밤새 지내다가, 이른 아침시간의 수업을 위해 새벽에 성문 앞으로 돌아와서 성문이 열리기를 기다렸다. 王世菊, 「郁達夫的婚戀」, 『黨史天地』, 2006. 1, p.28. 참조

(孫百剛)의 집에서 세련된 미모를 갖춘 항주여자사범학교(杭州女子師範學校) 출신의 왕영하(王映霞 1908~2000)와 마주쳐 한눈에 반하게 되었다. 욱달부는 왕영하에게 줄기차게 적극적인 구애 공세를 편 끝에, 다음 해 2월 아내 손전과 세 자녀의 삶은 아랑곳하지 않은 채 32세의 나이로 20세의 왕영하와 결혼하였다.[115] 그러나 욱달부는 왕영하에게도 좋은 남편이 되지 못하였다. 그는 특유의 방탕한 생활습관을 버리지 못하였기에 왕영하와 잦은 갈등을 빚었고, 1937년 중일전쟁 발발 후에는 왕영하 및 그녀와의 사이에서 낳은 네 아이를 남겨둔 채 홀로 복건성(福建省) 복주(福州)로 내려가 항전 활동에 참가하여[116] 왕영하를 실망시켰다.

그 후 욱달부는 집안에서 절강성 교육청장인 허소체(許紹棣)가 왕영하에게 보낸 연서(戀書)를 발견하고 대로(大怒)하여 그 사실을 『대공보(大公報)』에 광고하는 등, 자제력을 잃은 행동을 거듭하며 왕영하와의 결혼 생활을 파국으로 몰아갔다. 두 사람의 갈등의 골은 1938년 욱달부가 싱가포르 『성주일보(星州日報)』의 초청으로 항일(抗日)선전 공작에 참가하기 위해 싱가포르로 이주한 후 더욱 깊어졌다. 욱달부는 그곳에서 여가수 옥교(玉橋)를 만나 사귀며 신뢰할 수 없는 모습을 보여주었을 뿐 아니라, 1939년 홍콩의 잡지 『대풍순간(大風旬刊)』에 왕영하와 허소체의 관계를 폭로하는 시 『훼가시기(毁家詩記)』를 발표하여 왕영하의 자존심을 내동댕이 쳐버렸다. 이에 왕영하도 『대풍순간(大風旬刊)』에 글을 게재하여 욱달부의 인격을 신랄하게 비난하였고, 결국 두 사람의 결

115 욱달부는 1927년 9월 왕영하와의 연애 과정을 상세히 기록한 『일기구종(日記九種)』을 출간하였다. 이는 왕영하를 자신의 여인으로 세상에 공표하기 위함이었던 것으로 보인다.

116 1937년 욱달부는 『복주문화계구망협회(福州文化界救亡協會)』 이사 및 『구망문예(救亡文藝)』 주편을 담당하였다.

혼 생활은 12년 만에 막을 내리게 되었다.

그 후, 욱달부는 1941년에 싱가포르 정보국 직원 출신인 26세의 여인 이소영(李筱瑛)을 만났으나, 아들의 반대로 결혼에 성공하지 못하였다. 그는 싱가포르가 일본에 함락되자 일제의 탄압을 피해 인도네시아 수마트라로 건너가 조렴(趙廉)이라는 가명으로 양조장을 운영하는 한편, 은밀히 반일애국지사를 보호하는 활동을 전개하였다. 욱달부는 그곳에서 20세의 화교 소녀 하려유(何麗有)와 결혼하여 1남 1녀를 두고 살았지만, 1945년 8월 갑작스레 실종된 후 주검으로 발견되었다. 일제의 헌병이 수마트라 밀림에서 그를 살해하였다는 설이 유력하다.

열등감과 욕구불만, 이성에 대한 병적인 추구와 집착이 뒤엉켜 있는 욱달부의 생활과 작품을 보면, 그를 결코 건전한 인격의 소유자라고 평가하기 어렵다. 욱달부가 신분, 성향 및 외모를 가리지 않고 줄기차게 여러 여성들을 추종한 것은, 어린 시절 지독한 가난이 근본적 원인으로 작용하여 마음 깊은 곳에서 자생한 소외감과 고독감을 스스로 걷어내기 위함이었을 것이다.

욱달부의 소설 『침륜(沈淪)』과 『조라행(蔦蘿行)』 등은 병들어 왜곡된 자신의 내면에 대한 냉철한 진단서이자 구원의 손길을 바라는 솔직한 고백서이다. 그의 열렬한 항일구국 활동은, 정상적인 환경에서 성장했더라면 평범한 가정을 이루어 소시민적 생활에 만족하며 살아갔을지도 모르는, 자신을 닮은 수많은 중국 젊은이들의 일그러진 삶에 대한 깊은 동정에서 비롯된 것이다. 아들에게 구두 한 켤레 사주지 못하는 어머니의 슬픈 얼굴, 남들 앞에서 제대로 기를 펴지 못하고 겉도는 『침륜(沈淪)』의 "그(他)", 그리고 유학까지 다녀온 지식인임에도 취업조차 어려운 『조라행(蔦蘿行)』 속 "나(我)"의 자살 충동. 욱달부의 문학은 이 모든 현실 속 부조리와 비애의 늪에서 괴로워하다가 단말마처럼 터져 나오는 "납함(吶喊)"이다. "중국이여, 중국! 너는 어찌 부강해지지 않느냐, 나는 더 이상 참을 수가 없구나."[117]

117 "中國呀, 中國! 你怎麼不富起來, 我不能再隱忍過去了。", 郁達夫, 『沈淪』, 鄭伯奇 編選, 『中國新文學大系5·小說三集』, 上海良友圖書印刷公司, 1941, p. 46.

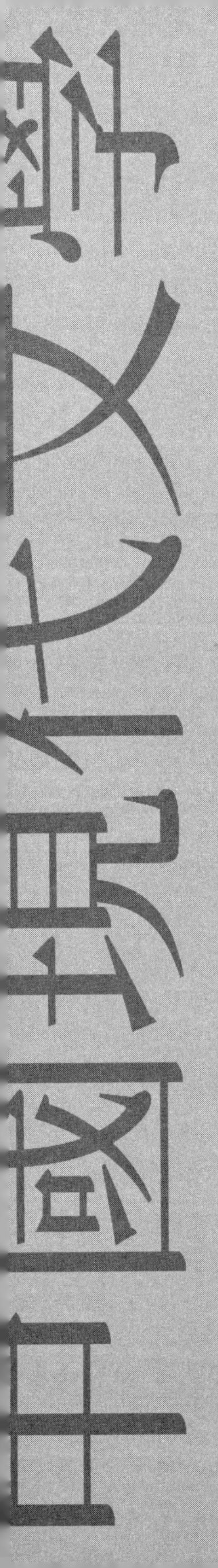

사랑에 살다 간
천재 시인

서지마(쉬즈모 徐志摩)

서지마(쉬즈모 徐志摩, 1897~1931)는 절강성(浙江省) 해녕(海寧) 협석(硤石) 출신의 시인이자 산문가로서, 문학유파 중 하나인 신월파(新月派)의 대표 인물이다. 그는 매우 부유한 실업가였던 아버지 서신여(徐申如) 덕택에 자유롭게 서구의 여러 나라를 다니며 마음껏 공부를 할 수 있었다. 1918년 8월 북경대학(北京大學)에서 공부하던 서지마는 스승 양계초(梁啓超)의 건의로 미국 유학을 떠나 클라크대학에서 금융학을 공부하여 불과 10개월 만에 학사학위를 취득하는 천재성을 드러내었고, 이어 컬럼비아대학에서 경제학 및 철학, 정치학, 문학 등을 두루 공부하다가 1년 만에 문학 석사학위를 받았다.

서지마는 버트런드 러셀(Bertrand Russel 1872~1970)의 사상에 매료되어 그의 제자가 되기 위해 1920년 영국으로 건너갔다. 러셀은 자본주의의 병폐를 극복하기 위해서는 사회주의가 필요함을 주장하였고, 여성의 참정권 확보를 위해 힘썼으며, 제1차 세계대전이 발발하자 징병제를 반대하고 평화주의를 역설하였던 영국의 저명한 철학가이다.[118] 그러나 서지마는 러셀을 만나지 못하고 방황하다가, 훗날 유명한 건축가이자 문학가로 성장하게 되는 17세의 소녀 임휘인(林徽因 1904~1955)을 만나게 되었다. 임휘인이 북양(北洋)정부의 사법 총장을 지냈던 아버지 임장민(林長民)의 유럽 시찰에 동행하여 런던을 방문했던 참이었다.

당시 서지마는 이미 유명한 정치가이자 철학가인 장군매(張君勱)의 여동생 장유의(張幼儀)와 결혼한 유부남이었지만, 서지

---

118 러셀은 제2차 세계대전이 일어났을 때에는 반(反)파시즘운동, 반전(反戰)운동을 벌였고, 베트남전쟁 반대운동 및 반핵운동에도 참가하였다. 러셀은 사회주의의 필요성을 주장하며 자본주의를 반대하기는 하였지만, 프롤레타리아 독재와 중앙집권적 경제체제에도 역시 반기를 들었다. 그가 신봉하였던 것은 결국 절대적인 자유주의와 평화주의였던 것이다.

마와 임휘인은 서로 상대방의 지성과 외모에 매료되어 사랑에 빠졌다. 아름답고 낭만적인 분위기를 갖춘 케임브리지 대학은 두 사람이 가장 즐겨 찾은 데이트 장소였다. 서지마의 임휘인에 대한 애정은, 로위스 디킨슨(Goldworthy Lowes Dickinson), 조지 웰스(Herbert George Wells), 캐서린 맨스필드(Katherine Mansfield) 등 영국의 저명 문인들과 교류하며 문학에 대한 식견이 높아진 그의 시심(詩心)을 한껏 자극하여 수많은 아름다운 시를 탄생시켰다.

임휘인과의 결혼을 꿈꾸었던 서지마는 1921년 둘째 아들을 임신 중이었던 아내 장유의에게 이혼을 요구하기 시작하여 1922년 3월 출산한 지 일주일밖에 되지 않은 아내와 끝끝내 이혼을 단행하였고, 이에 기쁜 마음을 억누르지 못해 "매듭이 풀리고, 번뇌가 사라졌다."며 시까지 써서 자축하였다.

笑解烦恼结·送幼仪[119]

如何！毕竟解散，烦恼难结，烦恼苦结。

来，如今放开容颜喜笑，握手相劳；

此去清风白日，自由道风景好。

听身后一片声欢，争道解散了结儿，

消除了烦恼！

· 烦恼 [fánnǎo]: 번뇌하다. 번뇌.

---

119 顧永棣 編注, 『徐志摩 詩 全集』, 學林出版社, 1992. 에서 원문 인용. 이 시는 1922년 11월 8일 『신절강보(新浙江報)』의 부간(副刊)인 『새 친구(新朋友)』에 실렸다.

· 毕竟 [bìjìng]: 드디어. 필경.

· 结 [jié]: 매다. 묶다. 매듭.

· 容颜 [róngyán]: 용모. 생김새.

· 握手 [wò shǒu]: 악수하다. 악수.

· 消除 [xiāochú]: 제거하다. 없애다. 해소하다.

웃으며 번뇌의 매듭을 풀다·장유의에게 보냄

어때! 끝내 풀렸구나. 번뇌의 어려운 매듭, 번뇌의 쓰디쓴 매듭
자, 지금은 활짝 웃고 악수하며 서로를 위로할 때
이제 맑은 바람이 불고, 밝은 태양이 비추네, 자유로이 풍경을 찬미하자.
들려오는 환호성에 귀 기울여 봐. 매듭이 풀렸다고, 번뇌가 사라졌다고 다투어 말하고 있어.

그러나 임휘인과 그녀의 아버지 임장민은 처자식에 대해 무책임하고 충동적인 기질을 지닌 서지마를 받아들이지 않았다. 임휘인은 1924년 양계초(梁啓超)의 장남 양사성(梁思成 1901~1972)[120]과 함께 미국 유학을 떠나 펜실베이니아대학 및 예일

120 양사성(梁思成)은 중국 건축 연구의 대가로서, "중국 근대 건축의 아버지"라는 별명을 얻었다. 미국 펜실베이니아대학에서 건축학 학사 및 석사학위를 취득하였으며, 1946년에는 예일대학에서 교수 생활을 하였고, 프린스턴대학에서 명예박사학위를 수여받았다. 중화인민공화국 수립 후에는 청화(清華)대학 교수, 북경시도시계획위원회(北京市都市計劃委員會) 부주임, 중국건축학회(中國建築學會) 부이사장 등을 역임하였다. 저서로는 『청식영조칙례(清式營造則例)』, 『중국건축사(中國建築史)』 등이 있다.

대학에서 미술과 건축을 공부하였고, 1928년 양사성과 결혼하였다. 『다시 케임브리지와 이별하며(再別康橋)』[121]는 서지마가 1928년, 임휘인과 사랑의 밀어를 나누던 케임브리지대학을 다시 찾았다가 떠올린 옛 추억을 되새기며 쓴 시이다.

再别康桥 [122]

轻轻的我走了,
正如我轻轻的来;
我轻轻的招手,
作别西天的云彩。

· 康桥 [kāngqiáo]: 영국의 지명. 케임브리지(Cambridge).
· 招手 [zhāo shǒu]: 손짓하다. 손짓하여 부르다.
· 云彩 [yúncai]: 구름.

살며시 나는 떠나네,
마치 내 살며시 왔듯이
살며시 손을 흔들며,
서녘 하늘의 구름과 작별하네.

---

121 서지마(徐志摩)는 1922년 8월 영국을 떠나 귀국하기 전날 저녁 『케임브리지여, 안녕(康橋再會吧)』이라는 시를 쓴 바 있다. 『다시 케임브리지와 이별하며(再別康橋)』는 그가 다시 영국을 방문한 후 귀국하는 도중이었던 1928년 11월 6일 창작한 것으로 1928년 12월 『신월(新月)』 제1권 제10기에 발표되었다. 顧永棣 編注, 『徐志摩 詩 全集』, 學林出版社, 1992, p.279.

122 顧永棣 編注, 『徐志摩 詩 全集』, 學林出版社, 1992, pp.488~489.

那河畔的金柳,

是夕阳中的新娘;

波光里的艳影,

在我的心头荡漾。

· 河畔 [hépàn]: 강변. 강가.

· 金柳 [jīnliǔ]: 금빛 버드나무.

· 波光 [bōguāng]: 반짝이는 물결.

· 艳影 [yànyǐng]: 고운 그림자. 아름다운 그림자.

· 荡漾 [dàngyàng]: 출렁이다. 넘실거리다. 일렁이다.

저 강가의 황금빛 버드나무는

석양 속의 신부라네

반짝이는 물결 속 고운 그림자는

마음속에 출렁이네.

软泥上的青荇,

油油的在水底招摇;

在康河的柔波里,

我甘心做一条水草!

· 软泥 [ruǎnní]: 갯가의 진흙.

· 青荇 [qīngxìng]: 푸른 풀잎.

· 油油 [yóuyóu]: 유유히.

· 招摇 [zhāoyáo]: 자랑스럽게 과시하다.

· 康河 [kānghé]: 케임브리지 강.

· 柔波 [róubō]: 잔물결. 부드러운 물결.

· 甘心 [gānxīn]: 달가워하다. 기꺼이 원하다.

부드러운 진흙 위의 푸른 풀잎은,
생기에 넘쳐 물밑에서 뽐내는데,
케임브리지 잔잔한 물결 속에서
나는 기꺼이 한 떨기 수초가 되련다!

那榆荫下的一潭,
不是清泉, 是天上虹；
揉碎在浮藻间,
沉淀着彩虹似的梦。

· 榆荫 [yúyìn]: 느릅나무 그늘.

· 潭 [tán]: 깊은 못.

· 虹 [hóng]: 무지개.

· 揉碎 [róusuì]: 부스러뜨리다.

· 浮藻 [fúzǎo]: 부초. 물 위에 떠다니는 해초.

· 沉淀 [chéndiàn]: 침전하다. 가라앉다.

저 느릅나무 그늘 아래 연못은,
맑은 샘이 아닌, 천상의 무지개.
떠 있는 마름 사이에 바스라지고,
무지개 같은 꿈도 가라앉는다.

寻梦？撑一支长篙,

向青草更青处漫溯；
满载一船星辉，
在星辉斑斓里放歌。

· 撑 [chēng]: 떠받치다. 버티다. 지탱하다.
· 长篙 [chánggāo]: 상앗대. 장대.
· 漫溯 [mànsù]: 자유로이 거슬러 올라가다.
· 满载 [mǎnzài]: 가득 싣다.
· 星辉 [xīnghuī]: 별빛.
· 斑斓 [bānlán]: 찬란하다. 여러 빛깔이 섞여서 알록달록하게 빛나다.

꿈을 찾는가? 긴 삿대로 배를 저어,
푸른 풀 더 짙은 곳으로 자유로이 거슬러 올라가네.
배 한가득 별빛을 싣고서
찬란한 별빛 속에 마음껏 노래 부르네.

但我不能放歌，
悄悄是别离的笙箫；
夏虫也为我沉默，
沉默是今晚的康桥！

· 放歌 [fànggē]: 큰소리로 노래하다. 마음껏 노래하다.
· 悄悄 [qiāoqiāo]: 조용하다. 고요하다. 은밀하다. 살그머니.
· 笙箫 [shēngxiāo]: 생황과 퉁소.

그러나 나는 마음껏 노래할 수 없네.

고요함은 이별의 생황과 퉁소 소리
여름 벌레조차 나를 위해 침묵하네.
침묵은 오늘 밤의 케임브리지!

悄悄的我走了,
正如我悄悄的来;
我挥一挥衣袖,
不带走一片云彩。

살며시 나는 떠나네,
마치 내 살며시 왔듯이.
옷소매를 흔들어 보네.
한 조각 구름도 가져가지 않도록.

1922년 영국에서 귀국한 서지마는, 1923년 호적(胡適), 양실추(梁實秋), 문일다(聞一多), 그리고 임휘인(林徽因) 등과 함께 문학단체『신월사(新月社)』를 결성하였다. 인도의 시인 타고르의 시집의 이름『신월(The Crescent Moon)』을 차용한『신월사(新月社)』는 당초 주말 사교 모임의 성격을 지니고 있었다.『신월사』의 활동이 본격화 된 것은 1925년 서지마가『신보부간(晨報副刊)』의 편집장을 담당한 후『신월(新月)』구성원들의 문학 작품 및 평론문 등을 주로 게재하면서부터이다. 1928년 3월에는 월간 문학잡지『신월(新月)』이 창간되었고,『신월(新月)』은 1933년 6월까지 지속적으로 발간되었다.[123] 서지마는『신월』에 시, 번역문, 희곡 등 총 42편의 작품을 게재하며『신월』의 핵심 멤버로 활동하였다.

임휘인과의 사랑이 결실을 맺지 못해 실의에 빠졌던 서지마는 1924년에는 당시 "북경 사교계의 꽃"이라는 찬사를 받았던 화가이자 희곡작가인 육소만(陸小曼 1903~1965)을 만나 또다시 사랑에 빠지게 되었다. 육소만은 미국 웨스트포인트 사관학교 출신인 서지마의 친구 왕갱(王賡)과 2년 전 결혼한 유부녀였지만, 무뚝뚝한 성격에 현실적인 가치관을 지닌 군인 왕갱과는 달리 자상하고 감수성이 풍부한 서지마에게 매력을 느꼈다. 서지마 역시 자신과 비슷한 성격의 소유자인 육소만을 대상으로 정열을 불태우게 되었다.『눈꽃의 즐거움(雪花的快樂)』[124]은 서지마가 육소만과 사랑에 빠졌을 때 기쁨에 겨워 창작한 시이다.

雪花的快乐[125]

假如我是一朵雪花,
翩翩的在半空里潇洒,
我一定认清我的方向

123 『신월사』의 주요 구성원들은 주로 영미(英美)유학파로서 이들의 정치적 성향은 제각각이었다. 봉건적 군벌 통치를 반대하는 진보적 성향의 인물도 있었고, 반공(反共)을 주장하는 이들도 있었다. 1928년에는 이른바 자산계급 인성론을 내세워 프롤레타리아 혁명을 반대하여 노신(魯迅) 등 진보적 작가들의 비판을 받기도 하였다.

124 서지마(徐志摩)가 1924년 12월 30일 창작한 이 시는, 1925년 1월 17일『현대평론(現代評論)』 제1권 제6기에 발표되었다. 顧永棣 编注,『徐志摩 詩 全集』, 學林出版社, 1992, p.279.

125 顧永棣 編注,『徐志摩 詩 全集』, 學林出版社, 1992, pp.279~280.

——飞扬，飞扬，飞扬，
这地面上有我的方向。

· 翩翩 [piānpiān]: 훨훨 나는 모양. 경쾌하게 춤추는 모양.
· 半空 [bànkōng]: 공중. 하늘.
· 潇洒 [xiāosǎ]: 소탈하다. 말쑥하고 멋스럽다. 자연스럽고 기품있다.
· 认清 [rènqīng]: 똑똑히 알다. 확실히 인식하다.

만약 내가 한 송이 눈꽃이라면
훨훨 하늘을 멋지게 날아다니리.
나는 분명 나의 방향을 알지.
날아서, 날아서, 날아서 가리.
이 땅 위에 내 갈 곳이 있네.

不去那冷寞的幽谷，
不去那凄清的山麓，
也不上荒街去惆怅
——飞扬，飞扬，飞扬，
——你看，我有我的方向！

· 冷寞 [lěngmò]: 쓸쓸하고 적막하다.
· 幽谷 [yōugǔ]: 깊숙한 골짜기. 아늑한 골짜기.
· 凄清 [qīqīng]: 쓸쓸하다. 처량하다.
· 山麓 [shānlù]: 산록. 산기슭.
· 荒街 [huāngjiē]: 황량한 거리.
· 惆怅 [chóuchàng]: (실망·낙담하여) 슬퍼하다.

그 적막한 골짜기엔 가지 않으리.

그 처량한 산기슭엔 가지 않으리.

황량한 거리로 나가 슬퍼하지도 않으리.

날아서, 날아서, 날아서 가리.

보아라, 나는 나의 방향이 있으니!

在半空里娟娟的飞舞,

认明了那清幽的住处,

等着她来花园里探望

——飞扬, 飞扬, 飞扬,

——啊, 她身上有朱砂梅的清香!

· 娟娟 [juānjuān]: 아름답고 우아하다.

· 认明 [rènmíng]: 분명히 식별하다. 똑똑히 분간하다.

· 清幽 [qīngyōu]: 수려하고 그윽하다. 아름답고 고요하다.

· 探望 [tànwàng]: 방문하다. 문안하다.

· 朱砂梅 [zhūshāméi]: 붉은 매화. 진홍빛 매화.

· 清香 [qīngxiāng]: 상쾌한 향기. 맑은 향기.

하늘을 곱게 날아 춤추며,

그윽하고 아름다운 거처를 알아내었지.

그녀가 꽃동산에 찾아오길 기다려,

날아서, 날아서, 날아서 가리.

아, 그녀 몸에 붉은 매화 맑은 향기 넘치네.

那时我凭藉我的身轻,

盈盈的，沾住了她的衣襟，

贴近她柔波似的心胸

——消溶，消溶，消溶

——溶入了她柔波似的心胸。

· 凭藉 [píngjiè]: ~에 의지하다. ~을 빙자하다.

· 盈盈的 [yíngyíng(de)]: 맑고 투명하다. 사뿐사뿐하다. 날렵하고 아름답다.

· 沾住 [zhānzhù]: 젖다. 적시다. 묻다. 배다.

· 衣襟 [yījīn]: 옷섶.

· 贴近 [tiējìn]: 바짝 다가가다. 가까이 접근하다.

· 消溶 [xiāoróng]: 녹다. 풀리다.

그때 가벼운 내 몸에 의지하여,

사뿐히 그녀의 옷을 적시며,

부드러운 물결 같은 그녀의 품에 가까이 다가가

녹고, 녹고, 녹아서,

부드러운 물결 같은 그녀의 품속으로 들어가리.

결국 서지마는, 왕갱과의 사이에서 임신한 아이를 인공중절로 낙태하고 과감히 이혼한 육소만과 1926년 결혼하였다. 결혼식의 주례를 담당한 양계초(梁啓超)는 축복이 담긴 주례사 대신, "너희 두 사람은 모두 이혼을 한 경험이 있는 자들로서, 마음이 한결같지 못하다. 앞으로 철저히 잘못을 뉘우쳐야 할 것이다. 부디 이번 결혼이 마지막 결혼이 되길 바란다."[126]며 두 사람을 호되게 야단쳤다.

아니나 다를까 두 사람의 신혼의 행복은 오래가지 못했고 결혼 생활은 결코 평탄치 않았다. 서지마와 상해(上海)에 거처를 마련한 육소만은 하루가 멀다 하고 호화로운 파티와 마작을 즐겼고 아편까지 피우는 등, 도를 넘은 사치와 향락에 빠져 있었다. 서지마는 육소만과의 결혼을 극구 반대하였던 아버지 서신여(徐申如)가 경제적 지원을 끊어버리자, 동오대학(東吳大學), 광화대학(光華大學), 대하대학(大夏大學) 등 3개의 대학에 동시에 출강하였고 여가 시간에는 시를 쓰며 돈을 벌었다. 그러나 그가 받은 강의료와 원고료로는 육소만의 엄청난 낭비벽을 충족시켜줄 수 없었다.

몸과 마음이 피폐해진 서지마는 1931년 호적으로부터 북경대학(北京大學) 영문과 교수직을 제의받은 후, 육소만에게 함께 북경으로 가서 새 출발 할 것을 제안하였지만 육소만은 이에 응하지 않았다. 그녀는 상해에서의 화려한 생활을 포기하기 싫었고, 천식과 위통 환자로서 알게 된 후 연인사이로 발전하게 된 의사 옹서오(翁瑞午)와의 관계도 청산하기 싫었기 때문이다. 서지마는 스승 양계초의 "이번 결혼이 마지막 결혼이 되길 바란다."는 훈계를 가슴 깊이 새기기라도 하였는지, 무절제함의 극치를 보여주는 육소만과 헤어지지 않았다. 오히려 그는 홀로 북경으로 올라가 북경대학과 북경여자사범대학(北京女子師範大學)에서 겸직을 하였고, 지급받은 급여를 고스란히 육소만에게 갖다 바쳤으며, 상해 자택에 비행기를 타고 빈번하게 왕래하였다. 구멍 난 창파오(長袍)를 입고 다녀야 하는 자신의 곤궁함은 돌볼 겨를조차 없었다.

126 姜濤, 『圖本徐志摩傳』, 長春出版社, p.173. 참조

1931년 11월 11일 상해의 자택에 돌아와 아내 육소만과 금전 문제로 한바탕 크게 다투고 집을 나선 서지마는 남경(南京)에 사는 친구 장흠해(張歆海)의 집에 들러 담소를 나누던 중, 영어로 "I always want to fly."라고 말하였다. 그는 11월 18일 남경에서 비행기를 타고 출발하여 북경으로 향하였다. 11월 20일로 예정된 임휘인의 중국건축예술 관련 강연회에 참석하여 그녀를 격려해주기 위해서였다. 그런데 11월 19일 오전 산동성(山東省) 제남(濟南) 상공을 날아가던 비행기는 갑자기 짙은 안개에 휩싸여 방향을 제대로 찾지 못하고 저공비행을 하다가 높이 100미터에 불과한 개산(開山, 백마산(白馬山)이라고도 함)에 부딪혀 추락하였다. 서지마의 영혼은 그가 『우연(偶然)』에서 노래한 것처럼 "하늘 위 한 조각 구름의 그림자가 한순간에 사라지 듯"[127] 멀리 날아가 버렸다.

偶然

我是天空里里的一片云,
偶尔投影在你的波心
你不必讶异，更无须欢喜
在转瞬间消灭了踪影。
你我相逢在黑夜的海上,
你有你的，我有我的方向,

127 서지마(徐志摩)의 시 『우연(偶然)』의 일부. "我是天空裏的一片雲 … 在轉瞬間消滅了踪影", 顧永棣 編注, 『徐志摩 詩 全集』, 學林出版社, 1992, p.433, 이 시는 서지마(徐志摩)와 육소만(陸小曼)이 함께 쓴 극본(劇本) 『변곤강(卞昆岡)』의 제5막에 나오는 노래의 가사이다.

你记得也好，最好你忘掉，

在这会时互放的光亮！[128]

· 偶尔 [ǒu'ěr]: 간혹. 이따금.

· 投影 [tóuyǐng]: 투영되다.

· 讶异 [yàyì]: 놀라고 의아해하다.

· 转瞬间 [zhuǎnshùnjiān]: 눈 깜짝할 사이에.

· 消灭 [xiāomiè]: 소멸하다.

· 踪影 [zōngyǐng]: 종적. 자취.

· 相逢 [xiāngféng]: 상봉(하다). 서로 만나다.

· 光亮 [guāngliàng]: 밝다. 밝은 빛.

우연

나는 하늘의 한 조각 구름

어쩌다 그대 파도치는 가슴에 그림자를 드리우면

그대 놀라지 말아요, 더더욱 기뻐하지도 말아요.

한순간 사라질 그림자이니까

당신과 나는 어두운 밤 바다 위에서 만났고,

당신은 당신의, 나는 나의 갈 길이 있으니,

기억해도 좋고 잊어주는 것이 가장 좋아요.

우리의 만남 속에 서로를 비추었던 빛줄기들을!

---

128 顧永棣 編注,『徐志摩 詩 全集』, 學林出版社, 1992.에서 원문 인용

신문화운동 시기 서구의 '덕선생(德先生 Democracy 민주)'과 '새선생(賽先生 Science 과학)'을 모셔와 기울어져가는 중국을 일으켜 세워야 한다는 주장은 수천 년간 사람들의 인성을 왜곡하고 개성을 말살해온 유교적 전통의 타파로 연결되었다. 이에 따라 중국의 청년들은 '신문화'의 기운이 팽배한 새로운 사회에서 인성과 개성 해방의 상징인 자유로운 연애와 결혼을 추구하였다. 이 당시 신문화와 신문학을 앞장서서 부르짖었던 서지마를 비롯한 문인들은 자신들의 방탕과 방종에 가까운 자유로운 연애를 스스로 선구자적인 행위로 여겼을지도 모른다.

서지마는 이들 중 누구보다도 '모범적'으로 34년의 삶을 사랑에 바쳤다. 사랑 때문에 울고 웃다가, 사랑을 위해 시를 쓰고, 사랑을 그리워하다가 목숨을 버렸다.

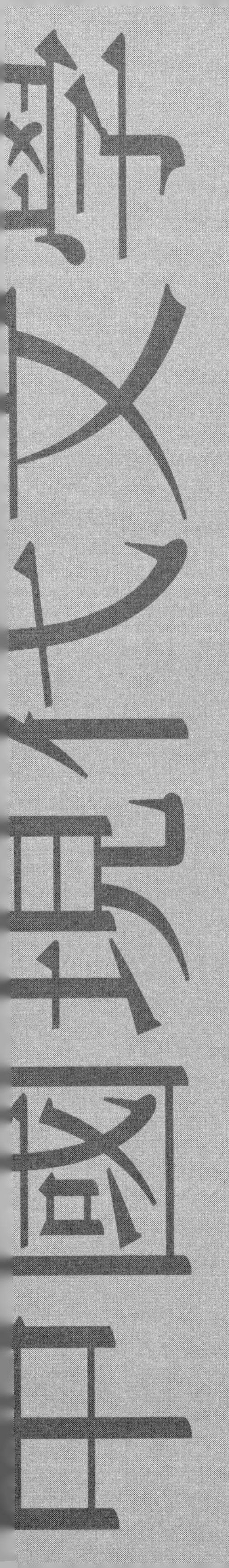

유머러스한
신인문주의자

양실추(량스치우 梁實秋)

문학평론가, 작가이자 번역가로 이름을 떨쳤던 양실추(량스치우 梁實秋, 1903-1987)는 일찍이 1920년대 초반부터 문학이론 연구와 비평 활동을 시작하여 『초아평론(‘草兒’評論)』, 『낭만적인 것과 고전적인 것(浪漫的與古典的)』, 『문학의 규율(文學的紀律)』, 『문예비평론(文藝批評論)』, 『편견집(偏見集)』, 『문학인연(文學因緣)』 등 확고한 체계성을 갖춘 문학이론서와 평론문을 써내었다. 그는 1930년부터 1968년까지 무려 38년에 걸쳐서 셰익스피어 전집을 완역하였고, 많은 영국 문학 작품을 번역해내는 등 번역 방면에서도 탁월한 업적을 쌓았다. 또한 1927년부터 1987년 사망 시까지 60여 년에 걸쳐 산문 창작에 종사하였는데, 그의 산문 작품은 최소한 양적인 면에서는 타의 추종을 불허할 정도이다. 양실추의 산문집으로는『사람을 욕하는 예술(罵人的藝術)』, 『아사소품(雅舍小品)』, 『추실잡문(秋室雜文)』, 『간운집(看雲集)』, 『회나무 정원의 꿈같은 기억(槐園夢憶)』 등 20여 권이 있다.

양실추의 산문집 가운데 가장 소중한 보배로 손꼽히는 것은 『아사소품(雅舍小品)』이다. 『아사소품(雅舍小品)』은 총 4집으로 이루어져 있는데, 그중 제1집은 양실추가 중일전쟁 시기인 1939년부터 1946까지 중경(重慶)으로 피난하여 “우아한 집(雅舍)”에 거주하던 시절 창작하였던 산문 34편의 모음집이다.[129] 양실추가 중경(重慶)에서 살던 집은 실상 “우아함(雅)”과는 거리가 먼, 산비탈에 위치한 빗물이 새어 들어오는 허름한 집이었다. 『아사소품』은 풍부하고 다양한 소재, 간략한 내용과 유머러스한 표현, 우아

129 『아사소품(雅舍小品)·속집(續集)』은 32편의 작품을 수록하고 있으며, 1973년 출판되었다. 총 37편의 작품이 실려 있는 제3집은 1982년 출판되었다. 제4집은 40편의 작품이 수록되어 있으며 1986년 출판되었다. 속집과 제3집 및 제4집은 양실추가 이미 “아사(雅舍)”를 떠난 후 한참 뒤에 창작한 작품들의 모음집이지만 여전히 “아사(雅舍)”라는 이름이 사용되고 있음을 알 수 있다.

한 풍격을 갖추어 대만(臺灣)에서만 50여판 이상 출판되었을 정도로 독자들의 사랑을 받고 있다. 『아사소품(雅舍小品)』에 실린 산문 작품 중 대표작은 바로 「아사(雅舍)」이다.

雅舍[130]

到四川来，觉得此地人建造房屋最是经济。火烧过的砖，常常用来做柱子，孤零零的砌起四根砖柱，上面盖上一个木头架子，看上去瘦骨嶙嶙，单薄得可怜；但是顶上铺了瓦，四面编了竹篦墙，墙上敷了泥灰，远远的看过去，没有人能说不像是座房子。我现在住的“雅舍”正是这样一座典型的房子。不消说，这房子有砖柱，有竹篦墙，一切特点都应有尽有。

· 砖 [zhuān]: 벽돌.

· 柱子 [zhùzi]: 기둥.

· 孤零零 [gūlínglíng]: 외롭다. 고독하다.

· 砌 [qì]: 쌓다.

· 架子 [jiàzi]: 뼈대. 틀. 구조. 골격.

· 瘦骨嶙嶙 [shòu gǔ lín lín]: 뼈만 앙상히 남아 있다. 매우 수척하다.

· 单薄 [dānbó]: 부족하다. 약하다.

· 竹篦墙 [zhúbìqiáng]: 대나무로 만든 울타리.

· 敷 [fū]: 바르다. 칠하다.

---

130 梁實秋, 『雅舍小品』, 『梁實秋文集2』, 鷺江出版社, 2002. 에서 원문 인용

· 泥灰 [níhuī]: 물에 반죽한 석회.

· 不消 [bùxiāo]: ~할 나위가 없다.

· 应有尽有 [yīng yǒu jìn yǒu]: 있어야 할 것이 모두 다 있다.

사천(四川)에 와서, 이 지역 사람들은 집을 가장 경제적으로 짓는다는 것을 알게 되었다. 구워낸 벽돌로 기둥을 세우고, 장식 없이 쌓은 네 개의 벽돌 기둥 위에 나무틀을 얹어 놓는다. 얼핏 뼈대가 앙상하게 드러나서 불쌍할 정도로 허약해 보인다. 그러나 지붕에 기와를 덮고, 네 면에 대나무 살을 엮어 벽을 만들고 벽에 석회를 바른 후 멀리서 쳐다보면 집처럼 보이지 않는다고 할 사람이 아무도 없다. 내가 지금 살고 있는 "아사(雅舍 우아한 집)"가 바로 이렇게 만든 전형적인 집이다. 이 집은 벽돌 기둥, 대나무 살로 만든 벽 등, (사천의 집으로서) 갖추어야 할 모든 특징을 다 갖추었음은 말할 것도 없다.

"雅舍"共是六间，我居其二。篦墙不固，门窗不严，故我与邻人彼此均可互通声息。邻人轰饮作乐，咿唔诗章，喁喁细语，以及鼾声，喷嚏声，吮汤声，撕纸声，脱皮鞋声，均随时由门窗户壁的隙处荡漾而来，破我岑寂。入夜则鼠子瞰灯，才一合眼，鼠子便自由行动，或搬核桃在地板上顺坡而下，或吸灯油而推翻烛台，或攀援而上帐顶，或在门框棹脚上磨牙，使得人不得安枕。但是对于鼠子，我很惭愧的承认，我"没有法子"。"没有法子"一语是被外国人常常引用着的，以为这话最足代表中国人的懒惰隐忍的态度。其实我的

对付 鼠子并不懒惰。窗上糊纸，纸一戳就破；门户关紧，而相鼠有牙，一阵咬便是一个洞洞。试问还有什么法子？洋鬼子住到“雅舍”里，不也是“没有法子”？

· 互通声息 [hùtōngshēngxī]: 서로 소식을 주고받다.
· 轰饮 [hōngyǐn]: 통음하다. 폭음하다.
· 作乐 [zuòlè]: 즐기다. 낙으로 삼다.
· 咿唔 [yīwú]: 이오(글 읽는 소리).
· 诗章 [shīzhāng]: 시. 시편.
· 喁喁 [yóngyóng]: 여러 사람이 두런두런 이야기하는 모양.
· 细语 [xìyǔ]: 속삭임. 속삭이는 소리. 속삭이다.
· 鼾声 [hānshēng]: 코 고는 소리.
· 喷嚏 [pēntì]: 재채기.
· 吮 [shǔn]: 빨다. 빨아들이다.
· 撕 [sī]: 찢다. 뜯다.
· 荡漾 [dàngyàng]: 출렁이다. 넘실거리다. 물결치다.
· 岑寂 [cénjì]: 적막하다. 고요하다.
· 瞰 [kàn]: 내려다보다. 굽어보다.
· 推翻 [tuī fān]: 뒤집다.
· 攀援 [pānyuán]: 기어오르다.
· 帐顶 [zhàngdǐng]: 모기장의 윗부분.
· 门框棹脚 [ménkuàngzhàojiǎo]: 문지방. 문턱.
· 安枕 [ānzhěn]: 편안히 자다.
· 惭愧 [cánkuì]: 부끄럽다.
· 懒惰 [lǎnduò]: 나태하다. 게으르다.
· 隐忍 [yǐnrěn]: 꾹 참다.

· 对付 [duìfu]: 대응하다. 대처하다. 그럭저럭하다.

· 戳 [chuō]: 찌르다.

· 相鼠有牙: "쥐를 보면 이빨이 있다." 『시경(詩經)』의 "相鼠有皮, 人而無儀"(쥐를 보아도 가죽이 있는데, 사람으로서 예의가 없다: 사람은 부끄러워할 줄 알아야 하고 예의가 있어야 한다.)는 한 구절을 유머러스하게 인용한 것.

· 洋鬼子 [yángguǐzi]: 양키. 서양 사람을 낮잡아 부르는 말.

"아사"는 모두 여섯 칸으로 구성되어 있다. 나는 그중 두 번째 방에 산다. 대나무 살로 만든 벽이 견고하지 못한 데다 문과 창이 허술하여 나는 이웃과 서로의 소리와 숨결을 주고받을 수 있다. 이웃에서 술을 통쾌하게 마시며 즐기는 소리, 시 따위를 낭송하는 소리, 소곤소곤 속삭이는 소리, 코고는 소리, 재채기 소리, 국물을 마시는 소리, 종이를 찢는 소리, 구두 벗는 소리 등이 수시로 문과 창, 벽의 틈새로 넘실거리고 넘어와서 나의 고적함을 깨뜨린다.

밤이 되면 쥐가 나타나 등불을 쳐다보다가, 내가 겨우 잠이 들면 자유자재로 움직인다. 바닥의 경사를 따라 호두를 몰아 옮기거나, 등유를 들이키다가 촛대를 엎어버리거나, 모기장 꼭대기에 기어오르거나, 문지방에 이빨을 갈아대어 편안히 잠을 이루지 못하도록 한다. 그러나 쥐의 난동에 대해서 나는 부끄럽게도 아무런 "방법이 없다." "방법이 없다"는 이 말은 외국인들에게 자주 인용되는데, 중국인의 나태함과 그저 참아 넘기는 태도를 가장 잘 나타내는 말로 여겨진다. 사실 나의 쥐에 대한 대처는 결코 나태하지 않다. 창의 창호지는 쥐가 툭 찌르면 찢어지고, 문을 꼭 잠가

두어도 쥐가 이빨이 있는지라, 한 번 물어뜯으면 구멍이 난다. 묻건대 달리 무슨 방법이 있겠는가? 양코배기들이 “아사”에 살게 된들 아무런 “방법이 없지” 않겠는가?

“雅舍”最宜月夜——地势较高，得月较先。看山头吐月，红盘乍涌，一霎间，清光四射，天空皎洁，四野无声，微闻犬吠，坐客无不悄然！舍前有两株梨树，等到月升中天，清光从树间筛洒而下，地上阴影斑斓，此时尤为幽绝。直到兴阑人散，归房就寝，月光仍然逼进窗来，助我凄凉。细雨蒙蒙之际，“雅舍”亦复有趣。

· 宜 [yí]: ~에 적합하다. 적당하다. 알맞다. 어울리다.
· 地势 [dìshì]: 지세. 땅의 형세.
· 红盘乍涌 [zhàyǒng]: 붉은 쟁반이 갑자기 솟다. 내밀다.
· 霎间 [yíshàjiān]: 삽시간에.
· 皎洁 [jiǎojié]: (달이) 휘영청 밝고 맑다.
· 犬吠 [quǎnfèi]: 개 짖는 소리.
· 悄然 [qiǎorán]: 조용한 모양. 고요한 모양.
· 筛 [shāi]: 체.
· 洒 [sǎ]: 뿌리다. 사방에 흩뜨리다. 살포하다.
· 斑斓 [bānlán]: 찬란하다. 여러 색깔이 빛나다.
· 尤为 [yóuwéi]: 더욱이. 특히.
· 幽绝 [yōujué]: 그윽하고 아름답다. 고요하기 그지없다.
· 兴阑 [xìnglán]: 흥이 다하다.
· 逼进 [bījìn]: 들이밀다. 몰아넣다.
· 凄凉 [qīliáng]: 쓸쓸하다. 처량하다.

· 细雨蒙蒙 [xìyǔměngměng]: 가랑비가 부슬부슬 내리다.

“아사”는 달밤에 가장 잘 어울린다. 지세가 높기에 달을 먼저 볼 수 있다. 산봉우리가 달을 토해 내면 붉은 쟁반 같은 것이 돌연 솟아나면서 순식간에 사방에 맑은 빛이 퍼진다. 하늘은 휘영청 밝아오고 사방의 들판이 고요해지며 아득히 개 짓는 소리가 들려오는데 손님들은 숙연해지지 않을 수 없는 것이다. 집 앞에는 배나무 두 그루가 있다. 달이 중천에 뜰 때 맑은 빛이 나무 사이로 흩어져 들어오면 땅위에 그림자가 일렁이며 반짝이는데 이때가 특히 그지없이 그윽하고 아름답다. 사람들이 홍이 다하여 흩어진 후 방에 돌아와 잠을 청하노라면 달빛이 여전히 창으로 들어와 처량함을 더해준다. 가랑비가 부슬부슬 내릴 때에도 “아사”에는 정취가 깃든다.

但若大雨滂沱，我就又惶悚不安了，屋顶湿印到处都有，起初如碗大，俄而扩大如盆，继则滴水乃不绝，终乃屋顶灰泥突然崩裂，如奇葩初绽，素然一声而泥水下注，此刻满室狼藉，抢救无及。此种经验，已数见不鲜。

· 滂沱 [pāngtuó]: (비가) 세차게 내리다.

· 惶悚不安 [huángsǒngbùān]: 두렵고 불안하다.

· 俄而 [é ér]: 곧. 머지않아. 갑자기.

· 盆 [pén]: 대야. 화분.

· 崩裂 [bēngliè]: 터져서 갈라지다.

· 奇葩 [qípā]: 진기한 꽃.

· 初绽 [chūzhàn]: 꽃이 망울을 터뜨리다.

· 素然 [sùrán]: 태연하고 담담하게.

· 下注 [xiàzhù]: 위에서 아래로 흐르다.

· 狼藉 [lángjí]: 난잡하게 어지럽혀 있다.

· 抢救 [qiǎngjiù]: 급히 구조하다. 응급 처치하다.

· 数见不鲜 [shuò jiàn bù xiān]: 흔히 보아서 신기하지 않다.

그러나 큰비가 세차게 내리면 나는 두렵고 불안해진다. 지붕 곳곳에 젖은 자국이 생기는데, 처음에는 사발만 하다가, 머지않아 대야만큼 커지고, 이어서 빗방울이 끊임없이 떨어져 내린다. 결국 지붕에 바른 석회가 갑자기 터져서 갈라지면 마치 진기한 꽃의 망울이 터지듯 후두둑 소리와 함께 흙탕물이 쏟아져 내려, 온 방 안이 도저히 손을 쓸 수 없게 엉망진창으로 되어버린다. 이러한 경험은 이미 흔히 겪었던 것이기에 신기할 것도 없다.

"雅舍"非我所有，我仅是房客之一。但思"天地者万物之逆旅"，人生本来如寄，我住"雅舍"一日，"雅舍"即一日为我所有。即使此一日亦不能算是我有，至少此一日"雅舍"所能给予之苦辣酸甜我实躬受亲尝。

· 逆旅 [nìlǚ]: 여관. 여인숙.

· 躬受亲尝 [gōngshòuqīncháng]: 몸소 체험하다.

아사는 나의 소유물이 아니다. 나 역시 단지 하숙생에 불과

하다. 그러나 "천지는 만물의 여인숙"임을 생각할 때, 인생도 본래 잠시 얹혀사는 것 아니겠는가? 내가 "아사"에 하루 동안 산다면 "아사"는 하루 동안 나의 소유가 되는 것이다. 설령 이 하루도 내가 소유할 수 없다고 해도, 최소한 하루 동안 "아사"가 주는 쓰고 맵고 시고 단맛을 나는 몸소 체험할 수 있는 것이다.

이 시기 중국에서는 일제에 대한 결사 항전을 주장하는 항일문학이 대두되었다. 한편 모택동(毛澤東)은 1942년 중국공산당의 근거지였던 연안(延安)에서 『연안문예강화(延安文藝講話)』[131]를 발표하여, 문예는 노동자(工), 농민(農), 병사(兵)에 대한 찬양과 학습 및 이들에 대한 봉사를 가장 중요한 임무로 삼아야 하며 초계급적 인성을 부정하고 계급성에 의한 인성만이 존재함을 강조하였다. 그러나 양실추(梁實秋)의 문학에 대한 입장은 이들과는 정반대였다. 그는 '항일문학'과 '프롤레타리아 문학' 등의 개념에 대해 의미가 없는 명사라고 일축하였다. 왜냐하면 그는 창작의 소재가 무엇이든지 간에 진실하고 심오하게 인성을 묘사해낼 수만 있다면 그것이 곧 '문학'이라고 생각하였기 때문이다.

131 「연안문예좌담회」는 1942년 5월 2일 중국공산당 근거지 연안(延安)에서 열린 대규모 문예집회이다. 모택동(毛澤東)과 유개풍(劉凱豊)에 의하여 소집되었으며, 참석자는 문예계 종사자 및 당·정·군 인사 100여 명이었다. 이 자리에서 문예계의 당면 문제에 대하여 내린 결론을 요약하면 다음과 같다. 첫째, 문예는 혁명을 영도하는 계급인 노동자, 동맹군인 농민, 혁명전쟁의 주력군인 병사를 위한 것이어야 한다. 둘째, 공(工)·농(農)·병(兵)을 교육함에 앞서 그들에게서 학습해야 한다. 셋째, 문예활동은 전체 혁명 운동의 유기적인 조성 부분이 되어야 하며, '항일'과 '민주' 등에 있어 통일 전선을 구축해야 한다. 넷째, 정치적 기준이 제1순위이며, 예술적 기준은 제2순위이다. 다섯째, 계급사회에는 오직 계급성으로서의 인성만 있을 뿐 초계급적인 인성은 존재하지 않는다. 여섯째, 적에 대해서는 폭로를, 동맹자에 대해서는 연합과 비판을, 자기편에 대해서는 밝은 면만을 찬양해야 한다.

> 제국주의자의 잔혹함 아래 압박받는 약소민족을 묘사해낸다면 이러한 작품은 위대하다. 왜냐하면 이것은 전(全) 민족 정신의 반영이기 때문이다. 그러나 실연의 고통을 심도있게 묘사해내고 봄꽃과 가을밤의 달에 대한 느낌을 묘사해 낸다면 이것 역시 위대하다. 왜냐하면 이것은 전(全) 인류의 공동의 인성을 반영하는 것이기 때문이다. 문학에서 요구되는 것은 진실일 뿐이며 인성에 충실하는 것뿐이다. 대체적으로 '진실한' 문학은 보편적인 본질을 지니고 있다.[132]

나아가 량실추는 인성에는 계급에 따른 차이가 존재하는 것이 아니기 때문에 문학에서는 계급성이 아닌 보편적인 인성을 구현해내야 한다고 강조하였다.

> 한 명의 자본가와 한 명의 노동자, 그들 간에는 서로 다른 점이 있다. 유전적 요소가 다르고, 교육 정도가 다르다. 경제적 환경이 다르다. 그러므로 생활 상태 역시 다르다. 그러나 그들은 같은 점도 있다. 그들의 인성은 결코 다르지 않다. 그들은 모두 생로병사의 무상함을 느끼고, 그들은 모두 사랑에 대한 요구를 지니고 있다. 그들은 모두 연민과 공포의 정서를 지니고 있다. 그들은 모두 윤리적인 관념을 가지고

---

132 "你描寫在帝國主義者'鐵蹄'下之一個整個的被壓迫的弱小民族, 這樣的作品是偉大了, 因爲這是全民族的精神的反映; 但是你若深刻的描寫失戀的苦痛, 春花秋月的感慨, 這樣的作品也是偉大了, 因爲這是全人類的共同的人性的反映, 文學所要求的只是眞實, 忠於人性。凡是'眞'的文學, 便有普遍的素質",「文學與革命」,『梁實秋文集1』. 鷺江出版社, 2002, p.314.

> 있다. 그들은 모두 심신의 유쾌함을 추구한다. 문학은 바로 이러한 기본적인 인성을 표현하는 예술이다. 무산계급의 생활의 고통은 물론 묘사해낼 만한 가치가 있다. 그러나 만일 이러한 고통을 정말로 깊이있게 묘사했다면 그것은 절대 한 계급에만 속하는 것이 아니다. 인생의 현상에는 매우 많은 방면에서 계급을 초월하는 것이 있다.[133]

이처럼 문학의 계급성을 부정한 양실추는 노신(魯迅)을 비롯한 진보 작가들로부터 "자본가의 개"로 매도당하였다. 하지만 양실추는 초지일관 현실에 대해 초연하고 독립적인 자유주의적 입장을 고수하였다. 그러므로 『아사소품(雅舍小品)』의 소재 대부분은 머리카락, 이쑤시개, 수면, 목욕, 선물 증정, 사진 찍기, 줄서기, 신문 읽기, 음주, 흡연 등, 프롤레타리아의 계급성 혹은 각종 정치 현실과는 전혀 무관한 일상생활의 세세한 신변잡사와 사물에 관련된 것들이다. 여기에는 양실추의 "보편적 인성론"이 반영되어 있다고 할 수 있다.

양실추의 보편적 인성론은 그의 교육적 배경과 밀접한 관계가 있다. 양실추는 미국 유학생활 중이었던 1924년에 하버드대학 교수 어빙 배빗(Irving Babbitt, 1865~1933)의 수업에 참가하면

133 "一個資本家和一個勞動者, 他們的不同的地方是有的, 遺傳不同、教育不同、經濟的環境不同, 因之生活狀態也不同, 但是他們還有同的地方。他們的人性並沒有兩樣, 他們都感到生老病死的無常, 他們都有愛的要求, 他們有憐憫與恐怖的情緒, 他們都有倫常的觀念, 他們都企求身心的愉快。文學就是表現這最基本的人性的藝術。無産階級的生活的苦痛固然値得描寫。但是這苦痛如其眞是深刻的必定不是屬於一階級的。人生現象有許多方面都是超於階級的。", 梁實秋, 「文學是有階級性嗎?」. 『梁實秋文集1』. 鷺江出版社, 2002, p.322.

서 배빗이 주창한 신인문주의(New Humanism)를 받아들이게 되었다. 신인문주의는 현대 자본주의 산업사회의 폐단에 대한 반성으로부터 시작한 것이다. 배빗 등의 학자들은 현대 사회가 타락의 길을 걷던 끝에 결국 제1차 세계대전과 같은 전쟁이 발발한 원인이 전통의 파괴와 도덕관념의 상실, 욕구의 범람에 있다고 진단하였다.[134] 그들은 현대 사회의 병폐를 치유하기 위해서는 인성의 선한 면으로 악한 면을 극복하고, 이성으로써 감정과 욕망을 통제하여 균형 잡힌 인성을 이루어야 한다고 주장하였다. 구체적인 방안으로는, 소크라테스, 아리스토텔레스, 공자, 맹자, 석가모니 등 동서양 고대 선현들의 인문주의 정신과 사상을 체득한 엘리트들이 사회를 바람직한 방향으로 이끌어, 이른바 '인간의 법칙(Law for man)'으로서 '물질의 법칙(Law for thing)'을 극복해야 함을 내세웠다.

아리스토텔레스의 『윤리학(Ethics)』에 따르면 "도덕이란, 중용(中庸)의 경지이며, 중용을 목적으로 하는 것(virtue is a mean state as aiming at the mean)"이다. 즉, '용기(Courage)'란 '무모함(foolhardiness)'과 '비겁함(Cowardice)'에 치우치지 않은 것이고, '절제(temperance)'는 '사치(prodigalty of bulgarity)'와 '인색함(illiberality or meaness)' 사이에서, 그리고 친목(friendliness)은 아첨(absequiousness or flaffery)과 투쟁(quarrelsomeness) 사이에서 균형을 이룬 중용의 덕이라는 것이다.[135] 신인문주의 학자들 역시 인성의 지나친 부분과 부족한 부분을 조화시켜서 균형을 이루어야 함을 주장한 것이고, 그 방법으로서 고전에 대한 학습과 절제의 훈련을 제시하였던 것이다.

---

134 徐震堮 譯「白璧德釋人文主義」,『學衡』第34期, 中華書局, 1924. 10. 참조

135 繆鳳林,「希臘之精神」,『學衡』第8期, 中華書局, 1928. 8, pp.19~20. 참조

노신(魯迅)은 양실추의 보편적 인성론을 비난하여 "만일 가장 보편적인 인성을 표현한 문학을 최고로 삼는다면, 가장 보편적인 동물성 — 영양, 호흡, 운동, 생식 — 을 표현한 문학이야말로 더욱 높은 곳에 있어야 한다."[136]고 말했다. 그러나 양실추가 주장한 '보편적 인성'이란 인간의 자연적 본성을 의미하는 것이 아니라, 인류의 수천 년간의 지혜가 응축되어있는 선현의 사상과 고전 속 보편적 진리가 엄격한 교육과 훈련을 받으며 체화된 "건강하고 존엄한", "보편적 인성"을 의미하는 것이다. 양실추가 38년이라는 오랜 세월 동안 고전 중 백미라 할 수 있는 셰익스피어 전집 번역에 대한 집념을 유지하였던 것은 바로 "건강하고 존엄한 보편적 인성"을 구현하려 했기 때문이었다.

고전주의자인 양실추는 신문화운동의 전통 부정 및 '민주'와 '과학'의 관념을 받아들일 수 없었고, 더더욱 여기에서 한 걸음 더 나아간 프롤레타리아 문학 혹은 혁명문학에 대해서는 그 개념 자체를 부정하였다. 유머러스한 표현법과 해학으로 세태 만상을 묘사하고 인생의 대한 관조와 음미를 담은 『아사소품(雅舍小品)』은 독자들의 지혜를 풍부하게 하고 인성을 순화시키는 노회한 스승의 말씀임과 동시에, 걸핏하면 "자본가 타도"를 외치는 과격하고 획일적인 프롤레타리아 혁명 문학에 독자들이 감염되지 않도록 예방하는 일종의 백신이었던 셈이다.

『아사소품·속집(雅舍小品·續集)』 중 한 편인 「북경의 설 풍경(北平年景)」은 양실추가 어린 시절 북경에서 설을 쇠던 모습을 회상하며 고향의 정경을 그린 작품이다.

---

136 "倘以表現最普通的人性的文學爲至高, 則表現最普遍的動物性 — 營養, 呼吸, 運動, 生殖 — 的文學,……必當更在其上。", 「'硬譯'與'文學的階級性'」. 「二心集」. 『魯迅全集4』. 人民文學出版社, 1981, p.204.

> 집집마다 바쁘게 놋쇠향로와 놋 촛대, 놋 과일쟁반, 놋 찻잔받침을 거미줄과 먼지로 뒤덮인 상자 안에서 꺼내어 일 년 만에 대대적으로 씻는다. 술 달린 등, 청사초롱, 쇠뿔 등을 일제히 끄집어낸다. …… 집안의 어른과 어린아이가 들락날락하는 것이 바람 귀신이 들린 듯하다. …… 섣달그믐날 밤에 정원 안에 참깨 줄기를 늘어놓고 아이들은 우직우직 소리가 나도록 밟아서 '채세(踩歲)'를 하며, 떠들썩하게 놀다가 피곤해지면 잠자기 전 어른들에게 문안인사를 하며 '사세(辭歲)'를 하고, 어른들은 무언가를 상으로 주며 '압세(壓歲)'를 한다.[137]

중국 대륙이 공산화된 후 대만으로 이주한 양실추는 꿈속에서나 다시 가볼 수 있는 고향 북경(北京) 설날의 활기차고 떠들썩한 정경과 화기애애했던 가정 분위기를 묘사함으로써, 고향에 대한 그리움을 스스로 달래고 있다. 양실추는 1949년 대만으로 건너갈 때 부인과 작은딸만 동행하였을 뿐, 장녀와 아들은 학업을 이유로 대륙에 남아 서로 생이별하게 되었기에 명절 때면 마음속에 더욱 우울한 그늘이 드리워졌을 것이다. 노신은 비록 양실추의 "보편적 인성론"을 비난하였지만, 그 역시 『아침 꽃을 저녁에 줍다(朝花夕拾)』에서 고향의 옛일과 정경, 음식을 그리워하는 마음

137 "家家忙着把錫香爐、錫蠟籤、錫果盤、錫茶托, 從蛛網塵封的箱子裏取出來, 作一年一度的大擦洗。宮燈、紗燈、牛角等, 一齊出籠。…… 家中大小, 出出進進, 如中風魔。…… 除夕之夜, 院裏灑滿了芝麻秸兒, 孩子們踐踏得咯吱咯吱響是爲'踩歲。鬧得精疲力竭, 睡前給大人請安, 是爲'辭歲', 大人摸出點甚麼作爲賞賚, 是爲'壓歲'", 梁實秋, 「北平年景」, 『雅舍小品 . 續集』, 『梁實秋文集 3』, 鷺江出版社, 2002, pp.398~399.

을 숨기지 않았다. 인성을 갖춘 사람이라면 어떠한 계급에 속하여 있든 "보편적"으로 수구초심(首丘初心)을 지니고 있음을 증명한 셈이다.

그런데, 흥미로운 것은, 어빙 배빗의 신인문주의를 계승하여 문학을 통해 "건강하고 존엄한", "보편적 인성"을 구현하려 애썼던 양실추는 72세의 나이에 대만 사회를 떠들썩하게 한 러브스토리를 만들어 내었다. 1974년 그의 평생의 반려자였던 부인 정계숙(程季淑)이 미국 시애틀에서 불의의 사고로 사망한 지[138] 불과 6개월 만에 뜻밖에도 가수 출신의 44세의 젊은 여성 한청청(韓菁淸)에게 열렬히 구애한 끝에 그녀와 재혼하였던 것이다.

물론 양실추는 곽말약(郭沫若)이나 욱달부(郁達夫)와 같이 병적으로 여색에 탐닉한 사람은 아니었다. 양실추는 이들과는 달리 평생 정상적이고 모범적인 혼인 생활을 유지해왔고, 갑작스런 상처(喪妻)로 인해 홀몸으로 지내고 있던 처지라 그의 재혼은 법적 혹은 도덕적으로 아무런 문제가 될 것이 없었다. 하지만 신문화운동 이래 욕망의 분출과 자유연애의 격정이 극에 달한 사회상을 비판하며 절제와 중용을 생활신조로 삼고 고상함과 은근한 유머를 멋으로 여겼던, 유학자와 영국신사의 풍모를 한 몸에 지닌 그였기에 세인들의 이목이 집중되었건 것이다.

양실추는 한청청에게 "당신은 낭떠러지 앞에서 말고삐를 잡아챌 시간이 아직 충분하다고 말했지만, …… 감정적으로는 이미

138 양실추가 대만으로 데려온 작은 딸 양문장(梁文薔)은 1958년 미국유학을 갔다가 시애틀에 정착하게 되었고, 양실추 부부도 1972년 대만 생활을 청산하고 딸이 있는 미국으로 갔다. 미국 국적을 취득하게 된다면, 미국과 중국의 관계가 좋아진 후 미국 국적자로 중국을 방문하여 그곳에 남은 자녀들을 만날 수 있을 것이라는 한 가닥 희망을 간직하고 있었기 때문이다. 그런데 1974년도 4월 양실추의 부인 정계숙(程季淑)이 상점에 쇼핑하러 갔다가 상점 앞에 세워둔 사다리가 강풍에 넘어지면서 정계숙의 머리를 강타하였고 정계숙은 사망하였다.

늦었소. 낭떠러지가 아니면 화산 속으로라도 우리는 서로 부둥켜안고 뛰어내리는 수밖에 없소."[139]라고 말하며 터져 나오는 열정을 주체하지 못하였다. 그는 마침내 친지들의 만류에도 아랑곳없이 그녀와의 재혼을 강행하였는데, 주변 사람들은 마치 갓을 쓴 선비가 자전거를 타는 모습을 보는 듯 어색한 부조화를 느꼈던 것이다.

신인문주의를 접하기 이전, 한때 곽말약(郭沫若)의 시를 가장 높이 평가하였던 양실추는 노년에 맞이한 사랑 앞에서 곽말약의 『봉황열반(鳳凰涅槃)』을 노래하였다. "봉황은 불을 댕겨 스스로를 불태운 다음 새로운 탄생을 맞이한다. 나도 스스로 땔감나무를 줍고 화염을 일으켜 나 자신을 불태우기 시작한다."[140] 그는 어빙 배빗으로부터 신인문주의를 수용한 후, 신문학과 혁명문학의 존재 가치를 부정하였지만, 그 역시 혁명가 못지않은 뜨거운 심장과 낭만적인 감수성을 지니고 있었음을 알 수 있다. 혁명이란 하늘의 명(命)을 고쳐(革) 기존의 질서를 뒤집어엎어버린 후 새로운 세상을 창조하는 이상주의적이고 낭만적인 사업이다. 진보 문인들과 맞서 그들과는 사뭇 다른 성향의 문필 활동을 멈추지 않았던 양실추는, 혁명의 시대에 혁명의 "일체를 불사른 후" "존엄하고 건강한 보편적 인성"의 부활을 꿈꾸었던 '신인문주의적' 혁명가라고 볼 수 있다. 이렇게 보면, '혁명가' 양실추가 노년에 보여준 낭만적 러브스토리 역시 그다지 어색하거나 놀라운 일은 아닌 듯하다.

139 "你說懸崖勒馬還來得及, …… 可是在感情上是來不及了。不要說是懸崖, 就是火山口, 我們也只好擁抱着跳下去。", 梁實秋, 『雅舍情書, 致韓菁清小姐』, 『梁實秋文集9』, 鷺江出版社, 2002, p.110.

140 "鳳凰引火自焚, 然後有一個新生。我也是自己撿起柴木, 煽動火焰, 開始焚燒我自己。", 梁實秋, 『雅舍情書, 致韓菁清小姐』, 『梁實秋文集9』, 鷺江出版社, 2002, pp.115~116.

반제(反帝)
반봉건(反封建)의
아나키스트

파금(바진 巴金)

파금(巴金)은 1904년 사천(四川) 성도(成都)의 봉건적 관료이자 지주의 대가정에서 태어났으며 본명은 이요당(李尧棠)이다. 파금은 어질고 자애로운 어머니로부터 모든 사람을 존중해야 한다는 가르침을 받았기에, 어려서부터 집안의 하인들과 스스럼없이 어울리며 그들의 고달프고 가난한 삶을 동정하였다. 그는 보수적인 할아버지의 반대로 어린 시절 신식교육을 받지 못하였으나, 신문화운동 시기 『신청년(新青年)』, 『매주평론(每週評論)』 등의 간행물을 접하며 봉건제도를 반대하는 신사상과 신문화에 대해 눈을 뜨게 되었다. 어머니의 영향으로 형성된 약자에 대한 배려심은 신문화운동의 사상적 조류와 결합되어, 그에게 계급 간 심각한 불평등을 야기하는 불합리한 사회제도와 폐단을 타파해야 한다는 신념을 심어주었다.

파금(巴金)은 할아버지 사망 후인 1920년 비로소 성도외국어전문학교(成都外國語專門學校)에 입학하여 신교육을 받을 수 있었다. 그는 이 시절 서양 문학 및 사회과학 관련 서적을 적잖이 탐독하였는데, 그중에서도 권위적인 정부를 부정하고, 모두가 개성 해방과 자유를 보장받으며, 평등한 삶을 영위해야 함을 주장하는 무정부주의(Anarchism)에 특히 많은 관심을 기울이게 되었다. 그의 필명 파금(巴金)은 러시아의 무정부주의자 바쿠닌(Mikhail Aleksandrovich Bakunin, 1814~1976)과 크로폿킨(Pyotr Alekseyevich Kropotkin, 1842~1921)의 이름을 중국어로 표기한 '巴枯寧' 및 '克魯泡特金'에서 한 글자씩 따온 것이다.

1921년 파금은 잡지 『반월(半月)』에 「어떻게 진정으로 자유롭고 평등한 사회를 건설할 것인가(怎樣建設眞正自由平等的社會)」를 발표하여 "진정한 자유와 평등"에 대한 자신의 견해를 다음과 같이 밝혔다.

> 인민의 자유를 저해하는 것은 '정부'이다. 정부가 생겨난 후 우리의 자유는 모조리 사라졌다. …… 자본가들은 세상의 공유 재산을 농단하며 우리 빈민들이 살 수 없도록 만든다. …… 아나키즘은 정부와 정부 소속 기관을 폐기하고 생산기관과 생산물을 인민 전체의 소유로 하자고 주장한다. 사람들은 각자의 재능을 발휘하고 각자 필요한 만큼 가지며, 각자의 능력에 따라 일을 분배받는 것이다. 자신이 하고 싶은 일을 하면 되는 것이고, …… 먹고 싶으면, 기관에서 밥을 가져다준다. 입고 싶으면 옷을 가져다준다. 필요하면 집을 제공해준다. …… 사람들은 평등하게 교육받기 때문에 지혜로움과 우매함의 구분이 없어진다. 정치와 법률이 없는 것이야말로 진정한 자유이며 자본가 계급이 없는 것이 진정한 평등이다.[141]

이처럼 파금은, 정부와 자본가, 법률과 정치와 계급이 모두 존재하지 않지만, 누구나 자신의 재능을 마음껏 발휘할 수 있고, 필요한 만큼 의식주와 교육의 혜택을 누릴 수 있는 지상낙원을 꿈꾸었음을 알 수 있다. 그는 자신의 신념을 실현하기 위해 동료들

---

141 "妨碍人民自由就是政府。自從有了政府後, 我們的自由全然失去, …… 那些資本家, 壟斷世界公有的財産, 使我們貧民不能生活, …… 安那其就是廢棄政府及附屬於政府的機關, 主張把生産的機關及他所産的物品屬於人民全體。人人各盡其所能, 各取其所需, 並依各人之能力去分配工作, 能做甚麼就做甚麼, …… 你要吃, 就有個機關拿飯給你; 你要穿, 就有衣服給你; 你要用, 就有房子給你。人人都受平等的教育, 沒有智愚的分別。…… 旣沒有政治法律, 這才是眞正的自由; 沒有資本階級, 這才是眞正的平等。", 巴金, 「怎樣建設眞正自由平等的社會」, 『半月』第17號, 1921年4月, 白天鵬·金成鎬 編, 『無政府主義派』, 李帆 主編, 『民國思想文叢』, 長春出版社, 2013, pp.286~287.에서 재인용

과 함께『균사(均社)』를 조직하여 무정부주의 선전을 위한 문장 발표, 잡지 발행, 전단지 살포 등의 활동을 꾸준히 전개하였다. 파금은 1925년 폐결핵으로 북경대학(北京大學) 입학이 좌절된 후 상해(上海)에서 요양하며 한동안 소련의 저명한 무정부주의자 엠마 골드만(Emma Goldman 1869~1940)과 연락을 유지하였으며, 크로폿킨을 비롯한 무정부주의 사상가들의 문장을 번역하였다.

1927년 프랑스 파리로 유학을 떠난 파금은, 미국에서 무정부주의 운동에 가담하였다가 살인강도 용의자로 체포된 이탈리아인 이주노동자 사코(Nicola Sacco)와 반제티(Bartolomeo Vanzetti)에 대한 국제적 구명활동에 적극적으로 참여하였고, 그 가운데 영감을 얻어 혁명적 이상에 헌신한 청년을 찬양하는 내용의 중편소설『멸망(滅亡)』을 창작하였다. 이 작품은 1929년 1월부터 3개월간『소설월보(小說月報)』에 연재되며 커다란 반향을 일으켰는데, 이를 계기로 파금의 이름이 널리 알려지게 되었다. 파금은 1929년 프랑스에서 귀국한 후에는 크로폿킨의『윤리학의 기원과 발전(倫理學的起源和發展)』및 막심 고리키(Maxim Gorky), 톨스토이(Lev Nikolayevich Tolstoy) 등의 소설과 희곡 작품들을 번역하였고, 그의 유일한 논저인『자본주의에서 아나키즘까지(從資本主義到安那其主義)』를 집필하였다.

파금은 1931년에서 1933년 사이, 젊은이들의 현실에 대한 반항과 투쟁정신 및 이상 추구를 주제로 하는 중편소설『안개(雾)』,『비(雨)』,『전기(电)』를 창작하였는데, 흔히 이를 한데 묶어『애정삼부곡(爱情三部曲)』이라 칭한다. 파금은『애정삼부곡(爱情三部曲)』의 등장인물들에게 저마다 독특한 개성을 부여하여 탄압과 착취, 모순과 불합리성으로 가득한 구세계에 저항하다가 좌절한 후 또다시 일어나 새로운 길을 찾기 위해 분투하는 모습을 그려내었다.

『안개(霧)』는 파금이 1931년 『동방잡지(東方雜誌)』에 연재한 소설로서, 1927년 장개석의 4·12정변으로 제1차 국내혁명전쟁(북벌전쟁)이 실패로 돌아간 후 젊은이들이 겪는 갈등과 방황을 묘사하였다. 작품 속 등장인물 진진(陳眞)은 혁명 실패 후에도 현실적 어려움에 굴하지 않고 굳은 의지로 자신의 청춘을 바쳐 혁명 투쟁 활동을 지속한다. 반면 주여수(周如水)는 혁명에 대한 자신의 주장과 계획을 과감하게 행동으로 옮기지 못하였으며 장약란(張若蘭)과 사랑에 빠지게 된다. 그러나 주여수는 부모가 정해준 아내와의 관계를 청산하지 못하고 주저하였고, 그 사이 장약란은 다른 남자에게 가버린다. 주여수는 자신의 장래와 혁명의 앞날이 모두 먹구름처럼 지극히 어둡다고 비관한 끝에 자살한다.

1933년에 발표한 『비(雨)』의 주인공 오인민(吳仁民)은 혁명에 대한 열정이 가득하지만 거칠고 신중치 못한 성격의 소유자이다. 그는 혁명이론에 관한 책을 쓰는 이검홍(李劍虹)과 교육 혁명을 부르짖는 해외유학파 장소천(張小川)에 대해 모두 못마땅하게 생각하며, "혁명은 행동으로 하는 것"이라고 큰소리쳤지만 어떻게 행동해야 할지 몰라서 방황하고 고민한다. 그러나 그는 마침내 혁명에 대한 경험이 풍부한 고지원(高志元) 등으로부터 지도를 받아 새롭게 미래를 향해 출발한다.

『전기(電)』는 1933년 『문학계간(文學季刊)』에 연재되었던 작품이다. 등장인물 이패주(李佩珠), 오인민(吳仁民), 고지원(高志元) 등은 복건성(福建省) 모(某) 지역으로 가서 노동조합과 부녀협회를 결성하여 군중투쟁을 전개하려 하였다. 그러나 내부자의 밀고로 인하여 그들의 조직은 와해되고 고지원을 비롯한 많은 조직원들이 희생당한다. 이패주와 오인민은 결코 물러서지 않고 용맹성과 끈기를 무기로 군중투쟁을 전개하였지만 지도력의 부재로 아쉽게 실패하고 만다. 이 작품은 청년들의 두려움 없는 혁명 정신을 찬양하는 한편 '반동파'의 잔악성을 신랄하게 고발하였다.

파금의 장편소설 『가(家)』, 『봄(春)』, 『가을(秋)』은 『격류삼부곡(激流三部曲)』이라 하는데, 『격류삼부곡』은 파금 자신이 어린 시절 직접 경험하였던 전통 대가정을 소재로 봉건적 가족제도의 폐해와 전제적 사회제도의 죄악을 폭로하였다. 『가(家)』는 1931년 4월부터 1932년 5월까지 상해의 『시보(時報)』에 『격류(激流)』라는 제목으로 연재되었는데, 1933년 단행본으로 출간 시 명칭을 변경하였다.

『가(家)』는 사천 성도(成都)의 관료이자 대지주인 고(高)씨 집안의 생활을 소재로 하였다. 대가정의 가장 높은 어르신 고 씨 영감님(高老太爺)의 장손 각신(覺新)은 외종사촌 여동생 매(梅)를 사랑하고 있었으나, 집안 어른들의 결정대로 서각(瑞珏)와 결혼하였고, 아버지가 돌아가신 후 수십 명의 가족이 거주하는 집안 전체를 책임지게 된다. 봉건적인 가정을 벗어나 외국어전문학교에 다니고 있었던 각신의 두 동생 각민(覺民)과 각혜(覺慧)는, 유교의 전통을 비판하고 서구적 민주주의와 과학을 제창하는 『신청년(新青年)』 등의 잡지를 즐겨 읽는 가운데, 당시 신문화운동(新文化運動)이 구현하고자 하였던 개성 해방과 자유에 대하여 눈뜨게 된다. 특히 각혜는 진보적 학생 단체에 가입하여 왕성한 활동을 한다.

이 소설은 순종적인 성격을 지닌 큰 형 각신과는 달리, 활발하고 진취적인 각민과 각혜가 "눈보라가 오랫동안 세상을 다스릴 것이며 맑고 아름다운 봄날은 돌아오지 않을 것 같은"[142] 악천

142 "這風雪會長久地管治著世界, 明媚的春天不會回來的了。", 巴金, 『家』, 巴金 序, 『中國新文學大系(1927~1937)第九集·小說集七』, 上海文藝出版社,

후를 무릅쓰고 학교에서 집으로 돌아가며 이야기를 나누는 장면으로부터 시작된다. 그들은 부유한 가정의 자손들이지만 "인도주의자이기에 가마 타는 것을 지극히 싫어하여"[143] 가마를 타지 않고 나란히 눈길을 걷는다. 그들의 화제는 다음 해 봄 학예회 때 공연할 연극인 스티븐슨(Robert Louis Balfour Stevenson)의 『보물섬(Treasure Island)』 연기에 관한 것이었다.

각혜는, "손가락 두 개를 잃고 수많은 우여곡절을 겪은", "강호의 협객 기질을 지닌 블랙독(Black Dog)"[144] 배역을 잘 소화하지 못한다는 각민의 지적에 기가 죽어 있다가, "정말로 블랙독이 된 것처럼 생각하는 것"[145]이 좋은 연기의 비결임을 깨달았다고 말하며 기뻐한다. 마침내 자신들이 태어나고 자란 '집(家)'에 도착하여 뚜벅뚜벅 걸어 들어가는 두 형제의 모습은 용기와 결연함으로 가득차 있다. 그들은 "할아버지도 신사(紳士)였고 아버지도 신사였으니, 우리도 마땅히 신사가 되어야 하느냐?"[146]는 각혜의 항변처럼 "신사(紳士: 세도가, 지방유지)에 불과한" 『보물섬』의 리브지 의사(Dr. David Livesey)이길 거부하고, 자신들이 실제로 '블랙독'이 된 것처럼 생각하는 듯하다. "시커먼 동굴과도 같아서 그 안에

1984, p.11.

143 巴金,『家』, 巴金 序,『中國新文學大系(1927~1937)第九集·小說集七』, 上海文藝出版社, 1984, p.18. 참조

144 "失去了兩根手指經歷了許多變故", "有着江湖氣質的黑狗", 巴金,『家』, 巴金 序,『中國新文學大系(1927~1937)第九集·小說集七』, 上海文藝出版社, 1984, p.13.

145 "我想着, 彷佛我自己就是黑狗似的", 巴金,『家』, 巴金 序,『中國新文學大系(1927~1937)第九集·小說集七』, 上海文藝出版社, 1984, p.13.

146 "我們底祖父是紳士, 我們底父親是紳士, 所以我們也應該是紳士嗎?", 巴金,『家』, 巴金 序,『中國新文學大系(1927~1937)第九集·小說集七』, 上海文藝出版社, 1984, pp.25~26.

무엇이 들어 있는지 아무도 볼 수가 없는"[147] 봉건적 대가정을 향하여 투쟁을 예고하는 대목이다.

家[148]

第一章 两兄弟

风刮得很紧，雪片像扯破了的棉絮似的无力地在空中飘舞，无目的地落下地来。墙脚已经堆砌了一条白色的路，左右两边各有这样的一条，好像给中间的泥泞的道路镶了两道宽边。
街中上有行人和两人抬着的轿子。他们努力在和风雪战斗，但依然敌不过它，显出了畏缩的样子。雪片还是不住地落，而且愈过愈多，白茫茫地布满在天空中，向四处落下来，落在伞上，落在轿顶上，落在轿夫底斗笠上，落在行人底脸上。

· 雪片 [xuěpiàn]: 눈송이.

· 扯 [chě]: 당기다. 끌다. 끌어당기다.

· 破 [pò]: 찢어지다. 해지다. 파손되다. 부수다.

· 棉絮 [miánxù]: 목화 섬유. 무명실. 면사.

---

147 "裏面是一個黑洞，這裏面有甚麼東西，誰也不能夠望見。", 巴金, 『家』, 巴金 序, 『中國新文學大系(1927~1937)第九集·小說集七』, 上海文藝出版社, 1984, p.15.

148 巴金 序, 『中國新文學大系(1927~1937)第九集·小說集七』, 上海文藝出版社, 1984.에서 원문 인용

· 飘舞 [piāowǔ]: 바람에 나부끼다. 한들거리며 춤추다.

· 墙脚 [qiángjiǎo]: 담. 기반. 토대.

· 堆砌 [duīqi]: 쌓다.

· 镶 [xiāng]: 테를 두르다.

· 抬 [tái]: 들다. 들어 올리다.

· 轿子 [jiàozi]: 가마.

· 敌不过 [dí bu guò]: 대적할 수 없다. 이겨낼 수 없다.

· 畏缩 [wèisuō]: 위축되다. 움츠리다. 주눅 들다.

· 白茫茫 [báimāngmāng]: 온 천지가 끝없이 하얗다.

· 斗笠 [dǒuli]: 삿갓.

제1장 두 형제

바람이 거세게 불고, 눈송이가 찢긴 솜처럼 공중에서 힘없이 흩날리다가 목적도 없이 바닥으로 떨어진다. 담장 아래에는 이미 눈이 쌓여 하얀색의 길이 생겨났다. 길 양측에 모두 이처럼 길이 나 있었는데, 마치 가운데에 있는 진창길 양쪽에 하얗고 넓게 둘레를 친 것 같다.
거리에는 행인들과 두 사람이 메는 가마들의 모습이 보인다. 그들은 눈보라와 애써 싸웠지만 견디지 못한 채 몸을 움츠리고 있다. 눈은 아직도 끊임없이 내리는데 갈수록 더 퍼붓는다. 하늘을 온통 하얗게 가득 채운 눈은 사방으로 떨어진다. 우산 위로 떨어지고, 가마 위로 떨어지고, 가마꾼의 삿갓 위로도 떨어진다. 행인의 얼굴 위로도 떨어진다.

风玩弄着伞，把它吹得向四面偏倒，有一两次甚至把它吹离了行人的手。风在空中怒吼着，声音很是凄厉，和雪地上的脚步声混合起来，成了一种异样的音乐，这音乐刺着行人底耳，使他们在困苦之外还感到一种恐怖，这好象给他们指示出来，这风雪会长久地管治着世界，明媚的春天不会回来的了。

· 玩弄 [wánnòng]: 희롱하다. 놀리다. 우롱하다.
· 偏倒 [piāndǎo]: 한쪽으로 쏠리다. 기울다.
· 怒吼 [nùhǒu]: 포효하다. 울부짖다.
· 凄厉 [qīlì]: 처량하고 날카롭다.
· 混合 [hùnhé]: 혼합하다. 함께 섞다.
· 异样 [yìyàng]: 차이. 이상하다.
· 刺 [cì]: 찌르다.
· 困苦 [kùnkǔ]: 어려움. 곤란함. 피곤하고 고통스럽다.
· 恐怖 [kǒngbù]: 공포.
· 管治 [guǎnzhì]: 관리하다. 통치하다.
· 明媚 [míngmèi]: 맑고 아름답다.

바람은 우산을 갖고 놀 듯 사방으로 기울게 하고, 심지어 한 두 번은 행인의 손을 떠나도록 하였다. 바람은 공중에서 울부짖는데, 그 소리가 아주 처량하고 날카롭다. 그것은 눈길 위의 발자국 소리와 어우러져서 기괴한 음악을 만들어 내었다. 이 음악은 행인의 귀를 찔러대며, 피곤함에 더하여 일종의 두려움을 느끼게 한다. 마치 눈보라가 오랫동안 세상을 다스릴 것이고 맑고 아름다운 봄날은 돌아오지 않을 것이라고 암시라도 하는 듯이.

“三弟，走快点，不然恐怕赶不上晚饭的。”说话的是一个十八岁的青年，一手拿伞，一手提着棉袍底一角，说着掉过头看后面，圆圆的脸冻得通红，鼻子上架着一副金丝眼镜。

后面走着的弟弟是一个和他有同样身材同样服装的青年。年纪略小一点，脸庞也较瘦，一双眼睛却非常清明锐利。与他哥哥底不同。

“不要紧，就快到了。……民哥，今天练习底成绩算你最好，你底英文说得很自然，很流利。你装扮李医生底态度很不错，已经很熟了。”他用热烈的语调说，一面加快了脚步，水泥四溅，他底裤脚上面染上了一些泥点。

· 棉袍 [miánpáo]: (중국식) 솜두루마기.

· 掉过头 [diàoguòtóu]: 고개를 돌리다.

· 通红 [tōnghóng]: 새빨갛다.

· 金丝眼镜 [jīnsīyǎnjìng]: 금테 안경.

· 装扮 [zhuāngbàn]: 단장하다. 분장하다. 가장하다.

· 溅 [jiàn]: (물방울 등이) 튀다.

· 裤脚 [kùjiǎo]: 바지 자락.

“셋째야 좀 빨리 걷자. 그렇지 않으면 저녁 식사시간에 늦겠어.” 이렇게 말하는 사람은 열여덟 살의 청년이다. 한 손에는 우산을 들고, 또 한 손에는 솜두루마기 아래를 걷어쥐고, 뒤를 돌아보는 둥근 얼굴은 발갛게 얼어있었다. 콧등에는 금테 안경이 걸려 있었다.

뒤따라오는 동생은 비슷한 체격에 똑같은 옷을 입고 있는 청년이었다. 나이가 좀 어려보이고 얼굴도 약간 여위었다. 형과는 달리 두 눈이 아주 맑고 날카로웠다.
"괜찮아, 이제 다 왔는 걸. …… 둘째 형, 오늘 연습 성적은 형이 가장 좋았어. 영어 발음이 아주 자연스럽고 유창했어. 그리고 리브지 의사(Dr. David Livesey) 연기가 아주 좋았어." 그는 열정적인 어조로 말하면서 발걸음을 재촉하였다. 흙탕물이 사방에서 튀어 올라 그의 바지 자락에 진흙 얼룩이 졌다.

"这没有什么，不过我的胆子大一点，"哥哥高觉民带笑地说，便停了脚步，让弟弟走到他底旁边，然后又说下去；"你的胆子太小了，你扮'黑狗'简直不像。你昨天不是把那几句话背得很熟吗？怎么上台去就背不出来了。要不是朱先生提醒你，恐怕你还背不完嘞！"哥哥温和地说着，并没有一点责备的意思。
弟弟觉慧很觉得惭愧，脸更便得红了，几乎是慌乱地，又是辩解地说："不知是什么缘故，一上讲台心就慌了。好像有许多人底眼光在看我，我想尽我底力量做，我恨不得把所有的话一字不遗漏地说出来……"
"三弟，你不要怕，"哥哥劝慰他说，"再练习两三次，你就会记得很熟的。你只管放胆地去做罢。……不过朱先生改编这篇『宝岛』，编得并不好，演出来也许会失败的。"

· 背 [bèi]: 암송하다. 암기하다. 등지다.

· 熟 [shú]: 익다. 익숙하다. 잘 알다.

· 责备 [zébèi]: 탓하다. 책망하다. 꾸짖다.

· 惭愧 [cánkuì]: 부끄럽다. 송구하다.

· 慌乱 [huāngluàn]: 당황하고 혼란스럽다.

· 辩解 [biànjiě]: 변명하다.

· 遗漏 [yílòu]: 빠뜨리다. 누락하다.

· 放胆 [fàngdǎn]: 마음을 크게 가지다. 용기를 내다.

· 改编 [gǎibiān]: 개편하다. 다시 편집하다.

"별것 아니야. 담이 좀 커졌을 뿐이지." 형 고각민은 웃으면서 말하다가 발걸음을 멈추고 동생을 그의 곁으로 오도록 한 후 말을 이어갔다. "너는 담이 너무 작아. 너의 '블랙독(Black Dog)' 연기는 정말 어색했어. 어제는 그 몇 마디 대사들을 아주 잘 외우지 않았어? 그런데 어째서 무대 위에서는 외우지 못하고 막혀 버렸지? 주 선생이 너에게 힌트를 주지 않았으면 아마 다 말하지도 못했을 거다!" 형은 책망하는 기색 없이 부드럽게 말했다.
동생은 부끄러워 얼굴이 붉어지며 당황한 듯 변명을 해대었다. "무슨 이유인지 모르겠지만, 나는 무대에만 오르면 당황한단 말이야. 많은 사람들의 시선이 나한테만 쏠리는 것 같아. 나는 온 힘을 다 쏟아서 모든 대사를 한 글자도 빠짐없이 다 말하려고 하는데 ……"
"셋째야, 걱정마라." 각민이 위로하며 말하였다. "두세 번 더 연습하면 익숙하게 외울 수 있을 거야. 마음 푹 놓고 하면 돼. …… 그런데 주 선생이 『보물섬(Treasure Island)』을 시나리오로 각색한 것은 괜찮다고 볼 수 없어. 공연을 한다고 해도 아마 성공하지 못할 것 같구나.

他醒悟似地欢叫起来："民哥，好了！"觉民惊讶地看他一眼，问道："什么事情？你这样高兴！"
"民哥，我现在晓得演戏底奥妙了，"觉慧带着幼稚的得意的笑容说。"我想着，仿佛我自己就是'黑狗似的，于是话便自然地流露出来了，并不要自己费力去思索。"
"对的，演戏正是要这样，"哥哥微笑地说。"你知道了这一层，你一定会成功的。……雪好象住了，我们把伞收起来罢。刮着这样的风，撑起伞很吃力。"说着他便抖落了伞上的雪，收了伞。他底弟弟也把伞收起了。两个人并排走着，伞架在肩上，身子靠得很近。

· 醒悟 [xǐngwù]: 깨닫다. 각성하다.
· 惊讶 [jīngyà]: 놀랍고 의아하다.
· 奥妙 [àomiào]: 오묘하다.
· 幼稚 [yòuzhì]: 나이가 어리다. 유치하다.
· 仿佛 [fǎngfú]: 마치 ~인 듯하다.
· 流露 [liúlù]: 나타내다. 드러내다.
· 费力 [fèilì]: 애쓰다. 정력을 소모하다. 힘들다.
· 思索 [sīsuǒ]: 사색하다. 깊이 생각하다.
· 撑 [chēng]: 떠받치다. 버티다.
· 抖落 [dǒuluò]: 털어 버리다.
· 并排 [bìngpái]: 나란히 배열하다. 나란히 서다.

그는 깨달았다는 듯이 소리쳤다. "둘째 형, 이제 알았어!" 각민은 놀라서 그를 바라보며 물었다. "무슨 일이야? 그렇게 좋아하다니!"
"각민이 형 나 이제 연기의 비결을 알았어." 각혜는 어린 아이처럼 의기양양하게 웃으며 말했다. "마치 내가 '블랙 독'이 된 것처럼 생각하니 말이 자연스럽게 나오는 거야. 절대 힘들여서 생각하지 않아도 돼."
"맞아, 연기는 그렇게 하는 거야." 형이 웃으면서 말했다. "그 요령을 알았으니 너는 반드시 성공할 거야. …… 이제 눈도 좀 덜 내리는구나. 우산을 접어라. 바람이 이렇게 부는데 우산을 쓰면 힘들어." 그는 우산의 눈을 털면서 우산을 접었다. 동생도 우산을 접었다. 두 사람은 나란히 걸으며 우산을 어깨에 메고 몸을 바짝 붙였다.

雪已经住了，风也渐渐地减轻了它底威势。墙头和屋顶上都积了很厚的雪，在灰暗的暮色里闪闪地发亮。几家灯烛辉煌的店铺夹杂在黑漆大门的公馆中间，点缀了这条寂寞的街道，散布了一点温暖与光明，在这寒冷的冬日的傍晚。
"弟弟，你觉得冷吗？"哥哥关心地问。
"不，我很暖和，在路上谈着话，一点也不觉得冷。"
"那么，你为什么发抖呢？"
"是因为我很激动。凡是我激动的时候都是这样，我总是发抖，我底心跳得很厉害。我想到演戏的事情，我恨不得马上就去做张。老实说我渴望着成功。渴望着大家底赞美。民哥，你不笑我太好名，太幼稚吗？"弟弟说着，掉过头去望了觉民一眼。

· 威势 [wēishì]: 위세.
· 屋顶 [wūdǐng]: 지붕. 옥상.
· 闪闪 [shǎnshǎn]: 번쩍거리다.
· 灯烛 [dēngzhú]: 등불과 촛불.
· 辉煌 [huīhuáng]: 휘황찬란하다. 눈부시다.
· 夹杂 [jiāzá]: 혼합하다. 뒤섞(이)다.
· 黑漆 [hēiqī]: 검은빛의. 어두운. 캄캄한.
· 点缀 [diǎnzhui]: 점철하다. 장식하다. 돋보이게 하다.
· 寂寞 [jìmò]: 적막하다. 쓸쓸하다.
· 发抖 [fādǒu]: 떨다.
· 激动 [jīdòng]: 감격하다. 흥분하다.
· 渴望 [kěwàng]: 갈망. 갈망하다.
· 好名 [hào míng]: 명예를 좋아하다. 명성을 추구하다.

눈은 이미 멎었고 바람의 기세도 점점 줄어들었다. 담장과 지붕 위에 두텁게 쌓인 눈은 어두침침한 황혼의 빛 속에 반짝이고 있었다. 등불을 휘황찬란하게 밝힌 몇몇 가게들은, 검은 칠을 한 대문이 달린 저택들 사이에서 이 적막한 거리를 장식하며 약간의 온기와 빛을 발산하고 있었다. 이 추운 겨울 저녁 무렵에.

"셋째야, 춥니?" 형이 걱정스럽게 물었다.

"아니, 따뜻해. 이야기를 하면서 길을 걸으니 조금도 춥지 않네."

"그럼, 왜 그렇게 떨고 있어?"

"너무 흥분했나 봐. 나는 흥분할 때마다 이렇게 떨리고 심장이 심하게 뛰어. 연기를 생각하니 긴장 돼. 솔직히 말해서 나는 성공하고 싶어. 모든 사람의 찬사를 듣고 싶어. 각민이 형, 내가 너무 명성을 추구해서 유치하다고 비웃는 것 아니야?" 동생은 말을 하며 고개를 돌려 각민을 바라보았다.

有着黑漆大门的公馆接连地，静寂地并排立在寒风里。两个永远沉默的石狮子蹲踞在门口。门开着，好像一只怪兽底大口。里面是一个黑洞，这里面有什么东西，谁也不能够望见。每个公馆都经过了相当长的年代，或是更换了几个姓。每一个公馆都有它自己底秘密。大门底黑漆脱落了，又涂上新的，虽然经过了这些改变，可是它们底秘密依旧被保守着，不为外面的人知道。
走到了这条街的中段，在一所更大的公馆的门前，觉民弟兄二个站住了。他们把皮鞋在石阶上擦了几下，抖了抖身上的雪花，便放下了棉袍，提了伞大步走进去了。一瞬间他们底脚步声就消失在黑洞里面。门前又恢复了先前的静寂。这所公馆和别的一样，也有一对石狮子在门口蹲踞着，屋檐下也挂着一对大的红纸灯笼。只是门前多了一对对长方形大石缸。门墙上挂着一付木对联，红漆的底子上显出八个隶书大字："国恩家庆，人寿年丰。"

· 静寂 [jìngjì]: 정적. 고요하다.

· 接连 [jiēlián]: 연이어. 잇달아, 잇달다.

· 并排 [bìngpái]: 나란히 서다. 나란히 배열하다.

- 沉默 [chénmò]: 침묵. 침묵하다.
- 石狮子 [shíshīzi]: 돌사자.
- 蹲踞 [dūnjù]: 쪼그리고 앉다.
- 涂 [tú]: 바르다. 칠하다.
- 依旧 [yījiù]: 여전하다. 예전대로다.
- 擦 [cā]: 비비다. 마찰하다.
- 抖 [dǒu]: 털다. 흔들다.
- 一瞬间 [yíshùnjiān]: 순식간. 순간.
- 屋檐 [wūyán]: 처마.
- 灯笼 [dēnglong]: 등롱. 초롱.
- 台阶 [táijiē(r)]: 섬돌. 층계.
- 长方形 [chángfāngxíng]: 직사각형. 장방형.
- 石缸 [shígāng]: 돌 항아리.
- 木对联 [duìlián]: 한 쌍의 대구(對句)의 글귀를 나무 기둥 따위에 새긴 대련.
- 隶书 [lìshū]: 예서(필체의 종류).
- 国恩家庆 [guó ēn jiā qìng]: 국왕이 은혜를 베풀어 집안이 경사롭다.
- 人寿年丰 [rén shòu nián fēng]: 사람마다 장수하고 해마다 풍년이다.

검은색 칠을 한 대문 저택들이 정적 속에 찬바람을 맞으며 나란히 서 있었고, 문 앞에는 영원히 침묵을 지키는 돌사자 두 마리가 쪼그리고 앉아 있었다. 열려 있는 대문은 마치 괴수의 커다란 입과 같았다. 그 안쪽은 시커먼 동굴과도 같아서 그 안에 무엇이 들어 있는지 아무도 볼 수가 없었다. 어느 저택이나 모두 상당히 긴 세월을 거쳐서, 성씨가 몇 번 씩 바뀌었고 자신들만의 비밀을 간직하고 있었다. 대문의 검은 칠이 벗겨지면 다시금 새롭게 칠을 하여, 변화 속에서도 그들의 비밀은 여전히 굳게 지켜지며 외부인들에게 알려지지 않고 있었다.

이 거리의 중간쯤에 있는 커다란 저택의 문 앞에 이르러 각민 형제는 발걸음을 멈추었다. 그들은 구두를 돌계단에 몇 번 문지르고 몸에 묻은 눈을 털어낸 후, 솜저고리를 내려놓고 우산을 든 채 성큼성큼 걸어 들어갔다. 순식간에 그들의 발자국 소리는 곧 시커먼 동굴 속으로 사라져 버렸다. 대문 앞은 방금 전의 정적을 되찾았다. 이 저택은 다른 저택과 마찬가지로 입구에 한 쌍의 돌사자가 쪼그려 앉아있고, 처마에는 큼직한 붉은 초롱 한 쌍이 걸려 있었다. 단지 문 앞에 장방형의 큰 돌 항아리가 하나 더 놓여 있을 뿐이었다. 대문 옆 담장에 목판에 새긴 대련이 있는데 붉은색 바탕에 "國恩家慶, 人壽年豊(국은가경, 인수연풍)"이란 예서체의 커다란 글자가 새겨져 있었다.

집안의 속박에서 벗어나 자유연애를 추구하였던 각민과 각혜는 각각 고종 사촌인 금(琴)과 어여쁘고 온순한 하녀 명봉(鳴鳳)을 사랑하게 된다. 그러나 본인이 사랑하였던 여인 매(梅)가 젊은 나이에 과부가 된 것에 남몰래 마음 아파했던 각신은, 자유로운 사랑을 갈구하는 동생들의 마음을 잘 이해하면서도 봉건적인 집안 분위기의 중압감에 짓눌려 감히 동생들을 적극적으로 도와줄 엄두를 내지 못한다.

이때 각혜가 사랑하던 하녀 명봉이 고 씨 영감님의 명령에 의해, 또 다른 봉건적 대가정의 풍락산(馮樂山)노인의 첩으로 팔려가게 되는데, 절망감에 빠진 명봉은 호수에 몸을 던져 자살하고 만다. 이 비극적 사건이 발생한 지 얼마 지나지 않아, 고 씨 영감님과 풍락산 노인은 각민을 풍락산 노인의 손녀와 결혼시키기로 일방적으로 결정한다. 각혜는 형 각민이 자신과 같은 불행을 겪지 않고 사랑하는 여인 금(琴)과 반드시 결혼하여 행복하게 살기를 원하였기에, 할아버지 고 씨 영감님에게 항거하는 뜻으로 각민에게 집을 떠나 친구 집에 숨어있도록 조치를 취한다. 고 씨 영감님은 자신의 권위에 정면으로 도전하는 각민을 도저히 이해하지 못하고 이루 말할 수 없는 분노감에 사로잡혀 각신에게 각민을 찾아서 데리고 오라고 명령한다. 때마침 사랑하였던 여인 매(梅)가 병으로 사망하였다는 소식을 접한 각신은 가슴을 도려내는 듯한 고통에 괴로워한다.

이때 고 씨 영감님이 총애하였던 아들 극정(克定)이 남몰래 외부에 첩을 둔 사실이 밝혀지자 집안의 명예가 실추된 것에 대해 극도의 충격을 받은 고 씨 영감님은 곧 쓰러지고 만다. 고 씨 영감님은 사망 직전 자신의 완고함을 뉘우치고 각민과 금(琴)의 결혼을 허락한다. 봉건적 관습에 맞서 싸운 각민과 각혜의 투쟁이 승리를 거두는 순간이었다.

그러나 각신의 아내 서각의 출산이 임박해오자, 고씨 영감님의 첩 진(陳) 씨는 집안 어르신의 시신이 집안에 있을 때 아이를 출산하면 산모의 피가 망자(亡者)에게 악영향을 끼치게 된다는 황당한 이유로 서각을 성 밖으로 쫓아버리려 한다. 각민과 각혜는 이에 대해 극력 반대하였지만, 나약한 각신은 그대로 순응하고 받아들인다. 결국 서각은 성 밖의 누추한 오두막에서 아이를 출산하다가 난산의 고통을 이기지 못하고 각신의 이름을 부르며 사망한다. 봉건적 가정의 폐해를 똑똑히 바라보면서 고통을 체험하였던 각혜는 집을 나와 멀리 상해(上海)로 떠나서 새로운 인생을 시작한다.

『가(家)』를 통하여 인기 작가의 반열에 오른 파금은, 1936년부터 1938년까지 『문학월간(文學月刊)』에 『봄(春)』을 연재하였고, 1939년 7월부터 『가을(秋)』을 창작하기 시작하여 1940년 5월에 완성하였다. 당시 파금은 청년층 독자를 가장 많이 확보하였던 작가로 손꼽혔다.

1937년 일본이 노구교(蘆溝橋)사건[149]을 빌미로 중국에 침략의 마수를 뻗쳐오자, 파금(巴金)은 모순(茅盾) 등과 함께 전시 간행물 『봉화(烽火)』를 발간하였고, 상해문예계구망협회(上海文藝界救亡協會) 기관지 『구망일보(救亡日報)』의 편집위원을 담당하였다. 한편 일본의 침략에 대한 비분강개의 정서와 결사 항전 의지를 독려하는 단편소설 『모나리자(莫娜麗莎)』, 『환혼초(還魂草)』, 『모부부(某夫婦)』 등과 잡문(雜文) 여러 편을 발표하였다. 또한, 파금은 1940년부터 1943년까지 청년들의 항일투쟁의 열정과 영웅적 투쟁을 묘사한 장편소설 『불(火)』 1, 2, 3부를 창작하였는데 이 작품들을 『항전삼부곡(抗戰三部曲)』이라 한다.

전쟁 중 홍콩, 광주(廣州), 계림(桂林), 곤명(昆明), 중경(重慶), 귀양(貴陽) 등 여러 지역을 전전하였던 파금은 1944년 5월 귀양(貴陽)에서 8년간 연애를 하였던 진온진(陳蘊珍 1917~1972, 시아

---

149 1937년 당시 북경(北京) 서쪽 외곽의 강에 위치한 다리인 노구교(蘆溝橋)를 중심으로 국민당군이 동쪽을 일본군이 서쪽을 관할하고 있었는데, 7월 7일 야간 훈련 중이던 일본군 부대 내부에서 총성이 울렸고, 일본군 병사 1명이 행방불명이 되는 사건이 발생하였다. 해당 병사는 잠시 후 부대로 복귀하였으나, 일본군은 국민당군 관할 지역을 수색하겠다고 요구하였고 국민당군은 이를 거절하였다. 일본군은 이튿날인 1937년 7월 8일 새벽 중국군 부대를 포격하고 노구교를 점령하였다. 이후 양측의 공방이 계속되었고, 일본 정부는 중국 측의 선제적이고 계획적인 무력 사용을 용납할 수 없다며 대규모 병력을 중국에 파견하여 중일전쟁(中日戰爭)이 발발하게 되었다.

오산(萧珊)으로 개명)과 백년가약을 맺었다.

중일전쟁 직후 국공(國共)내전이 발생하였을 무렵, 파금은 장편소설『추운 밤(寒夜)』을 창작하여 중일전쟁 말기 도탄에 빠졌던 백성들의 삶을 묘사하였다. 소설 속 주인공 왕문선(汪文宣)은 젊은 시절 나름대로 꿈을 지니고 있었으나 중일전쟁 중 국민당 통치 지역인 중경(重慶)에서 잡지사 직원으로 근근이 살아가면서 점점 주눅이 들어 나약한 성격으로 변하였고, 그의 아내 증수생(曾樹生) 역시 선량한 여인이었으나 생활고 및 시어머니와의 갈등에 시달리다가 다른 남자를 만나 가출해버린다. 왕문선은 결국 항전의 승리를 경축하는 폭죽이 터지는 가운데 쓸쓸히 죽음을 맞이한다. 파금은 이 소설에서 왕문선 집안의 불행은 당시 보편적으로 존재하고 있었던 사회적 불행이었으며, 이는 곧 "국민당 반동정권"의 인민에 대한 탄압에서 비롯되었음을 주장하고 싶었던 것이다.

1949년 중화인민공화국 수립 이후, 파금 문학의 색채는 밝게 변하였다. 1949년 이전 그의 문학이 봉건적 계급사회의 모순에 의해 야기된 가정과 개인의 불행을 주로 이야기하였다면, 1949년 이후에는 새로운 시대에 대한 낙관과 희망으로 넘쳐났다. 산문집『큰 기쁨의 나날(大歡樂的日子)』,『우리의 위대한 조국(我們偉大的祖國)』,『가장 큰 행복(最大的幸福)』등은 희열과 흥분으로 들떠있던 그의 정서를 대표하는 작품들이다.

파금은 6·25전쟁 발발 후 1952년과 1953년 두 차례에 걸쳐 북한으로 가서 평양과 개성 등의 도시를 방문하였다. 그는 전선에서의 체험을 바탕으로 인민해방군 "전쟁 영웅들"의 용맹성을 찬양하는『영웅들 사이에서 생활하다(生活在英雄們的中間)』,『영웅의 이야기(英雄的故事)』,『우리는 팽덕회 사령관을 만났다(我們會

見了彭德懷司令員)』 등을 비롯한 통신문 및 보고문학(報告文學) 작품 34편을 발표하였다. 파금은『영웅들 사이에서 생활하다(生活在英雄們的中間)』에서 신중국의 전투 모범인물 왕영장(王永章)의 전공(戰功)에 대해, “적의 탱크 7대와 자동차 4대를 파괴하였고 수십 명의 적을 섬멸하였으며, 59명의 영국 군인을 생포하여 포로로 삼았다.”고 기술하였다. 이어서 파금은, “그(왕영장)는 북경에 돌아와 모(毛) 주석을 만났는데, …… 모 주석의 손을 잡고서 눈물만 흘릴 뿐이었다. …… 더욱 큰 공을 세우지 못하여 모 주석께 죄송하다고 느꼈던 것이다. 영웅의 마음은 이처럼 순진하고, 이처럼 겸허하다!”[150]며 왕영장을 칭송하는 동시에 권력자에 대한 아부와 굴종의 근성을 드러내었다. 젊은 시절 순수한 열정으로 봉건사회의 부패상을 폭로하며 분노하였던 무정부주의자 파금은 “신(新)중국”이라는 새로운 전제정치 체제에 안착한 후 “위대한 지도자”의 충실한 추종자로 변해버린 것이다. 그에게는 무고한 한반도 민중의 삶을 도탄에 빠뜨린 6·25전쟁의 책임 소재가 어디에 있는지 분석해낼 만한 냉철한 이성을 기대할 수 없었다.

파금은 이후 전국인민대표대회(全國人民代表大會) 대표, 전국정치협상회의(全國政治協商會議) 부주석 등을 역임하였고, 중국문학예술계연합회(中國文學藝術界聯合會) 부주석, 중국작가협회(中國作家協會) 부주석 및 주석 등을 지내며 문예계 내에서 상당한 영향력을 과시하였다. 그러나 사회주의 중국에서 승승장구하던 파금은 문화대혁명 시절 무수한 ‘비판투쟁(批鬪)’을 겪으며 괴로워

150 “打毁了敵人的七輛坦克、四輛汽車, 殲滅了幾十個敵人, 活捉了五十九個英国俘虜。…… 他回到北京見毛主席, …… 只是握着毛主席的手掉眼淚。…… 他没有能够立下更大的功勞, 他覺得他對不起毛主席。英雄的心就是這樣純眞, 這樣謙虛的!”, 巴金, 「生活在英雄們的中間」, 『人民日報』 1952. 4. 9., https://www.sohu.com/a/347745498_166196 에서 재인용

하였고, 그의 아내 진온진(시아오산) 역시 파금의 아내라는 이유로 함께 비판에 시달리다가 간암을 얻어 1972년 숨졌다.

문혁 중 파금이 당했던 고초는 당시 수많은 지식인들이 겪어야 했던 일종의 '통과의례'라고 할 수 있다. 파금이 당시 '반(反)혁명 문인'으로 몰렸던 것은, 그가 젊은 시절 무정부주의에 입각하여 창작한 작품들이 '소(小)자산계급'의 "독초(毒草)"라는 평가를 받았기 때문이기도 하지만, 6·25전쟁 때 전선에 뛰어들어서 썼던 통신문『우리는 팽덕회 사령관을 만났다(我們會見了彭德懷司令員)』에서 훗날 대약진운동(大躍進運動)을 비판하며 모택동(毛澤東)과 맞섰던 팽덕회를 다음과 같이 극찬하였던 일 역시 큰 원인으로 작용하였다.

> 전(全) 세계의 인민들은 모두 그가 위대한 평화의 전사라고 존경한다. 전 세계의 어머니들은 모두 그에게 감사한다. 그가 조선의 어머니들과 아이들을 구해내었기 때문이다. 전(全) 중국의 인민들은 모두 그의 앞에서 감사의 말을 한다. 그가 조국의 어머니들과 아이들의 평화로운 생활을 보호하고 있기 때문이다.[151]

문화대혁명이 끝난 후, 파금은 1978년 자신의 일생 및 문혁을 회고하고 지식인의 심리적 결함을 해부하는 내용의 150여 편의 산문 모음집『수상록(隨想錄)』을 펴내었다. "진실을 이야기하

151 "全世界的人民都尊敬他为一个伟大的和平战士。全世界的母亲都感谢他, 因为他救了朝鲜的母亲和孩子。全中国的人民都愿意到他面前说一句感谢的话, 因为他保护着祖国的母亲和孩子们的和平生活。", 巴金,「我們會見了彭德懷司令員」,『人民日報』1952. 4. 9., http://www.chinawriter.com.cn/n1/2020/1029/c404063-31910286.html 에서 재인용

는 커다란 책(說眞話的大書)"라는 평가를 받고 있는 『수상록(隨想錄)』은 『수상록(隨想錄)』 및 『탐색집(探索集)』, 『진화집(真话集)』, 『병중집(病中集)』, 『무제집(無題集)』 등 5권으로 구성되어 있다.

『수상록(隨想錄)』 중 한 작품인 「시아오산을 그리워하며(懷念蕭珊)」에서는 "우리는 울음으로 시아오산의 유해에 작별을 고한다."[152]며 아내의 죽음을 슬퍼하였고, 아내를 쇠붙이 버클이 부착된 허리띠로 폭행하는 등 갖은 만행을 서슴지 않았던 홍위병과 그 배후인 사인방(四人幇)에 대해 치를 떨었다. 그러나 "진실을 이야기하는 커다란 책"의 문화대혁명에 대한 비판은 "홍위병이 담장을 넘어와서 유리창을 깨부수고, 집으로 들어와 가죽 채찍으로 사람을 때리는"[153] 악몽과 같은 경험을 공유하는 데 머물렀다. 전무후무한 공포 통치의 실현이 가능하도록 하였던 "신(新) 중국" 정치 체제의 문제점과 최고지도자의 폭력적 통치 행위에 대해서는 감히 건드리지 못하였다.

노년의 파금은 "과거를 잊지 않는 자만이 비로소 미래의 주인이 될 수 있다."[154]며 '문화대혁명박물관'의 건립을 주장하였지만, 그가 세상을 떠난 지 15년이 지난 2020년 오늘날까지도 이에 대해 응답한 이는 아무도 없다. 사랑하는 아내의 비참한 죽음 앞에 절규하면서도, 한편으로는 "우리 사회주의 조국을 위하여 최후의 한순간까지 일할 것"[155]이라며 결의를 다졌던 파금. 그가 오

---

152 "我們正在用哭聲向蕭珊的遺體告別", 林非 主編, 「懷念蕭珊」, 『中國當代散文精選』, 甘肅人民出版社, 1995, p.65.

153 "紅衛兵翻過牆, 打碎玻璃、開門進屋、拿皮帶打人", 巴金, 『病中集』, 三聯書店香港分店, 1984, p.112.

154 권석환 역, 「'文革'박물관」, 『파금수상록』, 학고방, 2005, p.87.

155 "我要爲我們社會主義祖國工作到最後一息", 林非 主編, 「懷念蕭珊」, 『中國當代散文精選』, 甘肅人民出版社, 1995, p.78.

랫동안 품어왔던, 사람들 모두가 아무런 구속 없이 자유롭고 평등하게 사는 세상을 만들겠다는 몽상적 이상주의가 폭압적 권력에 의해 여지없이 무너진 참혹한 현실 속에, 그는 하늘과 땅 사이보다 먼 아득한 허무감을 또 무엇으로 채우려 했던 것일까?

'인민 예술가'

노사(라오서 老舍)

노사(라오서 老舍, 1899~1966)의 본명은 서경춘(舒慶春)이며, 북경의 가난한 만주족(滿洲族) 가정에서 태어났다. 그의 아버지는 자금성(紫禁城)을 보위하는 호군(護軍)으로 활동하였는데, 1900년 8개국 연합군이 의화단(義和團)의 난을 진압하기 위해 북경을 침공하였을 때 이들과 맞서 싸우다가 전사하였다. 그 후, 집안의 생계는 노사의 어머니가 억척스럽게 바느질과 세탁 일을 해서 번 돈으로 유지해야 했다. 노사의 어머니는 가난 속에서도 남들을 돕는 일에 앞장섰고, 이로 인해 노사는 자신의 어머니를 진정한 스승이라고 생각하였다.

노사는 1913년 소학(小學)을 졸업한 후 입학한 북경사범학교(北京師範學校) 재학 시절, 연설을 비롯한 여러 방면에서 탁월한 재능을 발휘하였고, 1918년 졸업 후 불과 19세의 어린 나이에 소학교 교장으로 부임하였다. 1923년 천진(天津) 남개(南開)중학 국문 교사로 재직 중에는, 애국심이 넘치는 북경 소학교 학생의 이야기를 다룬 자신의 첫 번째 단편소설『작은 방울(小鈴兒)』을 발표하였다.

1924년에는 영국 런던대학교 동방학원(東方學院)의 초빙을 받아 5년간 중국어 강사로 일하였다. 당시 런던대학교에서 노사에게 지급한 급여는 매우 적었기에, 그는 한 그릇에 1실링짜리 국수를 먹는 것을 호사로 여길 정도로 궁핍한 생활을 참아낼 수밖에 없었다. 또한 그는 영국생활 내내, 일찍이 아편전쟁을 일으켜 중국의 문호를 억지로 개방하였던 영국의 시민들로부터 멸시를 당하였기에, 그의 영국에 대한 인상은 그다지 좋지 않았다. 노사는 1929년 발표한 단편소설『이마(二馬)』에서 지나친 우월감과 차별의식에 젖어있는 영국인들의 의식 수준을 비판하였다.

한편 노사는 영국 체류 시, 도서관에서 대부분의 시간을 보내며 찰스 디킨스(Charles Dickens), 토머스 하디(Thomas Hardy), 조셉 콘래드(Joseph Conrad), 단테(Dante Alighieri) 등 서양 문학 대가들의 수많은 작품을 섭렵하였다. 그 덕택에 문학 창작의 역량을 강화해 나아갈 수 있었고, 채 5년도 걸리지 않아 단편소설 『이마(二馬)』 이외에도, 『노장의 철학(老張的哲學)』, 『조자왈(趙子曰)』 등의 장편소설을 완성할 수 있었다.

노사의 최초의 장편소설인 『노장의 철학(老張的哲學)』의 주인공 노장(老張)은 북경 외곽의 사합원(四合院)에서 거주하는 비정상적인 인격을 지닌 자이다. 그는 자신이 빌려준 고리대금을 갚지 못한 대가로 채무자로부터 빼앗아온 여인을 부인으로 삼은 후, "마누라가 입는 옷과 먹는 음식에 드는 돈만 생각하면 화가 치밀어 올라, 걸핏하면 죽은 돼지에게 발길질을 하듯 마누라를 때린다."[156] 게다가 노장은 『백가성(百家姓)』과 『삼자경(三字經)』 이외의 책은 모르는 글자가 많아 제대로 읽지도 못하는 실력임에도 돈을 벌기 위해 학당을 운영한다. 그는 자신이 경영하는 잡화점의 점원 급여를 아끼기 위해 학당의 학생 대표를 시켜 무급으로 장부정리를 하도록 하는 지독한 구두쇠이다. 노사(老舍)는 "금전 위주의 삼위일체" 철학을 지닌 무뢰배 노장(老張)의 형상을 통하여, 수천 년간 쌓여온 봉건적 계급의식의 영향을 받아, 이익을 위해서는 수단과 방법을 가리지 않고 약자를 착취하는 현상이 일반화되어 있었던 1920년대 북경의 생활상을 풍자하였다.

노사는 1929년 7월 영국 생활을 청산한 후, 3개월간 유럽대륙 여행을 거쳐 싱가포르에 6개월간 머무르며 화교중학교 교사

156 "這個老婆居然還要穿衣吃飯, 老張想起這筆花銷就別提多窩火, 動不動就像踢死猪似的打老婆", 老舍, 「老張的哲學」, 『中國現代文學作品提要』, 山東教育出版社, 1985, p.250.

생활을 하게 되었다. 그는 싱가포르에서 화려한 유럽과는 다른 식민지 백성들의 가난한 삶과 천진한 어린이들의 모습을 접한 후, 장편소설『소파의 생일(小坡的生日)』을 창작하였다. 이 소설은 싱가포르의 화교 소년 소파가 다른 피압박민족의 아이들과 함께 탄압에 반대한다는 내용으로서, 노사가 "동방의 어린이들을 한군데 모아 놓고 함께 놀도록 하여, 장래에 같은 전선에서 투쟁하기를 바라는"[157]마음으로 쓴 것이다.

1930년 3월 귀국한 노사는 제남(濟南)의 제로대학(齊魯大學) 및 청도(靑島)의 산동대학(山東大學)에서 교수 생활을 하며 창작 활동을 이어 나갔다. 그는 1933년에는 장편소설『묘성기(猫城記)』를 발표하였다.『묘성기(猫城記)』는 비행기 추락으로 화성 고양이 나라에 가게 된 한 신문기자가 고양이 나라의 부패상 및 그곳 사람들의 우매함과 타성에 젖은 생활 방식을 비판하였음을 묘사한 작품이다.

고양이 나라의 통치자 계급은 권력 투쟁에만 몰두하고, 문인과 학자들은 학문적 수준이 매우 천박하며, 허황된 자만심으로 가득한 국민들은 아편에 탐닉한다. 이들은 "악독하고 옹졸한 왜인(矮人)들이" 쳐들어오자 "몸을 돌려 도망갔는데, 이때 밀려 넘어져서 발에 밟혀 죽은 자가 부지기수였다 …… 왜인들은 그들을 추격하지 않았고 단지 천천히 전진할 뿐이었다. 고양이 나라의 인종멸종 정책을 점진적으로 실행하였던 것이다."[158] 노사는 상상 속

157 "願把東方小孩全拉到一處去玩, 將來也許立在同一戰線上去爭戰!", 老舍,『我怎樣寫'小坡的生日'』, http://www.chinawriter.com.cn/2008/2008-02-01/54109.html

158 "狠毒小氣、手提鐵棍的矮人", "掉頭就跑, 當時被擠倒踩死的不計其數。倭兵們並沒追他們, 只是慢慢前進。在猫人的自相殘殺中, 隱步地實行着滅絶猫人種族的政策。", 老舍,「描城記」,『中國現代文學作品提要』, 山東教育出

의 고양이 나라에 빗대어 당시 중국인들의 인성적 결함과 우매함, 그리고 통치계급의 부패상을 풍자한 것이다. 노사는 같은 해, 또 다른 장편소설 『이혼(離婚)』을 발표하였다. 『이혼』은 직장 일, 승진, 사랑, 자녀 교육 등 소소한 일상적 번뇌에 매몰되어 하루하루를 살아가는 정부 기관 직원들의 소시민적인 삶을 그려내었다.

노사는 1936년 9월부터 1937년 10월까지 그의 대표작이라고 할 수 있는 『낙타상자(駱駝祥子)』를 잡지 『우주풍(宇宙風)』에 연재하였다. 『낙타상자(駱駝祥子)』는 군벌(軍閥) 혼전 시기 돈을 벌기 위해 갖은 노력을 하지만 결국 불행의 나락으로 떨어지고 마는 북경의 인력거꾼 상자(祥子)의 기구한 삶을 묘사한 작품이다.

이 소설의 시작 부분에서는, 북경의 인력거꾼들이 나이와 힘, 경력과 기술에 따라 여러 등급으로 나뉘어 있었음을 설명하였다. 경험이 부족하거나 나이가 많아 체력이 부족한 이들은 낡은 인력거에 손님을 태우고 잡화점이나 과일시장, 채소시장 등으로 천천히 다니며 적은 수입에 만족해야 했고, 반면, 젊고 힘이 세며 부지런한 인력거꾼들은 개인 소유의 멋진 인력거를 끌고 다니는데, 이들은 대저택에 거주하는 부유층을 주 고객으로 삼아 비교적 여유롭게 장사를 한다는 것이다.

이어서 주인공 상자(祥子)의 사람됨에 대하여 묘사하였다. 상자는 일찍이 부모를 여의고 몇 마지기 땅마저 잃어버린 농민 출신의 청년이다. 그는 18세에 홀로 북경에 상경한 후 타고난 체력과 강인한 성품 및 근면, 검소한 생활 습관을 바탕으로, 해 보지 않은 육체노동이 없다. 한동안 궁리 끝에 인력거운수회사로부터 인력거를 빌려서 여러 해 동안 꾸준히 끌며 "땀 한 방울 두 방울

版社, 1985, pp.617~618.

이 모여 몇만 방울인지도 모를 무수한 땀방울"을 길에서 흘린다. 상자는 "비바람 속에서도 이를 악물고, 밥 먹고 차 마시는 것도 아껴가며"[159] 고군분투한 끝에 자신의 인력거를 마련한 굳은 의지의 사나이로 그려져 있다.

駱駝祥子[160]

我们所要介绍的是祥子，不是骆驼，因为"骆驼"只是个外号；那么，我们就先说祥子，随手儿把骆驼与祥子那点关系说过去，也就算了。

北平的洋车夫有许多派：年轻力壮，腿脚灵利的，讲究赁漂亮的车，拉"整天儿"，爱什么时候出车与收车都有自由；拉出车来，在固定的"车口"或宅门一放，专等坐快车的主儿；弄好了，也许一下子弄个一块两块的；碰巧了，也许白耗一天，连"车份儿"也没着落，但也不在乎。这一派哥儿们的希望大概有两个：或是拉包车；或是自己买上辆车，有了自己的车，再去拉包月或散座就没大关系了，反正车是自己的。

· 外号 [wàihào(r)]: 별명.

· 随手儿 [suíshǒu(r)]: ~하는 김에 ~하다.

· 说过去 [shuōguòqù]: 말이 통하다. 말이 되다.

---

159 "一滴汗，兩滴汗，不知道多少萬滴汗"，"從風裏雨裏的咬牙，從飯裏茶裏的自苦"，老舍, 「駱駝祥子」, 『老舍作品集』, 北岳文藝出版社, 2002, p.3.

160 老舍, 「駱駝祥子」, 『老舍作品集』, 北岳文藝出版社, 2002. 에서 원문 인용

- 算了 [suànle]: 그만두다. 개의치 않다. 됐다.
- 洋车夫 [yángchēfū]: 인력거꾼.
- 年轻力壮 [niánqīnglìzhuàng]: 나이가 젊고 힘이 넘치다.
- 灵利 [línglì]: 영리하다. 재빠르다.
- 讲究 [jiǎngjiu]: 중히 여기다. 신경을 쓰다. 따지다.
- 赁 [lìn]: 세를 주다. 고용하다.
- 收车 [shōuchē]: (운송 후) 회차하다.
- 车口 [chēkǒu]: 인력거를 대기시켜 두는 곳.
- 宅门 [zháimén]: 저택의 대문.
- 弄好 [nònghǎo]: 잘하다. 완성하다.
- 碰巧 [pèngqiǎo]: 공교롭게. 때마침. 운 좋게.
- 白耗 [báihào]: 헛되게 쓰다. 공연히 낭비하다.
- 车份儿 [chēfènr]: 차나 인력거를 세내어 쓴 삯.
- 着落 [zhuóluò]: 행방. 결과. 귀결. 돌아오다.
- 包车 [bāochē]: 차를 대절하다. 전세차.
- 拉包月 [lā bāoyuè]: 월급제로 인력거를 끌다.
- 散座 [sǎnzuò]: 뜨내기손님.

우리가 소개하고자 하는 것은 상자(祥子)이지 낙타가 아니다. 낙타는 별명일 뿐이기 때문이다. 그러면, 먼저 상자에 대해서 이야기하고 내친김에 낙타와 상자가 어떠한 관계가 있는지 말하고 넘어가면 될 것이다.

북평(북경)의 인력거꾼들은 여러 파가 있다. 나이가 젊고 건장하며 다리 힘이 세어 재빠른 파는 멋진 인력거를 선호하고 하루 종일 인력거를 끈다. 시간에 구애를 받지 않고 언제든 자유롭게 차를 끌고 나오고 차를 집어넣는다. 인력거를 끌고 나오면 일정한 장소나 큰 저택 대문 앞에 세워두고 급행차를 탈 손님만 기다린다. 잘 풀리면 한번에 1, 2원의 돈을 벌 수 있다. 운이 없으면 하루 종일 허탕 쳐서 인력거세도 떨어지지 않지만 개의치 않는다. 이 파에 속하는 형씨들의 소원은 대개 다음 둘 중 하나이다. 전세 인력거를 끌거나 아니면 자신의 인력거를 사는 것. 자신의 인력거를 갖게 되면 인력거를 월급제로 계약하여 손님을 태우든, 일반 손님을 태우든 크게 상관이 없다. 어쨌거나 인력거는 자기 것이니까.

比这一派岁数稍大的，或因身体的关系而跑得稍差点劲的，或因家庭的关系而不敢白耗一天的，大概就多数的拉八成新的车；人与车都有相当的漂亮，所以在要价儿的时候也还能保持住相当的尊严。这派的车夫，也许拉“整天”，也许拉“半天”。在后者的情形下，因为还有相当的精气神，所以无论冬天夏天总是“拉晚儿”。夜间，当然比白天需要更多的留神与本事；钱自然也多挣一些。

· 差劲 [chàjìn]: 정도가 낮다. 형편없다. 좋지 않다.
· 八成 [bāchéng]: 8할. 80%. 거의. 십중팔구.
· 相当 [xiāngdāng]: 상당히. 무척. 상당하다.
· 尊严 [zūnyán]: 존엄. 존엄성.
· 情形 [qíngxing]: 일의 상황. 정황.
· 精气神 [jīngqìshén(r)]: 정신력과 체력. 기력.
· 拉晚儿 [lāwǎnr]: 인력거꾼이 밤에 영업을 하다.

· 留神 [liúshén]: 주의하다. 조심하다.

· 本事 [běnshi]: 능력. 재능. 수완.

이들보다 좀 나이가 많거나, 혹은 신체적 조건상 잘 달리지 못하거나, 가정 형편상 하루 종일 허탕 칠 수 없는 사람들은 대개 80% 정도 새 차 같은 중고 인력거를 끈다. 사람과 인력거 모두 괜찮은 편이어서 가격을 요구할 때에도 상당히 체통을 지킬 수가 있다. 이 파의 인력거꾼들은 하루 종일 인력거를 끌기도 하고, 한나절 동안 끌기도 한다. 후자의 경우, 아직은 정신과 기력이 상당하기에, 겨울과 여름을 막론하고 밤 시간에 인력거를 끈다. 야간에는 낮보다 더 조심해야 하고 기술도 더 필요하지만 돈도 자연히 더 벌 수 있다.

年纪在四十以上，二十以下的，恐怕就不易在前两派里有个地位了。他们的车破，又不敢“拉晚儿”，所以只能早早的出车，希望能从清晨转到午后三四点钟，拉出“车份儿”和自己的嚼谷。他们的车破，跑得慢，所以得多走路，少要钱。到瓜市，果市，菜市，去拉货物，都是他们；钱少，可是无须快跑呢。

· 车份儿 [chēfènr]: 인력거를 세내어 사용한 대금.

· 嚼谷 [jiáogu(r)]: 생활비. 카드의 조커(joker).

· 货物 [huòwù]: 물품. 상품. 화물.

· 无须 [wúxū]: ~할 필요가 없다. 필요로 하지 않다.

나이가 마흔 이상 혹은 스물 이하인 사람들은 앞서 말한 두 파에 끼어들기가 쉽지 않다. 그들의 인력거는 낡았고, 또 밤중에 인력거를 끌 엄두를 감히 내지 못한다. 이른 새벽에 차를 끌고 나와 오후 서너 시까지 인력거를 몰아서 인력거 세와 자신의 생활비를 벌어야 한다. 그들의 인력거는 낡았기에 속도가 느리다. 그러니 걸음은 더 걸어야 하지만 차비는 덜 받게 된다. 잡화점이나 과일시장, 채소시장 등에 가거나 물건을 나르는 일은 모두 그들이 도맡아서 한다. 수입은 적지만 빨리 달릴 필요가 없다는 이점이 있다.

有了这点简单的分析，我们再说祥子的地位，就象说——我们希望——一盘机器上的某种钉子那么准确了。祥子，在与“骆驼”这个外号发生关系以前，是个较比有自由的洋车夫，这就是说，他是属于年轻力壮，而且自己有车的那一类：自己的车，自己的生活，都在自己手里，高等车夫。这可绝不是件容易的事。一年，二年，至少有三四年；一滴汗，两滴汗，不知道多少万滴汗，才挣出那辆车。从风里雨里的咬牙，从饭里茶里的自苦，才赚出那辆车。

· 较比 [jiàobǐ]: 비교적. 꽤.
· 自苦 [zìkǔ]: 고생하다. 애쓰다. 스스로 사서 고생을 하다.

이렇게 간단한 분석을 한 후에 상자(祥子)의 지위를 말하는 것은, 마치 한 대의 기계에 속한 못 한 개에 대하여 이야기하는 것처럼 정확하기를 바라는 마음에서이다. 상자는 “낙타"라는 이 별명과 관계가 생기기 전에는 비교적 자유로운 인력거꾼이었다. 즉, 그는 젊고 건장하며 자신의 인력거를 가지고 있는 부류였다. 자신의 인력거, 자신의 생활이 모두 자신의 손바닥 안에 있는 고등 인력거꾼이었다. 이것은 결코 쉬운 일이 아니다. 1년, 2년, 아니 최소한 3, 4년 동안 길에서 뿌린 땀 한 방울 두 방울이 모여 몇만 방울인지도 모를 무수한 땀방울이 되어서야 비로소 그 인력거 한 대를 장만하게 된 것이다. 비바람 속에서도 이를 악물고, 밥 먹고 차 마시는 것도 아껴가며 그 인력거 한 대를 마련한 것이다.

他不怕吃苦，也没有一般洋车夫的可以原谅而不便效法的恶习，他的聪明和努力都足以使他的志愿成为事实。假若他的环境好一些，或多受着点教育，他一定不会落在"胶皮团"里，而且无论是干什么，他总不会辜负了他的机会。不幸，他必须拉洋车；好，在这个营生里他也证明出他的能力与聪明。他仿佛就是在地狱里也能作个好鬼似的。

· 效法 [xiàofǎ]: 본받다. 모방하다. 배우다.
· 志愿 [zhìyuàn]: 지원(하다). 희망(하다).
· 胶皮团 [jiāopítuán]: 인력거를 끄는 직업.
· 辜负 [gūfù]: 헛되게 하다. 저버리다.
· 营生 [yíngshēng]: 생활을 영위하다. 생계를 꾸리다.

그는 고생을 두려워하지 않았고, 보통 인력거꾼들이 용인하기는 해도 배우기에는 불편한 악습을 가지고 있지 않았다. 그는 총명하고 노력을 게을리하지 않았기에 스스로 바라는 바를 실현시킬 수 있었다. 만약 환경이 좀 나았더라면, 혹은 교육을 좀 받았더라면, 그는 절대 인력거꾼 집단에 끼어들지 않았을 것이다. 또한 무슨 일을 하든지 주어진 기회를 저버리지 않았을 것이다. 그러나 불행히도, 그는 인력거를 끌어야 했다. 하지만 그는 인력거로 생계를 유지하는 데 있어서도 그의 능력과 총명함을 증명해내었다. 그는 아마 지옥에서도 좋은 귀신이 될 수 있었을 것이다.

生长在乡间，失去了父母与几亩薄田，十八岁的时候便跑到城里来。带着乡间小伙子的足壮与诚实，凡是以卖力气就能吃饭的事他几乎全作过了。可是，不久他就看出来，拉车是件更容易挣钱的事；作别的苦工，收入是有限的；拉车多着一些变化与机会，不知道在什么时候与地点就会遇到一些多于所希望的报酬。自然，他也晓得这样的机遇不完全出于偶然，而必须人与车都得漂亮精神，有货可卖才能遇到识货的人。想了一想，他相信自己有那个资格：他有力气，年纪正轻；所差的是他还没有跑过，与不敢一上手就拉漂亮的车。但这不是不能胜过的困难，有他的身体与力气作基础，他只要试验个十天半月的，就一定能跑得有个样子，然后去赁辆新车，说不定很快的就能拉上包车，然后省吃俭用的一年二年，即使是三四年，他必能自己打上一辆车，顶漂亮的车！看着自己的青年的肌肉，他以为这只是时间的问题，这是必能达到的一个志愿与目的，绝不是梦想！

- 足壮 [zúzhuàng]: 강건하다. 튼튼하다.
- 机遇 [jīyù]: 좋은 기회. 찬스.
- 识货 [shíhuò]: 물건의 좋고 나쁨을 감별하다. 물건을 볼 줄 알다.
- 上手 [shàngshǒu]: 시작하다. 착수하다.
- 试验 [shìyàn]: 시험. 시험하다.
- 有个样子 [yǒugèyàngzi]: 그럴듯하다. 볼품이 있다.
- 说不定 [shuō bu dìng]: ~라고 단언하기 어렵다.
- 省吃俭用 [shěng chī jiǎn yòng]: 먹고 쓰는 것을 절약하다.
- 打上车 [dǎshàngchē]: 차를 타다.
- 肌肉 [jīròu]: 근육.

그는 시골에서 나고 자랐는데, 부모를 여의고 몇 마지기 되지 않는 척박한 밭도 잃어버리고 나서 열여덟 살 때 북평으로 뛰쳐나왔다. 시골 총각의 우람한 몸과 성실함으로 힘을 팔아서 밥을 벌어먹는 일은 안 해 본 것이 없었다. 그리고 오래지 않아 인력거 끄는 것이 더욱 쉽게 돈을 벌 수 있는 일이라는 것을 알아차리게 되었다. 다른 힘쓰는 노동은 수입이 제한적이지만, 인력거를 끌면 변화와 기회가 많아지기에 언제 어디서 바라는 보수보다 많은 돈을 벌 수 있게 될지 모르는 것이다. 물론 그도 이러한 기회가 완전히 우연에서 비롯되는 것이 아니라는 것을 안다. 사람과 인력거가 모두 멋지고 활력이 넘쳐나야 한다. 팔 수 있는 물건이 있어야 물건을 알아보는 사람을 만날 수 있는 것이다. 이리저리 생각해본 결과, 그는 자신이 이러한 자격을 갖추었다고 믿었다. 기운이 세고 나이가 젊으니 말이다. 한 가지 단점이라고는 아직 인력거를 끌어본 적이 없기에 처음부터 멋진 인력거를 끌 엄두가 나지 않았다는 것이다. 그러나 이 것은 결코 극복할 수 없는 어려움이 아니었다. 건장한 몸과 힘을 바탕으로 열흘에서 보름 정도 연습하면 제법 틀이 잡혀 잘 달릴 수 있을 것이고, 그 후에 새 인력거를 빌려서 끌면 곧 전세인력거를 끌 수 있게 될지도 모른다. 그 다음에 1, 2년 먹고 쓸 것을 아낀다면 혹은 길어야 3, 4년이면 그는 반드시 자신의 멋진 인력거를 마련할 수 있을 터였다. 그는 자신의 젊디젊은 근육을 바라보면서 이것은 단지 시간문제일 뿐이며, 절대 꿈이 아닌 반드시 달성할 수 있는 소원이자 목표라고 생각하였다.

자신의 생일도 모르는 상자는 인력거를 구입한 날을 자신의 생일로 정할 정도로 인력거를 소중히 여긴다. 그러나 그는 군벌투쟁의 난리 통에서 어렵게 마련한 인력거를 도적과도 같은 군벌의 병사에게 빼앗기고 그 자신도 군대에 잡혀 들어가 노역꾼으로 일하게 된다. 그는 얼마 후 군대에서 야음을 틈타 탈출하였는데, 이때 낙타 세 마리를 끌고 나왔기에 "낙타상자(駱駝祥子)"라는 별명을 얻게 된다.

상자는 낙타를 팔아 새로이 인력거를 사서, 늙고 병든 인력거꾼들과도 손님을 끄는 경쟁을 하여 욕을 먹으면서도 악착같이 돈을 모은다. 그러나 그는 얼마 후 손(孫)형사에게 위협을 당하여 피땀 흘려 모은 돈을 모조리 빼앗긴다. 그 후 상자는 인력거 회사 사장의 딸 38세의 호뉴(虎妞)가 그의 아이를 임신하였다는 거짓말을 하자 이에 속아서 그녀와 결혼한다. 상자는 호뉴가 내어놓은 비상금으로 다시 인력거를 마련하여 더위와 비바람을 무릅쓰고 일을 하다가 병에 걸려 죽을 고비를 넘긴다. 상자는 이때 정말로 임신을 하게 된 호뉴를 보살피기 위해 또다시 악착같이 돈을 벌었지만 호뉴는 난산 끝에 사망한다.

상자는 호뉴의 장례비용이 물처럼 새어나가는 것을 감당하지 못하여 인력거를 팔아야 했다. 결국 절망에 빠진 상자는 성실함과 순수함을 잃어버렸고 술 담배가 일상화되었으며 싸움질을 벌이기 일쑤였다. 상자는 이웃집 딸과 새롭게 사랑에 빠졌지만, 그녀는 지독한 가난 탓에 사창가에 팔려가 고통스런 생활을 견디다 못해 자살하고 만다. 모든 희망이 좌절된 상자는 마음이 황폐해져 병까지 얻게 되었고, 다른 사람들의 결혼식이나 장례식에서 허드렛일을 하면서 하루하루 목숨을 부지하는 신세로 전락한다.

연이은 불행 속에 강건하고 꿈 많은 청년에서 폐인으로 변해버리는 상자는, 생존을 위해 안간힘을 쓰며 비참한 현실을 견디어 나가는 1920, 30년대 중국 노동자의 상징이다. 노사(老舍)는 인력거꾼 상자의 불행을 묘사하는 가운데, 군벌과 손(孫)형사로 대표되는 사회의 기생충들에 대한 증오심, 그리고 그들로부터 희망을 빼앗기고 육체와 정신이 타락하여 어쩔 수 없이 죽음의 길로 들어서는 하층민들에게 동정심을 드러내며 억압과 착취로 얼룩진 당시 중국사회의 참혹함을 고발하였다.

노사의 1940년대 대표작 『사세동당(四世同堂)』은 「두려움과 당혹감(惶惑)」, 「구차하게 살아남기(偷生)」, 「굶주림(饑荒)」 세 부분으로 구성되어 있는 장편소설이며, 중일전쟁 시 일본에 함락된 북경 후통(胡同)에 거주하던 일반 백성들의 삶과 투쟁을 묘사하였다. 또한 1956년 창작한 희곡작품 『차관(茶館)』은 여러 부류의 사람들이 출입하는 찻집을 배경으로 하여, 청나라 말 무술변법(戊戌變法) 시기와 중화민국 초기 군벌(軍閥)들의 혼전 시기 및 중일전쟁 종료 후의 시기를 묘사하며 혼란하고 부패한 사회 현실 속에 고통 받는 백성들의 삶을 이야기하였다.

노사는 1937년 중일전쟁 발발 후 중화전국문예계항적협회(中華全國文藝界抗敵協會)에서 일하며 『항전문예(抗戰文藝)』를 발간하였고, 1946년부터 미국에서 3년간 강의 및 창작 활동을 한 후 1949년 귀국하였다. 그 후 노사는 정무원(政務院) 문교(文教)위원회 위원, 정치협상회의(政治協商會議) 전국위원회 상무위원, 중국문학예술계연합회(中國文學藝術界聯合會) 부주석, 중국작가협회(中國作家協會) 부주석, 북경시문학예술계연합회(北京市文學藝術界聯合會) 주석 등을 지냈다. 1951년 북경시 인민정부는 노사에게 '인민예술가(人民藝術家)'라는 칭호를 수여하였다.

그러나 노사는 문화대혁명의 광풍 속에 어처구니없는 최후를 맞이하였다. 1966년 8월 18일 "무산계급문화대혁명 경축대회(慶祝無産階級文化大革命大會)"에서 모택동(毛澤東)으로부터 지지와 격려를 받은 백만여 명의 홍위병들의 폭력의 수위는 한층 높아졌다. 그들은 종교기관 및 고대문물과 서적을 훼손하는 것은 물론, 각급 기관의 간부 및 학교 교사와 "출신성분이 좋지 않은" 학생들에게 폭행을 가하고, 심지어 살인마저 서슴지 않았다. 8월 23일 노사는 나이 어린 홍위병들에게 공자(孔子)의 사당인 문묘(文廟)로 끌려가 "네 가지 낡은 악(四舊)"[161]의 상징인 경극 도구와 서적들이 불태워지는 가운데 북경시문학예술계연합회 및 북경시 문화국 소속의 28명의 인사들과 더불어 몽둥이와 채찍 등으로 무수히 구타당하였다. 분노한 노사는 자신의 목에 걸려있던 "반동문인"이란 글자가 적힌 팻말을 내던졌고, 이에 홍위병들은 그를 "현

161 문화대혁명 시 타도의 대상으로 손꼽혔던 구(舊)사상, 구(舊)문화, 구(舊)풍속, 구(舊)습관을 가리킴.

행 반혁명"죄로 파출소에 넘겼다. 파출소 안에서도 밤늦게까지 심한 구타가 이어졌고 노사는 새벽녘에야 겨우 풀려날 수 있었다.

다음날 아침 노사는 태평호(太平湖)공원으로 가서 상념에 사로잡혀 온종일 홀로 묵묵히 앉아 있다가 불현듯 호수에 몸을 던져 자살하였다. 토속적인 북경어를 작품 속에 감칠맛나게 녹여내어 일반 백성들의 고달픈 삶을 위로하고, 해학과 풍자로 즐거움을 선사하였던 노사는, "철인(哲人)의 지혜"와 "어린아이의 천진함"을 지니고 있었다. 하지만, 그는 자신을 "소귀신과 뱀귀신(牛鬼蛇神)"으로 몰아 학대하고 그의 문학을 "독기를 내뿜는 위장술"이라 매도하는 잔인무도한 파괴의 광란을 더 이상 견딜 수는 없었다. 노사는 세상에 철저히 기만당하여 타락의 늪에서 헤매는 '상자(祥子)'가 되기를 거부하며 홀연히 떠난 것이다.

중국의 셰익스피어

조우(차오위 曹禺)

조우(차오위, 曹禺 1910~1996)의 본명은 만가보(萬家寶)이다. 본적은 호북성(湖北省) 잠강현(潛江縣)이며 천진(天津)에서 태어났다. 그의 아버지 만덕존(萬德尊)은 청말신정(淸末新政)[162] 때 일본에 파견되어 육군사관학교에서 군사 훈련을 받았고 1912년 중화민국(中華民國) 수립 후에는 중화민국 초대 부총통과 제2대 대총통을 역임한 인물인 여원홍(黎元洪 1864~1928)의 비서를 지냈다. 조우는 만덕존과 결혼하였던 세 아내 중 두 번째 처의 소생으로, 조우의 생모가 그를 출산한 후 산욕열로 사망하자 생모의 쌍둥이 여동생이 계모가 되어 그를 키웠다. 조우의 부모와 형은 모두 아편을 피웠기에 집 안에 늘 어두침침하고 무거운 분위기가 감돌았다. 특히 조우의 아버지는 가족과 하인들에게 매우 난폭하게 굴어 식사할 때 식탁을 뒤엎기 일쑤여서 조우는 어린 시절 식사 시간을 가장 무서워하였다. 조우는 이러한 어린 시절의 경험이 있었기에 훗날『뇌우(雷雨)』,『북경인(北京人)』등의 희곡작품에서 봉건적 가정 제도를 생동감있게 비판할 수 있었던 것이다.

조우는 가숙(家塾)에서의 교육을 거쳐 1923년 남개(南開)중학에 입학하였고, 의학을 공부하길 바랐던 아버지의 기대와는 달리, 1925년 남개신극단(南開新劇團)에 가입하며 연극과 인연을 맺었다. 1928년에는 남개대학(南開大學) 정치학과에 입학하였다가 1930년 청화대학(淸華大學) 서양문학과로 전학하였다. 그는 중학

---

162 의화단의 난으로 인해 청조가 서구열강들과 신축조약(辛丑條約)을 체결되며 막대한 배상금을 지불하게 되자 청조의 무능에 대한 민중들의 비난이 빗발쳤고, 청조 내부에서는 왕조 몰락의 위기감이 감돌았다. 이에 1898년 무술(戊戌)변법을 진압했던 청조 보수파는 스스로 체제 개혁 단행하였다. 신군을 양성하고, 해외유학을 장려하며, 정치체제를 입헌군주제로 바꾸는 등의 개혁 조치를 포함하고 있는데, 이를 '청말신정', '광서(光緖)신정', '자희(慈禧)신정' 등으로 부른다. 개혁의 내용은 103일로 끝난 무술변법의 것에 비해, 보다 체계적으로 발전, 강화되었다고 평가된다.

과 대학 시절 아이스킬로스(Aeschylos), 에우리피데스(Euripides) 등 고대그리스 극작가 및 셰익스피어(William Shakespeare), 헨리크 입센(Henrik Ibsen) 등의 작품을 두루 섭렵하여 희곡 창작의 기초를 형성하였다.

조우는 1933년 대학 졸업을 앞두고 그의 첫 희곡 작품인『뇌우(雷雨)』를 창작하여 1934년『문학계간(文學季刊)』에 발표하였다. 4막으로 구성된 극본『뇌우(雷雨)』는 1923년 전후의 중국 사회를 배경으로 하며, 자본가 주박원(周樸園) 가정 내부의 모순과 갈등을 비극적으로 그려내었다. 작품의 줄거리는 다음과 같다.

주인공 주박원은 탄광을 운영함에 있어 돈벌이에만 혈안이 되어 갖은 수법으로 노동자를 착취하고 탄압하는 자이다. 젊은 시절 하녀 시평(侍萍)의 아름다움에 반한 주박원은 그녀를 유혹하여 농락하다가 두 아들 주평(周萍)과 대해(大海)를 낳았다. 그러나 주씨 집안사람들은 주박원을 유복한 집안의 딸과 결혼시키기 위해 시평을 선달 그믐날 밤에 내쫓아버렸고 갓 낳은 아들 대해와 함께 쫓겨난 시평은 강에 몸을 던져 자살을 기도하였다. 그러나 시평은 구사일생으로 살아나 주씨 집안의 하인 노귀(魯貴)와 결혼하여 딸 사봉(四鳳)을 낳는다. 한편, 주박원과 결혼한 여인은 곧 병으로 사망하였고, 주박원은 번의(蘩漪)를 새로운 아내로 맞이하여 그들 사이에서 아들 주충(周冲)이 태어난다.

주박원은 독단적인 전제 군주와도 같은 가장이었기에 아내 번의를 무시하기 일쑤였다. 외롭고 무미건조한 나날을 보내던 번의는 주박원이 탄광 경영에만 신경을 쓰고 있는 사이 그의 눈을 피해 주박원과 시평의 아들 주평과 정을 통한다. 주평은 번의와의 관계에 수치심을 느껴 그녀를 멀리하였고 하녀 사봉을 사랑하게 된다. 주박원과 번의의 아들 주충도 사봉에게 구애하기에 이르렀고, 주평의 변심을 알아차린 번의는 주평을 설득하려 하지만 주평은 집을 떠나 아버지 주박원의 광산으로 가버린다.

번의는 사봉의 어머니 시평에게 연락하여 딸을 데리고 갈 것으로 요구하였고, 시평은 딸 사봉이 주씨 집안에서 자신이 젊은 시절 겪었던 끔찍한 불행을 겪을 것이 두려워 급히 딸을 데리고 떠난다. 이 당시, 그 옛날 시평이 주박원의 집에서 쫓겨날 때 그녀가 데리고 나갔던 아들 대해(大海)는 주 씨의 광산에서 일하고 있었다. 그는 광산의 파업자 대표로서 주박원과 협상을 벌이던 중 주평과 다툼이 발생하여 주평 측으로부터 심하게 구타당한다.

사봉은 아버지 노귀의 집으로 돌아왔으나, 여전히 주평을 그리워하고 있었다. 어느 날 밤 주평은 몰래 창을 넘어 사봉의 침실로 들어와 사봉과 포옹하는데 주평을 미행하던 번의는 이 모습을 보고 고통에 몸부림친다. 노귀가 사봉의 방으로 들어온 주평을 쫓아내자 사봉이 주평을 따라 빗속으로 달려나간다.

천둥 번개가 치는 이날 밤 두 집안의 사람들은 주 씨의 집에 모이게 되었고, 이 자리에서 주박원의 추악함이 폭로되는 동시에 사봉과 주평은 모두 시평의 자녀라는 것이 밝혀지게 된다. 충격을 받은 사봉은 집 밖으로 뛰어나가다가 천둥 번개로 피복이 벗겨진 전선에 감전되어 즉사하고 그녀를 구하려던 주충 역시 함께 감전되어 사망한다. 주평은 서재에서 권총으로 자살하고 번의와 시평은 정신이상자가 되고 만다.

아래에서 소개할 부분은 『뇌우』 제1막의 일부로서 노귀와 사봉 사이의 대화 내용이 담겨있다. 노귀는 "눈이 예리하고 탐욕스럽게 무언가를 엿보는 것이 마치 한 마리의 늑대와 같은, 계산에 능한"[163] 자로서, 비록 주씨 집안의 하인이었지만 자신의 신분과 능력을 최대한 이용하여 교활하게 이익을 추구한다. 그는 결코 사람들을 진실하게 대하지 않으며 딸인 사봉마저도 도구로 간주하고 그녀에게 여러 구실로 돈을 뜯어내고자 애쓴다.

한편, 사봉은 "말하는 것이 대범하고, 시원시원하면서도 경우가 바르며", "얼굴 윤곽은 정중하면서도 성실함을 드러내는"[164] 선량하고 효성스런 처녀로 묘사되어 있다. 그러나 극 중 스토리가 전개되어 갈수록 그녀는 자신의 타고난 훌륭한 품성 및 외모와는 상관없이, 주씨 집안 내의 복잡하게 얽힌 애증과 질투, 이기심과 욕망 속에 병들어간다. 하층민으로서 자신의 미래를 스스로 선택할 여지가 없었던 사봉은 "뇌우(雷雨)"가 쏟아지는 날 밤, 모든 꿈이 절망으로 변하는 모습을 두 눈으로 목격하고 죽음의 길을 택한 것이다. 『뇌우』는 봉건적 대가정의 비합리성과 죄악, 그리고 자본가 계급과 그들에게 빌붙은 자들의 비인간적인 잔혹함과 가식 속에 모든 이들의 삶이 필연적으로 철저히 파괴될 수밖에 없음을 폭로한 작품이다.

163 "眼睛鋭利, 常常貪婪地窺視着, 如一狼; 他很能計算的。", 曹禺, 『雷雨』, 人民文學出版社, 2006, p.14.

164 "她說話很大方, 很爽快, 却很有分寸。…… 面部整個輪廓是很莊重地顯露着誠懇。", 曹禺, 『雷雨』, 人民文學出版社, 2006, p.14.

雷雨[165]

鲁 贵：(喘着气) 四凤！

鲁四风：(只做听不见，依然滤她的汤药)

鲁 贵: 四凤！

鲁四风: (看了她的父亲一眼) 喝，真热，(走向右边的衣柜旁，寻一把芭蕉扇，又走回中间的茶几旁听着。)

鲁 贵: (望着她，停下工作) 四凤，你听见了没有？

鲁四风: (厌烦地，冷冷地看着她的父亲) 是！爸！干什么？

鲁 贵: 我问你听见我刚才说的话了么？

鲁四风: 都知道了。

鲁 贵：(一向是这样为女儿看待的，只好是抗议似地) 妈的，这孩子！

鲁四风: (回过头来，脸正向观众) 您少说闲话吧！

165 曹禺,『雷雨』, 人民文學出版社, 2006. 에서 원문 인용

(挥扇，嘘出一口气）呀！天气这样闷热，回头多半下雨。(忽然）老爷出门穿的皮鞋，您擦好了没有？（拿到鲁贵面前，拿起一只皮鞋不经意地笑着）这是您擦的！这么随随便便抹了两下，－－老爷的脾气您可知道。

鲁 贵：(一把抢过鞋来）我的事不用不管。(将鞋扔在地上）四凤，你听着，我再跟你说一遍，回头见着你妈，别望了把新衣服都拿出来给她瞧瞧。

· 芭蕉扇 [bājiāoshàn]: 파초선. 파초의 잎 모양으로 만든 부채.
· 一向 [yíxiàng]: 줄곧. 내내. 종래.
· 抗议 [kàngyì]: 항의. 항의하다.
· 闲话 [xiánhuà]: 잡담. 한담. 쓸데없는 말.
· 嘘 [xū]: 입김을 내불다. 천천히 숨을 내쉬다.
· 闷热 [mēnrè]: 무덥다.
· 回头 [huítóu]: 조금 있다가. 잠시 후에.
· 不经意 [bùjīngyì]: 주의하지 않다. 조심하지 않다.
· 抹 [mǒ]: 바르다. 칠하다. 문지르다.
· 脾气 [píqi]: 성격. 기질.
· 抢 [qiǎng]: 빼앗다. 약탈하다.
· 瞧 [qiáo]: 보다. 구경하다.

노귀: (숨을 헐떡이며) 사봉아!

사봉: (못 들은 척하며 탕약을 짠다.)

노귀: 사봉아!

사봉: (아버지를 흘끔 쳐다보며) 아, 정말 덥구나. (오른쪽 옷장 옆으로 가서 파초선을 찾아 중앙의 차 탁자로 돌아와서 든는다.)

노귀: (그녀를 바라보며 일을 멈추고) 사봉아, 들었니, 못 들었니?

사봉: (귀찮아하며, 냉랭하게 아버지를 바라본다.) 네! 아버지! 왜요?

노귀: 내가 조금 전에 한 말을 알아들었냐고?

사봉: 다 알았어요.

노귀: (줄곧 딸에게 이런 식으로 대우를 받아왔기에, 그저 항의하듯이) 좋다. 그 녀석 참!

사봉: (고개를 돌려서 얼굴을 관중 쪽으로 향하며) 쓸데없는 소리 좀 작작하세요! (부채를 휘두르며, 한숨을 한 번 내쉰다.) 아이고! 날씨가 이렇게 무더우니, 좀 있으면 아마도 비가 오겠군. (갑자기) 어르신이 외출할 때 신고 가실 신발 다 닦아놓으셨어요? (노귀 앞으로 구두 한 짝을 가지고 와서 피식 웃으며) 이게 아버지가 닦은 거예요? 이렇게 아무렇게나 몇 번 문지르면 돼요? 어르신 성질 아시잖아요?

노귀: (신발을 낚아채어 빼앗으며) 내 일은 상관하지 마라. (신발을 바닥에 던지며) 사봉아, 내 말 들어봐라. 내가 다시 한 번 이야기하겠는데, 엄마를 보거든 새 옷 꺼내서 보여드리는 것 잊지 마라.

鲁四风: (不耐烦地) 听见了。

鲁 贵: (自傲地) 叫她想想, 还是你爸爸混事有眼力, 还是她有眼力。

鲁四风: (轻蔑地笑) 自然您有眼力啊!

鲁 贵: 你还别忘了告诉你妈, 你在这儿周公馆吃的好, 喝的好, 几是白天侍候太太少爷, 晚上还是听她的话, 回家睡觉。

鲁四风: 那倒不用告诉, 妈自然会问你。

鲁 贵: (得意) 还有啦, 钱, (贪婪地笑着) 你手下也有许多钱啦!

鲁四风: 钱! ?

鲁 贵: 这两年的工钱, 赏钱, 还有 (慢慢地) 那零零碎碎的, 他们 ……

鲁四风：(赶紧接下去，不愿听他要说的话) 那您不是一块两块都要走了么？喝了！赌了！

· 不耐烦 [búnàifán]: 못 참다. 귀찮다. 성가시다.
· 自傲 [zì ào]: 오만하다. 불손하게 굴다.
· 混事 [hùnshì]: 그럭저럭 먹고 살기 위해 밥벌이를 하다.
· 有眼力 [yǒuyǎnlì]: 안목이 있다. 눈치가 있다.
· 轻蔑 [qīngmiè]: 경멸하다. 멸시하다.
· 侍候 [shìhòu]: 시중들다. 보살피다.
· 少爷 [shàoye]: 도련님.
· 得意 [dé yì]: 의기양양하다.
· 工钱 [gōngqian]: 품삯. 임금.
· 赏钱 [shǎngqian]: 상금.
· 零零碎碎 [línglingsuìsuì]: 자질구레하다. 소소하다.
· 赶紧 [gǎnjǐn]: 서둘러. 급히. 재빨리.
· 赌 [dǔ]: 도박. 도박하다.

사봉: (참지 못하고) 알아들었어요.

노귀: (거만하게) 생각 좀 해보라고 해. 아버지 밥벌이가 안목이 있는지 아니면 엄마가 안목이 있는지 말이다.

사봉: (경멸하듯 웃으면서) 물론 아버지가 안목이 있지요!

노귀: 그리고 또 잊지 말고 엄마에게 알려드려야 할 것은, 네가 이 주씨 집안에서 잘 먹고, 잘 마시고, 낮에는 마나님

과 도련님 시중들고 저녁에는 엄마 말에 따라서 집에 돌아가서 잔다고 해야 하는 것이다.

사봉: 그거야 알려드릴 것도 없이, 엄마가 아버지에게 물어보시겠죠.

노귀: (의기양양하여) 또 있다. 돈, (탐욕스럽게 웃으며) 너 수중에 돈 많잖아!

사봉: 돈이요!?

노귀: 2년 동안의 봉급, 상여금, 또 (천천히) 그 소소하게, 그들이 ……

사봉: (재빨리 말을 받는다. 그가 하려는 말을 들으려 하지 않으며) 그건 아버지가 술 마시고 도박하려고 한 푼 두 푼 다 가져가셨잖아요?

鲁 贵：(笑，掩饰自己）你看，你看，你又那样。急，急，急什么？我不跟你要钱。喂，我说，我说的是 ——（低声）他 —— 不是也不断地塞给你钱花么？

鲁四风:（惊讶地）他？谁呀？

鲁 贵:（索性说出来）大少爷。

鲁四风：(红脸，声略高，走到鲁贵面前) 谁说大少爷给我钱？爸爸，您别又穷疯了，胡说乱道的。

鲁 贵：(鄙笑着) 好，好，好，没有，没有。反正这两年你不是存点钱么？(鄙吝地) 我不是跟你要钱，你放心。我说啊，你等你妈来，把这些钱也给她瞧瞧，叫她也开开眼。

· 掩饰 [yǎnshì]: 덮어 숨기다. 속이다.
· 索性 [suǒxìng]: 체면도 없이. 차라리. 아예.
· 穷疯了 [qióngfēngle]: 빈털터리가 되다.
· 胡说乱道 [hú shuō luàn dào]: 터무니없는 말을 하다. 허튼소리를 하다.
· 鄙笑 [bǐxiào]: 조소하다. 비웃다.
· 鄙吝 [bǐlìn]: 속되고 천하다.
· 开眼 [kāi yǎn]: 안목이 트이다. 깨닫다.

노귀: (웃으면서, 자신을 숨기며) 자, 자, 또 그런다. 뭐가 그리도 급해? 내가 너한테 돈 달라고 그러는 게 아니야. 내 말은, 내가 말하는 건 (낮은 목소리로) 그 사람이 너에게 끊임없이 쓸 돈을 채워주고 있지 않느냐는 거야.

사봉: (놀라며) 그 사람? 누구요?

노귀: (대놓고 말해버린다.) 큰 도련님 말이다.

사봉: (얼굴이 붉어지며 약간 목소리를 높이면서 노귀의 면전으로

다가간다.) 누가 큰 도련님이 나한테 돈을 준다고 해요? 아버지, 정신 못 차리고 아무 말이나 하지 마세요.

노귀: (비웃으며) 됐다, 됐어. 아니다, 아니야. 어쨌든 요 2년 동안 너 돈 좀 모으지 않았냐? (속되고 천하게) 내가 너에게 돈 달라는 것 아니니까 안심해라. 엄마가 오면 그 돈 좀 엄마한테 보여주라는 말이다. 엄마도 눈 좀 트이도록.

鲁四风: 哼，妈不像您，见钱就忘了命。(回到中间茶桌滤药）。

鲁 贵：(坐在长沙发上）钱不钱，你没有你爸爸成么？你要不到这儿周家大公馆帮主儿，这两年尽听你妈妈的话，你能每天吃着喝着，这大热天还穿得上小纺绸么？

鲁四风: （回过头）哼，妈是个本分人，念过书的，讲脸，舍不得把自己的女儿叫人家使唤。

鲁 贵: 什么脸不脸？又是你妈的那一套！你是谁家的小姐？——妈的，底下人的女儿，帮了人就失了身份啦。

鲁四风：(气得只看父亲，忽然厌恶地）爸，您看您那一脸的油，——您把老爷的鞋再擦擦吧。

鲁 贵：(汹汹地）讲脸呢，又学你妈的那点穷骨头，你看她！跑他妈的八百里外，女学堂里当老妈：为着一月八块钱，两年才回一趟家。这叫本分，还念过书呢；简直是没出息。

· 本分 [běnfèn]: 본분. 본분을 지키다.
· 讲脸 [jiǎngliǎn]: 체면을 중시하다.
· 使唤 [shǐhuan]: 사환. 심부름을 시키다. 부리다.
· 那一套 [nàyítào]: 그런 방법. 그런 수단.
· 厌恶 [yànwù]: 싫어하다. 혐오하다.
· 汹汹 [xiōngxiōng]: 노기 등등하게.
· 穷骨头 [qiónggǔtou]: 가난뱅이.
· 老妈 [lǎomā]: 하녀. 식모.
· 没出息 [méi chūxi]: 변변치 못하다. 못나다.

사봉: 흥, 엄마는 아버지처럼 돈만 보면 눈이 뒤집혀지지 않아요. (중앙의 차 탁자로 돌아와서 탕약을 짠다.)

노귀: (소파에 앉아서) 돈이고 뭐고, 네가 네 아버지 없이 될 것 같으냐? 네가 이 주씨 집안에 와서 시중들지 않고, 이 2년 동안 네 엄마 말만 들었으면, 네가 매일같이 잘 먹고 마시면서 이 더운 날씨에 얇은 비단 옷을 입을 수 있었겠니?

사봉: (뒤돌아보며) 흥, 엄마는 본분을 지키고, 공부도 했고, 체면도 중시하시니까, 차마 자기 딸을 남의 집 심부름이나 하도록 하지 않지요.

鲁 贵: 哼！（滔滔地）我跟你说，我娶你妈，我还抱老大的委屈呢。你看我这么个机灵人，这周家上上下下几十口子，那一个不说我鲁贵刮刮叫。来这里不到两个月，我的女儿就在这公馆找上事；就说你哥哥，没有我，能在周家的矿上当工人么？叫你妈说，她成么？——这样，你哥哥同你妈还是一个劲儿地不赞成我。这次回来，你妈要还是那副寡妇脸子，我就当你哥哥的面不认她，说不定就离了她，别看她替我养女儿，外带来你这个倒霉蛋哥哥。

鲁四风：(不愿听）爸爸。

鲁 贵: 哼，（骂得高兴了）谁知道那个王八蛋养的儿子。

鲁四风: 哥哥哪点对不起您，您这样骂他干什么？

鲁 贵: 他哪一点对得起我？当大兵，拉包月车，干机器匠，念书上学，那一行他是好好地干过？好容易我荐他到了周家的矿上去，他又跟工头闹起来，把人家打啦。

鲁四风: （小心地）我听说，不是我们老爷先觉矿上的警察开了枪，他才领着工人动的手么？

鲁 贵: 反正这孩子混蛋，吃人家的钱粮，就得听人家的话，好好地，要罢工，现在又得靠我这老面子跟老爷求情啦！

· 滔滔 [tāotāo]: 큰물이 출렁이다. 도도하다.
· 抱委屈 [bàowěiqu]: 억울한 마음을 품다.
· 机灵 [jīling]: 영리하다. 약삭빠르다.
· 刮刮叫 [guāguājiào]: 아주 좋다. 훌륭하다. 능숙하다.
· 一个劲儿 [yígejìnr]: 시종일관. 줄곧. 한결같이.
· 寡妇 [guǎfù]: 과부.
· 倒霉 [dǎo méi]: 재수없다.
· 王八蛋 [wángbadàn]: (욕설) 개자식.
· 对得起 [duì de qǐ]: 면목이 서다. 떳떳하다.
· 机器匠 [jīqìjiàng]: 기계공.
· 工头 [gōngtóu]: 일꾼들의 감독. 십장.
· 先觉 [xiānjué]: 선각자. 선각하다. 먼저 깨닫다.
· 开枪 [kāiqiāng]: 총을 쏘다. 발포하다.
· 动手 [dòngshǒu]: 손을 대다. 사람을 때리다. 착수하다.
· 混蛋 [húndàn]: (욕설) 망할 자식.
· 罢工 [bà gōng]: 파업하다.
· 求情 [qiú qíng]: 인정에 호소하다. 사정하다. 용서나 도움을 바라다.

노귀: 홍! (도도하게) 내가 말 좀 하겠는데, 내가 네 엄마를 받아들이고도 첫째 녀석한테 억울한 꼴을 당했잖느냐. 내가 얼마나 영리한 사람이냐. 이 주씨 집안에 위로 아래로 수십 명의 식구가 있지만, 누구 한 사람 이 노귀한테 능력 있다고 말하지 않는 사람이 있냐? 이곳에 온 지 두 달도 안

되어서 내 딸은 이 집안에서 일자리도 구했고. 네 오빠는 내가 없었으면 주씨 집안의 광산 노동자가 될 수 있었겠어? 네 엄마에게 이야기해보라고 했으면 엄마가 할 수 있었겠니? 이렇게 네 오빠하고 엄마는 끊임없이 나한테 반대만 하는데, 이번에 돌아와서도 그 과부 같은 얼굴로 있으면 내가 네 오빠 면전에서 네 엄마를 모른 척 할 테다. 네 엄마와 헤어질지도 모르지. 나한테 딸을 낳아주긴 했지만, 밖에서 데리고 들어온 그 재수 없는 네 오빠라는 녀석.

사봉: (듣기 싫어하며) 아버지!

노귀: 흥! (신이 나서 욕한다.) 어떤 쌍놈의 아들인지 누구 알겠냐?

사봉: 오빠가 아버지한테 뭘 잘못했다고 이렇게 욕하시는 거예요?

노귀: 그 녀석이 나한테 떳떳할 건 뭐가 있냐? 군인, 인력거 끌기, 기계 일, 학교 다니면서 공부하는 것, 어떤 일 하나 잘한 적 있어? 겨우 주씨 집안 광산에 갈 수 있도록 추천해 주었더니, 현장 감독하고 싸움질이나 해서 사람이나 때리고.

사봉: (조심스럽게) 내가 듣자하니, 우리 어르신이 광산의 경찰한테 총을 쏘게 하니까, 오빠가 노동자들을 이끌고 가서 때린 거라고 하던데요.

노귀: 아무튼 그 녀석이 멍청한 거지. 남한테 밥 얻어먹는 처지면, 그 사람의 말을 잘 들어야 할 것 아니냐? 파업을 해? 이제 또 나한테 기대어서 어르신한테 사정해달라고 할 판이구먼.

조우는 하북여자사범학교(河北女子師範學校)에서 교편을 잡았던 시기인 1936년에는 4막으로 구성된 극본 『일출(日出)』을 발표하였다. 『일출(日出)』의 주인공 진백로(陳白露)는 사교계의 꽃으로, 호텔에 거주하며 은행가 반월정(潘月亭)의 후원으로 살아간다. 그녀의 애인인 지식 청년 방달생(方達生)은 그녀가 타락한 것을 알고 어둠의 세계에서 빠져나올 것을 요구하지만 진백로는 이를 거절한다. 한편 진백로는 한 고아 소녀가 홍등가로 팔려가는 것을 방달생과 함께 막으려 애쓰지만 이 소녀는 결국 암흑가의 두목 김팔(金八) 일당에게 끌려가 유린당하다가 자살한다. 오랜 기간 방탕한 생활로 허무감에 빠진 진백로 역시 자살로 생을 마감한다. 방달생은 처참한 현실에 대하여 분노하였으나 다시금 어둠의 세력에 맞서 싸울 것을 결심하며 떠오르는 태양 빛을 맞이하며 앞으로 나아간다. 이 작품은 1930년대 초 반(半)식민지 상태의 중국 대도시에서 살아가는 상류사회 사람들의 추악한 부패상과 하층민들의 고난을 묘사한 것이다.

1937년에 발표한 『벌판(原野)』은 4막으로 이루어진 극본으로서, 『뇌우(雷雨)』, 『일출(日出)』과 함께 이른바 "조우삼부곡(曹禺三部曲)"이라고 일컬어진다. 이 작품은 중화민국 원년(1912년) 군벌들이 혼전을 벌이던 시기, 잔혹하고 교활한 수단으로 가족들의 목숨을 빼앗아 간 악질 지주를 겨냥하여 벌인 한 청년의 복수극을 소재로 삼았다. 주인공 구호(仇虎)는 좋은 밭을 소유하고 있는 구영(仇榮)의 아들이고, 구영은 같은 마을 초염왕(焦閻王)과 절친한 친구 사이였다. 그러나 군벌 부대 출신의 악덕 지주 초염왕은 구영의 밭을 탐낸 끝에 토비들과 결탁하여 구영을 납치해서 생매장한다. 또한 초염왕은 화근을 없애기 위한 목적으로, 탐관오리들과 계략을 꾸며 구호를 토비라고 모함하여 감옥에 가두고, 구호의 여동생을 기생으로 팔아넘겨 자살에 이르게 한다. 게다가 구호의 약혼녀 금자(花金子)마저 빼앗아 자신의 아들 초대성(焦大星)에게 후처로 삼도록 한다. 8년간 감옥에서 복수를 다짐한 구호는 출옥한 후 초염왕을 찾았으나, 초염왕이 이미 사망했음을 알고 그의 아들 초대성의 집으로 가서 그를 살해한다. 그 후 구호는 약혼녀 금자를 데리고 나와 벌판(原野)을 질주하는데, 결국 자신이 벌인 잔혹한 복수극에 양심의 가책을 느껴 스스로 목숨을 끊는다.

1940년 4월 중경(重慶)에서 초연된 4막의 연극 『태변(蛻變)』은 중일전쟁을 배경으로 한다. '매미가 애벌레에서 허물을 벗고 화려한 모습으로 탈바꿈(蛻變)'하듯, 구습과 부패에 젖어있었던 성립(省立)병원이 공평무사하고 정의감과 애국심으로 충만한 영웅적 인물들의 노력으로 개혁에 성공한다는 것이 주된 내용이다.

극중의 모(某) 성립병원 원장 진중선(秦仲宣)은 공금 횡령과 인사 비리를 일삼고, 전쟁 중에 쌀을 사재기하여 돈을 착복하며, 부상당한 병사들의 생명은 안중에도 없는 탐관오리이다. 반면 상해(上海)에서의 풍족한 생활을 포기하고 자발적으로 이 병원으로 온 의사 정(丁) 씨는 진(秦)원장의 사악함과 부패를 혐오하여 그와 물러섬 없는 투쟁을 벌인다. 국민당에서 병원에 파견한 시찰원 양공앙(梁公仰)은 적기의 공습 시 온몸으로 부상병을 보호하는 정의로운 성품을 지닌 이로서, 병원의 적폐를 발견한 후 과감한 개혁

조치를 단행한다. 『뇌우(雷雨)』, 『벌판(原野)』 등의 작품이 다소 비현실적이고 신비주의적 색채를 띠고 있는 반면, 『태변(蛻變)』은 중일전쟁 중 발생한 실제 사건을 소재로 하였기에 그의 다른 작품에 비해 비교적 현실성이 뚜렷하다고 평가되고 있다.

1941년 발표된 4막의 극본 『북경인(北京人)』은 봉건적 대가정의 문제를 다룬 또 다른 작품이다. 작품 속 증(曾)씨 집안은 조상 대대로 관직을 한 명문가이지만 서서히 몰락의 길을 걷고 있었다. 집안의 가장 큰 어른인 증호(曾皓)는 조상으로부터 물려받은 재산으로 수십 년간 부귀영화를 누린 탐욕스럽고 이기심으로 가득한 자로서, 그의 유일한 관심은 수명 연장을 위한 보약 복용과 자신이 사망 후 들어갈 관에 정성 들여 칠을 하는 일이다.

증호의 아들 증문청(曾文淸)은 거문고, 서예, 시 쓰기 등의 취미를 즐기는 것 이외에 한평생 노동에 종사한 적이 없고, 사위 강태(江泰)는 관직에 오를 꿈을 지니고 있었지만 역시 술주정 속에 나날을 보내며 아무 일도 이루지 못한다. 증문청의 아내 증사의(曾思懿)는 이재에 밝은 교활한 여인으로서, 증씨 집안의 무능한 남성들을 대신하여 집안 내의 실권을 장악한다.

증문청은, 아버지 증호를 정성스레 보살펴드리는 사촌 여동생 소방(愫芳)을 마음 깊이 사랑하였지만, 감히 전통적인 예교의 틀을 벗어나지 못한다. 증문청의 아들 증정(曾霆)은 할아버지 증호의 결정에 따라 서정(瑞貞)과 결혼하였지만 두 사람 사이에는 진정한 애정이 없었다. 증씨 집안에서 기거하던 인류학자 원임감(袁任敢)은 이들에게 인류의 선조인 북경원인(北京猿人)들이 "사랑을 하고 싶으면 하고, 울고 싶으면 울고, 소리를 치고 싶으면 소리를 치면서 자신들의 욕구대로 자유롭게" 살았음을 강조한

다.[166]

『북경인(北京人)』은, 증호가 애지중지하던 관이 며느리 증사의 결정에 따라 빚쟁이에게 넘겨지고, 증정과 서정은 이혼에 합의한 후 증씨 집안을 떠나며, 증문청은 아편을 통째로 삼켜 자살하는 것으로 끝을 맺는다. 조우는 이 작품에서 봉건적 대가정이 만들어내는 예교의 구속과 허위, 기만, 음모, 질투, 모순, 고뇌가 사람들을 질식시키고 있음을 고발하였다. 또한, 증씨 집안의 철저한 붕괴를 이야기하는 가운데 "닭이 또 울고 날이 밝기 시작"[167] 하는 미래의 희망을 제시하였다.

조우의 희곡작품들은 1920~30년대 봉건적 전제주의를 탈피하지 못하는 한편 반(半)식민지 상태에 처해있었던 중국의 모습을 전통적 대가정과 농촌 및 도시사회의 현실에 대한 묘사를 통하여 조명한 것으로, 시대적 상황 및 현실에 대한 깊은 관찰과 고민의 결과로 탄생한 것이다. 『뇌우』의 봉건적 대가정은 위선적이고 악랄한 주박원(周樸園)으로 인하여 가족 구성원들 간에 복잡하게 얽힌 애증의 관계가 형성되어 결국 파멸의 길을 걷게 된다. 『북경인』에서는 이기적이면서도 나약한 증(曾)씨 집안 남성들의 타성에 젖은 사고와 안일한 행태 속에 증씨 가문이 '관(棺)' 속으로 침몰한다. 『벌판(原野)』의 군벌과 결탁한 악덕 지주 초염왕(焦閻王)의 집안은 그들에 대한 원한이 뼛속까지 사무친 구호에 의해 붕괴되고, 『일출(日出)』의 주인공 진백로(陳白露)는 황금만능주의에 물든 도시에서 부패한 상층 계급의 방탕한 생활에 휩쓸려 허우적거리다가 방황 끝에 자살을 선택한다. 이처럼 조우의 대표적 희곡작품들

166 차우위(曹禺) 著, 구광범(具洸範) 譯, 『북경인(北京人)』, 선학사, 2004, p.147. 참조

167 차우위(曹禺) 著, 구광범(具洸範) 譯, 『북경인(北京人)』, 선학사, 2004, p.284. 참조

은 중국의 시대적 상황과 현실에 대한 깊은 관찰과 고민이 결실을 맺어 탄생한 것이다. 각 작품의 배경과 소재는 서로 다르지만, 유교적 봉건주의와 반(半)식민지적 자본주의에 대한 조우의 깊은 증오심이 스며들어 있다. 때문에, 작품 속 추악한 착취계급과 영혼을 상실한 채 이들에게 부화뇌동하였던 자들은 반드시 불행으로 삶을 마감하게 되는 것이다.

한편, 조우는 중국 대륙의 평론가들로부터 그의 작품에 드러난 영웅주의가 비현실적이며 사회주의 사상에 철저하지 못하다는 지적을 받기도 하였다. 즉, 『벌판』의 구호(仇虎)가 저지른 개인적인 복수 행위로는 중국의 수많은 농민들의 삶을 근본적으로 바꿀 수 없다는 것, 그리고 『북경인』의 인류학자 원임감(袁任敢)이 북경원인처럼 자연적 인성을 회복할 것을 호소한 것은 매우 비과학적이며 퇴행적이라는 것이다. 게다가, 『태변(蛻變)』에서 국민당 시찰원 양공앙(梁公仰)을 내세워 그를 청렴하고 현명한 관리로 묘사한 것은 국민당의 노선에 동조한 반(反)사회주의적 행태라는 비난을 받았다. 비판의 요지는, 봉건주의와 반(半)식민지적 자본주의를 반대함에 있어, 만일 사회주의적 관점과 방법론이 배제된다면, 이는 구세력에 대한 철저한 타도와 청산으로 이어질 수 없다는 것이다. 조우 문학에 대한 비판은 문학평론가들의 전문적 논평에 머무르지 않았으며, 문화대혁명 시절 거대한 '비판 투쟁(批鬪)'으로 이어지게 된다.

조우는 중화인민공화국 수립 후 중국문학예술계연합회(中國文學藝術界聯合會)상무위원, 중국연극인협회(中國戲劇家協會) 주석, 북경시문학예술계연합회(北京市文學藝術界聯合會) 주석, 북경인민예술극원(北京人民藝術劇院) 원장, 전국인민대표대회(全國人民代表大會) 대표, 전국인민대표대회상무위원회(全國人民代表大會

常務委員會) 위원, 전국정치협상회의(全國政治協商會議) 상무위원 등의 요직을 두루 역임하였다. 그러나, 그 역시 당시 수많은 문인과 학자들처럼 문화대혁명의 악몽을 피해갈 수는 없었다.

1966년 8월경부터 "반동분자를 타도"하자는 대자보(大字報)가 중국 전역의 각 대학과 기관, 공장에 나붙고, 정치, 사회, 문예계의 저명인사들이 한 사람씩 차례대로 홍위병들에 의하여 두 팔이 뒤로 꺾이고 목이 눌린 채 "비판 투쟁(批鬪)"의 제물이 되기 시작하였다. 1966년 12월 늦은 밤, 홍위병들은 조우의 집안으로 들이닥쳐 수면제 없이는 불안감에 잠을 이루지 못하였던 조우를 납치하여 중앙음악학원(中央音樂學院) 강당에 가두었다. 이때 다행히 총리 주은래(周恩來)가 직접 나서서, "조우는 주자파(走資派)가 아니라"고 적극적으로 변호하여 풀려날 수 있었다.

그러나 그 후에도 홍위병들의 조우에 대한 폭행과 괴롭힘은 지속되었다. 1968년 북경사범학원(北京師範學院) 혁명위원회가 발행한 간행물인 『문예혁명(文藝革命)』에서는 "반동 작가 조우 타도 특집호"를 제작하여 그의 희곡작품을 다음과 같이 강도 높게 비판하였다.

> 『태변(蛻變)』은, 장개석에게 빌어먹게도 "덕과 명망이 높고", "청렴하게 봉사한다."고 아부하는 작품이다. 그는 장개석의 집 문 앞의 발바리 강아지이다. …… 조우는 1930년대부터 60년대까지, 줄곧 연극을 이용하여 장개석에 아첨하고 미국에 가까워지려 했으며, 반(反)당 · 반(反)인민 · 반(反)사회주의의 죄악행위를 자행하였다. …… 한마디로 조우는 프롤레타

리아 독재의 불구대천의 원수이다."[168]

그의 희곡작품 속 영웅적 인물들과는 달리 워낙 담대하지 못하고 예민한 성격의 조우는, 장기간의 '비판 투쟁'으로 인한 고통에 견디다 못해 아내 방서(方瑞) 앞에 무릎을 꿇고 "내가 죽도록 도와주오! 전기에 감전사할 수 있도록 도와 달란 말이오."[169]라고 통사정하는 등, 삶을 포기하고 싶은 마음이 간절하였다.

중공 당국이 조우에게 "노동개조(勞改)"를 위해 맡긴 임무는 북경 수도극장(首都劇場)의 청소일과 관객들의 등기(登記) 업무, 북경인민예술극원(北京人民藝術劇院) 기숙사의 전화호출 및 문서전달, 쓰레기 처리 등이었다. 그 밖에 조우는 북경 교외의 단하농장(團河農場)의 노동에 투입되기도 하였다. 조우의 문혁시기의 시련은 비록 다른 인사들에게 내려진 체벌과 중형에 비하여 그 정도가 가볍다고 볼 수 있으나, "중국의 셰익스피어"라는 영예로운 별명까지 얻었던 그가 당시 느낀 모멸감은 이루 말할 수 없었다. 조우는 문혁 이후 "나 자신이 아주 몹쓸 인간이라서, 이 세상을 살아갈 수 없다고 느껴졌다. …… 이러한 사상적인 괴롭힘은 때려죽이는 것보다 더욱 심하였다."[170]고 문혁 당시의 심정을 술회하였다.

1976년 문화대혁명이 끝난 후 조우는 탄압으로부터 해방되

---

168 "『蛻變』吹捧蔣該死'德高望重', '廉潔奉公' --- 他是一隻蔣家門樓的叭兒狗", …… 曹禺從30年代到60年代, 一直利用喜劇進行媚蔣親美、反黨反人民反社會主義的罪惡活動, …… 一句話, 曹禺就是無産階級專政的死敵。", 『曹禺傳』, 北京十月文藝出版社, 1993, p.424.

169 "我跪在地上, 求着方瑞, 你幫助我死了吧! 用電電死我吧!", 『曹禺傳』, 北京十月文藝出版社, 1993, p.421.

170 "覺得自己是個大壞蛋, 不能生存於這個世界 …… 這種思想上的折磨比打死人還厲害。", 『曹禺傳』, 北京十月文藝出版社, 1993, p.425.

었다. 그러나 그는 10여 년 만에 얻은 자유의 시간과 공간 속에 깊이 침잠하며 희곡작품 창작에 몰두하여 진정한 자아를 되찾는 보람을 누리지 못하였다. 그는 1978년 3월 전국인민대표자대회 상무위원에 당선되었고, 곧이어 중앙희극학원 명예원장, 중국문학예술가연합회 상무위원 및 집행 주석, 중국극작가협회 주석, 중국작가협회 이사, 북경시문학예술가연합회 주석, 북경인민예술극원 원장 등 수많은 직책을 담당하였다. 여러 기관의 지도자 신분으로 각종 회의와 연설, 국내외 인사 접견 및 떠들썩한 사교 활동에 정력을 투입하였던 그는, 공식석상에서 하고 싶지 않은 연설을 하고, 웃고 싶지 않아도 웃으며 자신의 내면을 철저히 감추었다.

조우는 어느 날 밤 괴로움에 몸부림치며 그의 딸 만방(萬方)에게 처절하게 외쳤다. "나는 새로운 사람이 되고 싶다. 나는 과거의 터무니없고 불안했던 일들을 잊어버리고 침묵하고 싶다. 나는 생활 속 깊은 곳으로 파고 들어가고 싶다. 나의 다리로 나의 삶을 딛고, 나의 손으로 진실한 인생을 쓰고 싶단 말이다."[171]

그러나 그는 "작품을 쓰고 싶어도 쓸 수가 없었다. 어떻게 써야 좋을지 몰랐던 것이다."[172] 어질디 어진 아내 방서(方瑞)가 문혁이 끝나기 불과 두 해 전에 병사(病死)한 일, 그리고 딸 만방이 14세의 어린 나이에 '흑오류(黑五類)'[173]로 분류되어 학교 교실에 들어가는 것도 금지당한 채 계단에 홀로 앉아 『모택동선집(毛

171 "我要做一個新人, 忘掉過去的荒誕和疑慮, 我要沈黙, 我要往生活的深處钻, 用脚踩出我的生活, 用手寫眞實的人生", 蘇楓, 「女兒萬方: 被名譽磨損的曹禺晩年」, 『讀書文摘』, 2011年 4期, p.62.

172 "想寫, 却怎麼也寫不出來。他不知道怎麼寫好了。", 蘇楓, 「女兒萬方: 被名譽磨損的曹禺晩年」, 『讀書文摘』, 2011年 4期, p.60.

173 문화대혁명 때 지주, 부농, 반(反)혁명분자, 악질분자, 우파분자로 낙인찍힌 이들과 그 자녀들을 가리키는 용어로 쓰였다.

澤東選集)』을 읽으며 '반성'을 강요받았던 악몽 같은 일들이 모두 자신의 탓이라는 자책감에 감히 다시 펜을 들 엄두가 나지 않았기 때문이다. "어린아이들조차도 마귀를 닮아"[174] 자신의 평론문을 "반동적 해석"이라고 손가락질했던 일들이 지울 수 없는 트라우마로 작용하여 매일 밤 그의 온몸을 옥죄어 들어올 때면 그는 자포자기의 나락으로 아득히 추락할 수밖에 없었다. 조우는『고독한 사람(孤獨者)』의 위연수(魏連殳)가 되어 "새로운 손님, 새로운 선물, 새로운 찬양, 새로운 아부, 새로운 절과 인사, 새로운 마작과 놀이, 새로운 냉대와 혐오감" 속에 빠져들며 자신의 생명력을 소진해가고 있었다.

조우는 또다시 정의로운 방달생(方達生)과 양공앙(梁公仰)을 창조해내고 싶었고, 억울한 세월에 통렬하게 복수하는 구호(仇虎)를 되살려내고 싶었다. 그러나 그는 북경원인(北京猿人)들처럼 "사랑을 하고 싶으면 하고, 울고 싶으면 울고, 소리를 치고 싶으면 소리를 치는" 자유로운 영혼을 잃어버렸다. 문화대혁명 후에도, 조우는 살아가는 일이 여전히 너무나 힘겨웠던 것이다. 그는 처절한 회한 속에 노년의 무거운 발걸음을 노을 지는 언덕 아래로 한 발 한 발 옮길 뿐이었다.

---

174 "連小孩子也像着了魔似的",『曹禺傳』, 北京十月文藝出版社, 1993, p.420.

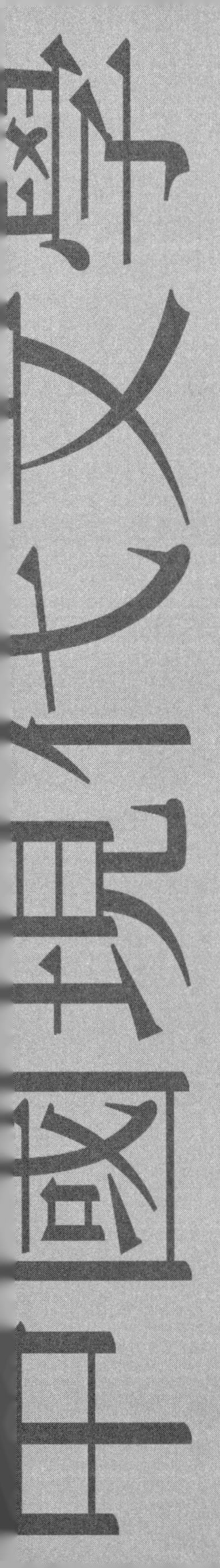

해맑은 인성의 소유자

심종문(선충원 沈從文)

심종문(선충원 沈從文 1902~1988)은 호남성(湖南省) 서북부 봉황현(鳳凰縣) 출신이며 본명은 심악환(沈岳煥)이다. 필명으로는 휴운운(休蕓蕓), 갑진(甲辰), 상관벽(上官碧) 등이 있다. 심종문의 할머니 유(劉) 씨는 묘족(苗族)이고, 어머니 황소영(黃素英)은 토가족(土家族)이며 할아버지 심굉부(沈宏富)는 한족(漢族)이다. 그는 집안 형편이 어려워지자 14세의 어린 나이로 군에 입대하여 호남(湖南), 사천(四川), 귀주(貴州) 일대를 두루 다니며 생활한 경험을 지니고 있다.

심종문은, 5·4운동의 여파가 전국적으로 퍼져나가며 신문화와 신사상을 제창하는 목소리가 높아지는 시대적 분위기 속에서,『신조(新潮)』,『창조주보(創造週報)』등의 간행물을 접하는 가운데 넓은 세상과의 만남을 갈망하였다. 그는 군대에서 제대한 후인 1923년 대학 진학의 꿈을 품고 북경(北京)으로 갔다. 그러나 소학교 졸업의 학력으로는 대학에 정식으로 입학하는 것이 불가능하였기에 북경대학(北京大學) 청강생 신분에 만족하는 수밖에 없었다.

그는 고향 상서(湘西 호남성 서쪽)지역을 떠나 머나먼 북경에서 떠돌이처럼 생활하며 극심한 경제적 곤란 속에 절망으로 빠져들기도 하였으나, 욱달부(郁達夫)와 서지마(徐志摩) 등 유명 문인들로부터 도움과 격려를 받아 문학 창작에 매진할 수 있었다. 특히 욱달부는 1924년 겨울, 난로도 없이 곰팡이 냄새만 가득한 심종문의 낡은 숙소로 직접 찾아가 그에게 식사를 대접하고 용돈을 쥐어주며 자신의 목도리까지 풀어주었다. 희망이라고는 찾을 길 없이 추위와 배고픔에 떨며 글을 쓰고 있었던 심종문은 욱달부의 호의에 감격의 눈물을 흘렸다. 이 일은 중국 문단의 미담으로 전해져 내려오고 있다.

심종문이 1924년부터 창작하기 시작한 소설들은『신보부간

(晨報副刊)』, 『현대평론(現代評論)』, 『신월(新月)』, 『소설월보(小說月報)』 등의 잡지에 잇달아 등재되었고, 그의 명성도 갈수록 높아졌다. 1928년 상해로 간 심종문은 정령(丁玲), 호야빈(胡也頻) 등과 함께 잡지 『홍흑(紅黑)』을 출간하였으며, 중국공학(中國公學)에서 교편을 잡게 되었다. 심종문은 이때 청아한 용모를 지닌 18세의 여학생 장조화(張兆和 1910~2003)를 알게 되었다. 첫 수업 시간에 학생들 앞에서 긴장하여 말 한마디도 제대로 못하였던 26세의 상서(湘西) 촌뜨기 선생님 심종문은, 뜻밖에도 명문가의 규수 장조화에게 반하여 그녀에게 연서를 보내기 시작하였다. 심종문의 연서는 그가 1930년 상해를 떠나 청도대학(青島大學) 교수로 부임한 후에도 끊임없이 이어졌다. 심종문은 장조화를 "완고하게 사랑하였으나", 장조화는 "심종문을 '완고하게' 사랑하지 않았다."[175] 그러나 "세상에 내가 영원히 사랑하는 사람이 있다는 것을 기억하기 위하여 나는 진실하게 살아갈 것이오."[176]라는 등의 심종문의 절절한 애정이 담긴 연애편지 공세로 인해 장조화는 결국 그에게 마음의 문을 열게 되었고, 두 사람은 1933년 9월 결혼식을 올리며 일생의 반려자가 되었다.

심종문은 장조화와의 결혼과 동시에, 『대공보(大公報)·문예부간(文藝副刊)』의 편집장직을 맡아 1938년까지 활동하였다. 『대

175 장조화(張兆和)는 심종문이 지속적으로 연애편지를 보내오자, 당시 중국공학(中國公學)의 교장이었던 호적(胡適)을 찾아가서 심종문의 편지를 보여주며 괴로움을 호소하였다. 이에 호적이 "그가 너를 완고하게 사랑하고 있다.(他頑固地愛着你。)"고 말하며 장조화를 달래자, 장조화는 "나는 그를 완고하게 사랑하지 않는다.(我頑固地不愛他。)"고 호적에게 대꾸하였다. 중국어 단어 '頑固(wán gù)'에는 '사상이 보수적'이라는 뜻과 함께 '자신의 입장을 견지하며 고치지 않는다.'는 의미도 담겨있다. 嵐風, 『西南聯大的愛情往事』, 遼寧教育出版社, 2011, p.23. 참조

176 "爲着記到世界上有我永遠傾心的人在, 我一定要努力切實做個人的", 沈從文, 「書信」, 『沈從文全集第18卷』, 北岳文藝出版社, 2002, pp.91~92.

공보(大公報)·문예부간(文藝副刊)』은 당시 폭넓은 작가 진영을 확보하고 있어 그 영향력이 전국적으로 뻗어 나아갔던 중요한 간행물이었다.

심종문은, 1937년 중일(中日)전쟁 발발 후 북경대학(北京大學), 청화대학(清華大學) 및 남개대학(南開大學)이 연합하여 운남성(雲南省) 곤명(昆明)에 임시로 조성한 국립서남연합대학(國立西南聯合大學)에서 교수 생활을 하게 되었고, 전쟁 후에는 북경으로 돌아와 북경대학에서 교수 생활을 이어 나갔다.

문학 창작 이외에 역사 문물 연구에도 조예가 깊었던 심종문은, 중화인민공화국 수립 이후 극좌적 이데올로기가 문예계를 농단하는 험악한 분위기에서 문학 창작을 중지하고 중국역사박물관(中國歷史博物館) 등에서 주로 중국 고대역사 문물 연구에 몰두하였다. 그가 중국 고대복식(服飾)분야에 남긴 연구 성과는 매우 탁월하다고 평가되고 있다.

심종문의 문학 작품은 대부분 그의 고향인 상서(湘西) 지역의 풍물을 배경으로 창작되었다. 1928년에 발표한 장편소설 『앨리스 중국여행기(阿麗思中國游記)』는, 영국 작가 루이스 캐럴(Lewis Carrol)의 작품 『이상한 나라의 앨리스』의 주인공 앨리스가 중국 여행을 하는 내용이다. 이 작품에는 앨리스가 목격한 상서(湘西) 지역의 아름다운 정경 및 독특한 풍속과 생활상, 그리고 중국 상류 사회의 사치와 부패, 하층민들의 가난과 고통이 묘사되어 있다.

1931년에 출판된 중편소설 『용주(龍朱)』는, 출중한 용모와 지혜를 지닌 상서(湘西) 지역의 용맹스러운 백이족(白耳族) 남성 용주가 화파족(花帕族) 처녀에게 열렬히 구애한 끝에 그녀의 사랑을 얻어낸다는 이야기이다. 이 작품은 비록 단순한 내용으로 구성되어 있지만, 상서(湘西) 소수민족 거주 지역을 화려한 오색 꽃과 풀들이 온 땅에 풍경화처럼 펼쳐져 있고, 푸른 하늘을 날아다니는 새들의 지저귐이 가득한 선경(仙境)으로 그려낸 뚜렷한 특징을 지니고 있다. 심종문은 1934년 그의 대표작인 중편소설 『변성(邊城)』을 발표하였고, 1936년에는 고향에 다녀온 후 써낸 산문의 모음집 『상행산기(湘行散記)』 등을 발표하였다.

1938년 8월부터 3개월간 홍콩의 『성도일보(星島日報)』에 연재되었던 장편소설 『장하(長河)』는 1930년대 초 상서(湘西) 원수(沅水)의 지류인 진하(辰河) 지역의 농촌을 배경으로 창작되었다. 이 소설은 귤 농장을 경영하며 평화롭게 살아가는 등장순(滕長順) 일가와, 귤을 헐값에 사기 위해 횡포를 부리고 등장순의 딸 야오야오(夭夭)에게 흑심을 품으며 접근하는 보안대장 간의 갈등을 이야기하고 있다. 또한, 국민당정부가 추진하는 신생활운동(新生活運動)[177]이 머지않아 진하 지역에도 도래할 것이라는 소식에 동요하는 마을 사람들의 심리를 묘사하였다.

심종문은 『장하(長河)』를 세상에 내어놓으며 다음과 같이 소회를 밝혔다.

겉으로 보면 모든 사물이 극도로 진보한 것 같지만,
주의해서 자세히 들여다보면 변화 가운데 타락의 추

177 국민당정부는 1920년부터 청결과 공공위생에 대한 의식을 고양하기 위해 전국적으로 위생운동을 벌였다. 위생운동은 주민들이 해충 및 쥐 등을 잡아오면 보상금을 지급하는 방식 및 비위생적인 행위가 발견될 시 벌금을 거두는 방식으로 진행되었다. 1935년경부터 위생운동은 신생활운동으로 탈바꿈하였다. 국민당 정부는 신생활운동을 추진함에 있어 "예의와 염치는 나라의 4가지 근본(禮義廉恥, 國之四維)"이라는 주희(朱熹) 철학의 기치를 내걸고, 국민들의 의·식·주 등 일상생활을 통제하려 들었다. 이 운동은 국민 사상 통일을 명분삼아 반대 세력을 억압하려는 의도를 지니고 있었다고 평가된다.

> 세를 발견할 수 있다. 가장 뚜렷한 것은 농촌 사회가 가지고 있는 정직하고 소박한 인정미가 거의 사라져서 아무것도 남아있지 않다는 것이다. 그것과 대체된 것은 최근 20여 년 동안 실제 사회가 배양하는 데 성공한 실리만을 추구하는 속된 인생관이다.[178]

심종문은 천진난만 시골 처녀 야오야오와 보안대장의 사악하고 음험한 이미지를 동시에 보여주는 가운데 시골사람들의 건강한 인성이 지배층의 착취와 폭정에 의해 그 생명력을 잃어가고 있음을 호소하였다. 또한, 신생활운동 등 정부의 간섭 및 억압에 의해 상서(湘西) 지역의 순수성이 퇴색되어가고 있음을 우려하였다.

"향토문학의 아버지"라는 별명을 얻었을 정도로 시골의 순박한 인성과 목가적인 이상향을 추구한 심종문의 자연주의적 사상과 심미감이 가장 잘 반영된 작품이 바로 1934년에 출간된 중편소설 『변성(邊城)』이다. 『변성』에는 심종문의 대부분의 소설이 그러하듯 고향의 강물이 등장한다. 어린 시절 봉황현(鳳凰縣) 성벽 밖에서 원시의 대자연을 벗하며, 맑은 강물에 뛰어들어 물놀이를 즐기던 추억을 소중히 간직하고 있었던 '시골사람' 심종문은 여전히 고향의 풍광과 물소리, 배의 노 젓는 소리를 그리워하였기 때문이다.

『변성』은 상서(湘西)의 작은 산골 마을 다동(茶垌)의 개울가 하얀 작은 탑 아래의 집에서 서로 의지하고 살아가는 뱃사공 할아

---

178 "表面上看來, 事事物物自然都有了極大進步, 試仔細注意注意, 便見出在變化中那點墮落趨勢。最明顯的事, 卽農村社會所保有那點正直素朴人情美, 幾幾乎快要消失無餘, 代替而來的却是近二十年實際社會培養成功的一種唯實唯利庸俗人生觀。", 沈從文, 「長河」, 『沈從文全集第10卷』, 北岳文藝出版社, 2002, p.3.

버지와 손녀의 고요하고 평범하면서도 외로운 삶을 서정적으로 묘사하였다.

70세가 넘은 뱃사공 할아버지는 순박하고 과묵하며 자신의 직분에 충실하다. 그는 50여 년간 뱃사공 일만 해왔지만, 관청에서 지급되는 생활비에 만족하며 손님들로부터 따로 뱃삯을 받으려 한 적이 없다. 어쩌다 손님이 주는 수고비를 거절하지 못하고 받은 경우, 이 돈으로 잎담배와 차를 사서 배에 두고 손님들에게 아낌없이 나누어 준다. 아무런 욕심이 없는 할아버지는 외손녀 췌이췌이(翠翠)와 그저 하루하루를 행복하게 살아가면 그만이다. 췌이췌이는 심종문이 중국공학(中國公學) 재직 시절 "새카만 봉황(黑鳳)"이라는 별명으로 불렸던 장조화(張兆和)를 마음속 깊이 흠모하는 가운데 자연스럽게 창조해낸 어린 주인공이다. 장조화를 닮아 "가무잡잡하면서도 곱게 생긴(黑而俏麗)" 췌이췌이는 순진하고 선량하며 부끄러움을 많이 타지만 활기차고 명랑한 면모도 지니고 있다.

인정 많고 의협심 있는 부두의 총지배인 순순(順順)의 두 아들 천보(天保)와 나송(儺送)은 성실하며 인내심이 강하다. 천보와 나송 형제는 모두 췌이췌이를 좋아하지만 췌이췌이의 마음은 나송에게로 향하고, 사랑을 얻지 못한 천보는 집을 떠나 타지로 가던 도중 사고를 당하여 사망한다. 마음이 괴로워진 나송은 차마 췌이췌이에게 구혼을 하지 못하고, 돈 많은 유지의 딸과 결혼시키려는 아버지의 제안도 거절한다. 한편, 췌이췌이는, 할아버지가 돌아가시고 나송도 고향을 떠난 후, 날마다 나루터를 지키며 가슴속에 할아버지에 대한 그리움을 가득 품고 나송이 돌아오기만 기다린다.

边城[179]

由四川过湖南去， 靠东有一条官路。这官路将近湘西边境到了一个地方名为“茶峒”的小山城时，有一小溪，溪边有座白色小塔，塔下住了一户单独的人家。这人家只一个老人，一个女孩子，一只黄狗。

- 官路 [guānlù]: 국도(國道). 대로(大路).
- 湘 [Xiāng]: 후난(湖南)성의 다른 이름.
- 茶峒 [chá tóng]: 다동(지명). 호남성 상서주 화원현 편성진(湖南省湘西州花垣县边城镇).

사천에서 호남으로 넘어가면 동쪽에 국도가 하나 있다. 이 길을 따라가다 보면 상서(湘西, 호남 서부) 경계 부근에 “다동(茶峒)”이라는 작은 산간 마을이 나온다. 그곳에는 한 줄기 작은 강이 있고 강변에는 하얀색의 작은 탑이 있었다. 탑 아래쪽에는 외로이 인가 한 채가 있었는데, 이 집에는 노인과 여자아이와 누렁개 한 마리가 살고 있었다.

小溪宽约二十丈，河床为大片石头作成。静静的水即或深到一篙不能落底，却依然清澈透明，河中游鱼来去皆可以计数。小溪既为川湘来往孔道，水常有涨落，限于财力不能搭桥，就安排了一只方头渡船。这渡船一次连人带马，约可以载二十位搭客过河，人数多时则反复来去。

179 「邊城」,『沈從文全集第8卷』, 北岳文藝出版社, 2002. 에서 원문 인용

· 河床 [héchuáng]: 강의 바닥.

· 篙 [gāo]: 삿대.

· 即或 [jíhuò]: 설사 ~하더라도.

· 落底 [luò dǐ]: 가라앉다.

· 清澈 [qīngchè]: 맑다. 투명하다. 깨끗하다.

· 计数 [jìshǔ]: 헤아리다. 통계하다. 계산하다.

· 孔道 [kǒngdào]: 사방으로 통하는 큰길.

· 涨落 [zhǎngluò]: 오르고 내림. 확장과 축소.

· 搭桥 [dāqiáo]: 다리를 놓다. 교량을 가설하다.

· 方头 [fāngtóu]: 사각 머리. 네모난 머리.

· 渡船 [dùchuán]: 나룻배.

· 搭客 [dākè]: 손님을 태우다.

강폭은 약 20장 정도 되고, 강바닥은 커다란 바위로 이루어져 있었다. 고요히 흐르는 강물은 삿대가 바닥에 닿지 않을 정도로 깊지만 맑고 투명하여 강 속에서 헤엄치는 물고기의 숫자를 셀 수 있을 정도였다. 이 강은 사천과 호남을 왕래하는 중요한 통로인데, 늘 강물이 넘쳤다 줄었다하였지만 재정이 넉넉지 않아서 다리를 설치하지 못하고 뱃머리 모양이 네모난 나룻배 한 대만 두었을 뿐이었다. 나룻배는 한 번에 사람과 말 모두 합쳐 약 20여 승객을 태우고 강을 건넜는데, 승객 수가 많을 때에는 반복하여 오고 갔다.

渡头为公家所有，故过渡人不必出钱。有人心中不安，抓了一把钱掷到船板上时，管渡船的必为一一拾起，依然塞到那人手心里去，俨然吵嘴时的认真神气：

"我有了口量，三斗米，七百钱，够了。谁要这个！"

· 公家 [gōngjiā]: 국가나 공공 단체.

· 掷 [zhì]: 던지다.

· 塞 [sāi]: 집어넣다. 채우다.

· 俨然 [yǎnrán]: 엄숙하고 위엄이 있다. 장엄하다.

· 吵嘴 [chǎozuǐ]: 말다툼하다. 언쟁하다.

나루는 공공의 소유이기 때문에 배를 타고 강을 건너는 사람들은 돈을 낼 필요가 없다. 그러나 어떤 사람들은 마음이 편치 않았기에 돈을 얼마 집어서 갑판에 던져 놓는데, 뱃사공은 그것을 하나하나 주워서 그 사람 손에 억지로 쥐어주면서 말다툼할 때처럼 정색을 하고 말한다. "나는 식량을 지급받아요. 쌀 서 말에 700전이면 충분하단 말이에요. 누가 이런 걸 원한다고!"

但不成，凡事求个心安理得，出气力不受酬谁好意思，不管如何还是有人把钱的。管船人却情不过，也为了心安起见，便把这些钱托人到茶峒去买茶叶和草烟，将茶峒出产的上等草烟，一扎一扎挂在自己腰带边，过渡的谁需要这东西必慷慨奉赠。

· 心安理得 [xīn ān lǐ dé]: 도리에 어긋나지 않아 마음이 편안하다.

· 气力 [qìlì]: 힘. 기력. 체력.

· 受酬 [shòuchóu]: 보수를 받다.

· 把钱 [bǎqián]: 돈을 손에 넣다.

· 情不过 [qíngbuguò]: 정에 이기지 못하다.

· 慷慨 [kāngkǎi]: 기개가 있다. 아끼지 않다.

그러나 그럴 순 없다. 사람들은 모든 일에 있어 마음이 편하고 이치에 맞길 바란다. 힘을 쓰고 보수를 받지 않으면 누가 맘이 편할 수 있겠는가? 어떻게 해서든 기어이 돈을 주고야 마는 사람들이 있다. 뱃사공은 인정에 못 이겨 받기는 하나, 자신도 마음이 편해지려고 사람을 시켜 이 돈으로 다동에 가서 찻잎과 잎담배를 사 오도록 한다. 다동에서 생산된 고급 잎담배를 허리춤에 여러 다발 매달고 있다가 강을 건너는 사람 중 원하는 사람이 있으면 아낌없이 내어준다.

管理这渡船的，就是住在塔下的那个老人。活了七十年，从二十岁起便守在这小溪边，五十年来不知把船来去渡了若干人。(중략) 他唯一的朋友为一只渡船与一只黄狗，唯一的亲人便只那个女孩子。

· 若干 [ruògān]: 약간. 어느 정도.

· 思索 [sīsuǒ]: 사색하다. 깊이 생각하다.

· 思量 [sī liang]: 고려하다. 생각하다.

이 뱃사공이 바로 탑 아래에 사는 그 노인이다. 일흔이 다 된 나이로 스무 살 때부터 이 강가를 지켜왔으니, 50여 년 동안 배로 강을 건네준 사람이 얼마나 될지 셀 수도 없다. (중략) 그의 유일한 친구는 나룻배 한 척과 누렁개 한 마리, 그리고 유일한 가족인 그 소녀이다.

翠翠在风日里长养着，把皮肤变得黑黑的，触目为青山绿水，一对眸子清明如水晶。自然既长养她且教育她，为人天真活泼，处处俨然如一只小兽物。人又那么乖，如山头黄麂一样，从不想到残忍事情，从不发愁，从不动气。平时在渡船上遇陌生人对她有所注意时，便把光光的眼睛瞅着那陌生人，作成随时皆可举步逃入深山的神气，但明白了人无机心后，就又从 从容容的在水边玩耍了。

· 长养 [zhǎngyǎng]: 자라다.
· 触目 [chùmù]: 눈에 띄다. 눈길이 닿다.
· 眸子 [móuzǐ]: 눈동자.
· 水晶 [shuǐjīng]: 수정.
· 乖 [guāi]: 얌전하다. 착하다.
· 黄麂 [huángjǐ]: 아기 사슴.
· 残忍 [cánrěn]: 잔인하다. 잔혹하다.
· 发愁 [fāchóu]: 근심하다. 걱정하다. 우려하다.
· 动气 [dòngqì]: 화를 내다.
· 瞅 [chǒu]: 보다.
· 举步 [jǔbù]: 발을 내딛다.
· 机心 [jīxīn]: 간교한 심보. 음흉한 속셈.
· 从从容容的 [cóngcong róngróng(de)]: 여유 있게. 침착하게.
· 玩耍 [wánshuǎ]: 놀다. 장난하다.

췌이췌이는 바람과 햇볕 속에서 자라나 피부가 가무잡잡하게 그을렸고, 눈에 들어오는 것은 푸른 산과 푸른 물이었기에 두 눈동자는 수정처럼 맑았다. 대자연이 그녀를 기르고 교육한 것이다. 본성이 천진하며 활발하였고, 여러 면에서 마치 한 마리의 어린 동물과 같았다. 또한 얌전한 것이 산속의 아기 사슴 같아서, 잔인한 일은 생각해 본 적도 없고 근심하거나 화를 내는 적도 없었다. 평상시 나룻배에서 모르는 사람이 그녀에게 주의를 기울이면, 빛나는 눈으로 그 사람을 쳐다보며 깊은 산속으로 도망갈 것 같은 기색을 보이다가도, 나쁜 마음이 없다는 것을 알게 되면 조용히 물가에서 놀곤 하였다.

风日清和的天气，无人过渡，镇日长闲，祖父同翠翠便坐在门前大岩石上晒太阳。或把一段木头从高处向水中抛去，嗾使身边黄狗自岩石高处跃下，把木头衔回来。或翠翠与黄狗皆张着耳朵，听祖父说些城中多年以前的战争故事。或祖父同翠翠两人，各把小竹作成的竖笛，逗在嘴边吹着迎亲送女的曲子。过渡人来了，老船夫放下了竹管，独自跟到船边去，横溪渡人，在岩上的一个，见船开动时，于是锐声喊着："爷爷，爷爷，你听我吹，你唱！"

- 风日清和 [fēngrìqínghé]: 날씨가 맑고 따뜻하다.
- 晒 [shài]: 햇볕이 내리쬐다. 햇볕을 쬐다.
- 嗾使 [sǒushǐ]: 부추기다. 꾀다.
- 竖笛 [shùdí]: 피리.
- 逗 [dòu]: 희롱하다. 놀리다.
- 迎亲 [yíngqīn]: 신랑 측이 신부 측에 꽃가마를 보내어 신부를 맞이하는 일.

> 날씨가 쾌청하고 따스한 날, 강을 건너는 사람도 없고, 온종일 한가할 때는, 할아버지와 췌이췌이가 문 앞의 큰 바위에 앉아서 볕을 쬐었다. 간혹 높은 곳에서 물속으로 나무토막을 던져서 함께 있던 누렁개에게 바위 높은 곳에서 뛰어내려 물어오도록 하였다. 또는 췌이췌이와 누렁개가 함께 귀를 쫑긋 세우고, 할아버지가 여러 해 전에 벌어진 전쟁 이야기를 하시는 것을 듣기도 하였다. 혹은 할아버지와 췌이췌이가 각자 작은 대나무로 만든 피리를 입에 대어 신부를 맞이하고 딸을 시집보낼 때 부르는 곡을 불며 놀기도 하였다. 강을 건너는 사람들이 오면 늙은 뱃사공은 대나무 피리를 놓아두고 홀로 나룻배 주변으로 가서 강을 가로질러 손님을 건네주었다. 췌이췌이는 바위 위에서 배가 떠나가는 것을 바라보며 소리 높여 외쳤다. "할아버지, 할아버지, 제가 피리 부는 것 들으면서 노래 불러 주세요!"

『변성』의 인물들은 모두 소박하고 선량하며 전통의 미덕을 간직한 순수한 사람들이다. 이 때문에 『변성』은 "인성(人性)이 본래 모두 선함을 증명하는 걸작"이라는 평가를 받고 있다. 이 작품이 보여주는 때 묻지 않은 남녀 간, 부자간, 조손(祖孫)간의 사랑 및 이웃 사이의 정은, 1930년대 정치적 혼돈과 투쟁 속에 인정이 메말라 가던 중국의 현실 속에서는 좀처럼 찾아보기 어려운 것이었다.

심종문은 당초 큰 세상을 접하기 위해 고향을 떠나 도시로 왔지만, 도시인들과는 커다란 괴리감을 느끼는 '시골사람'이었다. 그러므로 그는 신문화운동 이래 서구의 민주주의와 과학을 숭상하며 중국의 현대화의 길을 모색하였던 많은 지식인들과는 사상적 결을 달리하고 있다. 심종문은 시골사람들의 순박함과 정겨움, 원시적인 생명력과 격정이야말로 바람직한 인성을 형성하는 중요한 요소이며, 이를 통하여 민족의 영혼을 새롭게 창조해야 한다고 굳게 믿고 있었다.

상서(湘西) 전원의 아름다움을 수채화처럼 그려내며, 그 속에서 시간이 정지된 듯 살아가는 사람들의 '스스로 그러한(自然的)' 심성과 천진무구한 사랑을 평온하게 노래한 심종문은, 바로 이 때문에 1940년대 말 좌익 문화계의 권력자 곽말약(郭沫若)에 의해 "도홍색(복숭아 색)" 반동 문인으로 분류되었다.[180] 나아가 문화대혁명 시절에는, 중공 정권 수립 이후 고대문물 연구에 몰두하였던 것이 빌미가 되어 "제왕과 장수와 재상을 찬양하고 재자가인(才子佳人)을 선전하는 커다란 독초"이자 "반동학술의 권위자"[181]로 낙인찍혔다. 이로 말미암아 탁월한 저서로 평가되는 심종문의 『중국고대복식연구(中國古代服飾硏究)』의 원고 및 자료, 그리고 그가 소장하고 있었던 각종 귀중한 고서적과 골동품들은 짓밟혀 불태워지거나 이리저리 빼앗겨버렸다. 그와 가족들은 뿔뿔이 흩어져 '노동개조(勞改)'의 고통을 당해야 했다.

그러나 심종문은 무지막지한 탄압의 세월 속에서도 낙담하

180 곽말약(郭沫若)은 "반동문예라는 큰 바구니 안은 정말 다양하다. 홍색, 황색, 남색, 백색, 흑색 등 모든 색을 다 갖추고 있다.…… 나는 여기에서 도홍색(복숭아 색)만을 말하고자 한다.(在反動文藝這一個大網籃裏面, 倒眞眞是五花八門, 紅黃藍白黑, 色色俱全的。…… 我在這兒只想說桃紅色的紅。)", "이들은 속마음이 불량하여 독자들을 미혹시키고 사람들의 투쟁 정서를 약화시키는 데 뜻을 가지고 있음에 전혀 의심할 바가 없다. 특히 심종문은 줄곧 계획적으로 반동파를 위해 활동해오고 있다.(他們存心不良,意在蠱惑讀者, 軟化人們的鬪爭情緖, 是毫無疑問的。特別是沈從文, 他一直是有意識地作爲反動派而活動着。)"라고 말하였다. 郭沫若, 「斥反動文藝」, 王訓昭·盧正言·邵華·肖斌如·林明華 編, 『郭沫若硏究資料(上)』, 中國社會科學出版社, 1981, p.383.

181 "鼓吹帝王將相, 提倡才子佳人的大毒草……反動學術權威", 吳立昌, 『人性的治療者沈從文』, 上海文藝出版社, 1993, p.299.

지 않고 "한가할 때 마다, 머릿속 가득히 사(絲), 칠(漆), 동(銅), 옥(玉), 꽃문양, 항아리 등 …… (그가 과거에 연구하였던 고대 문물들을) 반복해서 떠올리며 복습하였다."[182] 그는 이처럼 주로 기억력에 의지하여, 끝끝내 25만여 자의 문장과 700여 개의 그림으로 구성된『중국고대복식연구(中國古代服飾研究)』를 새롭게 써내었다.

대자연 속에서 태어나 사방에 흐드러지게 피어있는 꽃과 나무를 헤치고 달리며, 푸른 하늘을 머리와 가슴에 아로새긴 심종문의 마음씨는 아름답다. 오염되지 않은 강물과 태양 빛을 날마다 한껏 마셔가며, 총명하고 어여쁜 췌이췌이와, 사리사욕과는 거리가 먼 뱃사공 할아버지를 닮은 사람들을 벗 삼았던 심종문에게는 거짓이 없다. 또한 심종문은 풍파에도 흔들리지 않는 바위처럼 강인하다. 그의 역작『중국고대복식연구』는 '문화'를 멋대로 파괴하고 인성(人性)을 무자비하게 유린하였던 일당들을 향해 외치는 부활의 함성이며 깨우침의 죽비(竹篦)이다.

짓밟혀도 다시 일어난 승리자 심종문의 고향 상서(湘西)는 결코 "복숭아색 반동 문인"이 '인민을 위한 혁명'의 대열에서 낙오한 후 눈물로 그리워하였던 인생의 퇴행적 도피처가 아니다. 오히려, 그곳은 증오와 욕망과 이기심이 횡행하는 춥고 어두운 세상을 마지못해 살아가고 있는 뭇사람들에게 따뜻한 위안을 선사하는 마음의 낙원이다. 그곳은 사람들을 진(眞)·선(善)·미(美)의 길로 인도하며, 세상 속 "거대한 독초들(大毒草)"에게 굴복하지 말 것을 일깨워 주는 위대한 '촌뜨기 선생님' 심종문의 아름답고 드넓은 교정인 것이다.

---

182 "稍有閑暇, 即將滿腦子的絲、漆、銅、玉、花花朵朵、壇壇罐罐 …… 反復回憶溫習", 吳立昌,『人性的治療者沈從文』, 上海文藝出版社, 1993, p.303.

중국현대문학의 작가와 작품

초판 1쇄 발행일 2021년 3월 15일

지은이 이태준
펴낸이 박영희
편집 박은지
디자인 최소영
마케팅 김유미
인쇄·제본 제삼인쇄
펴낸곳 도서출판 어문학사
서울특별시 도봉구 해등로 357 나너울카운티 1층
대표전화: 02-998-0094/편집부1: 02-998-2267, 편집부2: 02-998-2269
홈페이지: www.amhbook.com
트위터: @with_amhbook
페이스북: www.facebook.com/amhbook
블로그: 네이버 http://blog.naver.com/amhbook
다음 http://blog.daum.net/amhbook
e-mail: am@amhbook.com
등록: 2004년 7월 26일 제2009-2호

ISBN 978-89-6184-994-4 (93820)
정가 16,000원

이 저서는 2020년도 가천대학교
교내연구비 지원에 의한 결과임.(GCU-202001090001)